Sascha Pranschke
Am Ende der Welt liegt Duisburg am Meer
Roman

 Henselowsky Boschmann

Sascha Pranschke, geboren 1974, schreibt Romane und Erzählungen. In zahlreichen Workshops hilft er anderen, zumeist jungen Menschen, ihre Geschichten zu Papier zu bringen. 2017 wurde er mit dem Förderpreis des Literaturpreises Ruhr ausgezeichnet. Er lebt mit seiner Familie in Dortmund. [www.pranschke-schreibt.com]

Für Ella und Milan

© Verlag Henselowsky Boschmann
Boschmann und Bunpanya-Boschmann GbR
Schützenstraße 31 · 46236 Bottrop
post@vonneruhr.de · www.vonneruhr.de
2. Auflage 2019
ISBN 978-3-942094-85-6
Umschlaggestaltung: Ellen Fischer
Druck: Friedrich Pustet GmbH & Co. KG, Regensburg

Sascha Pranschke
Am Ende der Welt liegt Duisburg am Meer

Und als sie lange, lange gegangen waren, kamen sie endlich an ein kleines Haus, und das Mädchen schaute hinein, und weil es leer war, dachte es: Hier können wir bleiben und wohnen.
Brüder Grimm:
Brüderchen und Schwesterchen

Ruhrgebiet de luxe

1

Mara erwachte. In der Nähe hatte sie etwas gehört. Oder hatte sie das nur geträumt?

Selten waren die Nächte ruhig. Nach Sonnenuntergang zogen die Plünderer los. Aber Beute machten sie oft erst gegen Morgen, wenn auch die Ängstlichsten in ihren Unterschlupfen vom Schlaf übermannt wurden. Auch Mara hatte schon gestohlen. Hatte sich angeschlichen und genommen, was die Schlafenden selbst nur mit Mühe ergattert hatten. Sie war nicht stolz darauf. Sie war nur hungrig gewesen. Und Ben hatte im Schlaf geweint.

Sie griff zur Seite, wo sich ihr Bruder auf seiner Matratze wie ein Igel einzurollen pflegte. Bens Matratze war so klamm wie ihre eigene. Daran hatten die beiden sich längst gewöhnt. Maras Finger tasteten über den dünnen Schaumstoff.

Wo war Ben?

Sie schlug die Augen auf. Die Fensteröffnungen waren mit Brettern vernagelt. Nur wenig Licht drang durch die schmalen Schlitze zwischen den Latten. Links neben der Tür zum Treppenhaus schien jemand auf dem Boden zu kauern. Für Sekunden erstarrte Mara. Doch als sie den Mut fand, aufzustehen und auf die vermeintliche Gestalt zuzugehen, erkannte sie nur einen Sack Lumpen. Sie selbst hatte ihn gefunden und dort abgestellt. Die alte Sophie hatte ihr und Ben versprochen, ihnen Kleider zu nähen, wenn sie ihr Stoff brachten.

War Ben zu ihr gelaufen?

Er war oft bei Sophie, immer dann, wenn seine Schwester nicht auf ihn aufpassen konnte. Sogar die übelsten Plünderer respektierten die Alte. Vor der Großen Flut, zu einer Zeit, an die sich Ben und andere der Jüngeren kaum erinnerten, hatte Sophie einen Kiosk betrieben. Heute waren die Regale leer. Schon als die ersten Flüchtlinge aus dem Westen gekommen waren, hatte Sophie alles verteilt. Als dann die Plünderungen begannen, war bei ihr längst nichts mehr zu holen gewesen. Aber durch ihre Großzügigkeit hatte Sophie sich Achtung erworben. Man ließ sie in Ruhe. Und bei ihr fühlten sich Mara und Ben sicher.

Mara hob den Lumpensack auf. Sie würde ihn jetzt zu Sophie bringen. Bestimmt fand sie dort Ben. Und vielleicht konnte die Alte ihnen eine Kleinigkeit zum Frühstück geben. Mara griff nach der Plastikflasche neben ihrer Matratze und trank den letzten Schluck Wasser. Sie musste dringend neues besorgen. Vielleicht konnte sie einige der Lumpen gegen ein wenig sauberes Wasser eintauschen. Vielleicht fand sie jemanden, der sich auf diesen Handel einließ. Jemand, der ihr die Lumpen nicht einfach wegnahm.

Sie steckte die leere Flasche zu den Stoffresten in den Beutel und wandte sich zur Tür. Die Hand auf die Klinke gelegt, lauschte sie einen Moment lang. Unten auf der Straße ging jemand vorbei. Mara konnte die Stimmen zweier Personen unterscheiden, ohne Worte zu verstehen. Dazu das Prasseln der Regentropfen auf dem Wellblechdach des benachbarten Lagerhauses.

Als die Stimmen der Vorübergehenden kaum noch zu hören waren, drückte Mara die Klinke und öffnete die Tür. Der Geruch von Urin schlug ihr entgegen. Auf halber Treppe hatte sich jemand erleichtert. Mara presste sich gegen das Geländer, um im Vorbeigehen nicht in die dunkle Lache zu treten. Wenn die Leute ihr Geschäft doch wenigstens im Freien erledigen würden!

Auch Mara hatte sich erst daran gewöhnen müssen, dass es keine funktionierende Kanalisation mehr gab. Aber unter all den Dingen, mit denen sie sich abzufinden hatte, gehörte das noch zu den weniger unangenehmen.

Mara achtete darauf, dass Ben sich zum Pinkeln möglichst weit von ihrem Unterschlupf entfernte. Jetzt, nachdem jemand ins Treppenhaus gemacht hatte, würde das bald wieder passieren. So war es immer. Und schließlich würden sie sich einen neuen Unterschlupf suchen müssen, weil sich dieser zu einer öffentlichen Toilette entwickelt hätte.

Sie fluchte leise vor sich hin, während sie durch die halb offen stehende Eingangstür auf die Straße spähte. Ihr gefiel dieses Haus, das ehemalige Verwaltungsgebäude einer Handelsfirma. Gegenüber lag eines der Hafenbecken, wenige Hundert Meter rechts mündete es in den Rhein. In den Fluss, der längst nicht mehr der war, an den Mara sich nur noch dunkel erinnerte. Der Fluss, der noch Hunderte von Kilometern vor sich gehabt hatte, bevor er in die Nordsee gemündet war. Heute wohnten sie an der Rheinmündung. Vom obersten Stockwerk ihres Unterschlupfs konnten sie das Meer sehen.

Die Wenigsten suchten sich Quartiere so nah am Wasser. Zu groß war ihre Angst vor neuen Flutwellen. Dementsprechend umkämpft waren Häuser in höher gelegenen Stadtteilen, die von der Flut verschont geblieben waren.

Für Mara und Ben war es ausgeschlossen, sich dort einen eigenen Unterschlupf zu suchen. Sie würden ihr Leben aufs Spiel setzen. Nicht lange nach der Großen Flut hatten sie beobachtet, wie Leute aus ihren Häusern vertrieben worden waren. Mara erinnerte sich an einen Mann, der sich mit aller Kraft gegen die Eindringlinge gewehrt hatte. Am nächsten Tag hatte sie ihn wiedergesehen, aufgehängt an einem Laternenpfahl.

Hier, am Hafen, waren sie meistens allein. Auch jetzt war die Straße leer. Mara trat ins Freie. Regen traf ihr Gesicht. Sie zog die Kapuze ihres Pullovers über den Kopf und stopfte ein paar widerspenstige braune Strähnen darunter. Sie sollte ihr Haar wieder kürzer schneiden, ständig fiel es ihr ins Gesicht. Aber womit? Im Winter, als Mara wochenlang gehustet und schließlich Fieber bekommen hatte, war Ben plötzlich mit einer Schachtel Tabletten aufgetaucht. Er hatte sie gegen ihre Schere eingetauscht. Mara hatte deshalb geschimpft. Die Schere war ihr einziges richtiges Werkzeug gewesen. Seitdem benutzten sie den scharfkantigen Deckel einer Konservendose als Messer. Haare ließen sich jedoch damit nicht schneiden.

Vielleicht konnte Sophie ihr helfen. Falls auch sie keine Schere besaß, kannte sie bestimmt jemanden, der Maras wild wuchernde Locken kurz schneiden konnte. Und der dafür nicht zu viel verlangen würde. Nur den Leuten, zu denen Sophie sie schickte, vertraute Mara noch.

Seitdem ihr Kiosk und die dahinter liegende Wohnung von der zweiten großen Welle überschwemmt worden waren, wohnte Sophie jenseits des Hafenbeckens am ehemaligen Güterbahnhof in einem Stellwerk, einem turmartigen Gebäude aus roten Backsteinen.

Mara überquerte die Brücke. Auf der anderen Seite sah sie sich kurz um und stieg dann die schmale Treppe zum Wasser hinab. Auf der untersten Stufe stellte sie den Beutel ab, zog die Hose herunter und setzte sich in die Hocke.

Da hörte sie Stimmen, direkt über sich, oben auf der Hafenmauer. Mara hoffte, dass die Möwen mit ihren Schreien das Plätschern unter ihr übertönten. Aber wahrscheinlich hatten die Leute dort oben sie längst bemerkt. Denn sie flüsterten. Und das verhieß nichts Gutes.

Eilig zog sie die Hose hoch und presste sich mit dem Rücken gegen die Mauer. Sie lauschte, außerstande normal zu atmen, weil das Geräusch sie verraten könnte.

Über ihr war es jetzt fast still. Nur das Flügelschlagen der Möwen war zu hören. Und irgendwo in der Ferne ein schriller Pfiff, das Signal der Bürgerwehr. Mara hatte kein Vertrauen in diese selbst ernannten Ordnungshüter. Erstens gab es von ihnen viel zu wenige, um etwas aufrechtzuerhalten, das die Bezeichnung Ordnung verdiente. Außerdem hatte sie Gerüchte gehört, wonach Mitglieder der Bürgerwehr sich bestechen ließen, damit sie wegsahen oder gar nicht erst auftauchten. Das war vielleicht das Schlimmste am Leben nach der Großen Flut, dachte Mara: niemals zu wissen, wem man vertrauen konnte. Hunger und Durst, Nässe und Kälte, sogar Krankheiten waren zwar schlimm, aber dennoch leichter zu ertragen. Sie waren schreckliche, aber immerhin ehrliche Gegner. Ein vermeintlicher Helfer, der sich als skrupelloser Betrüger herausstellte, war das größte Unglück, das einem zustoßen konnte.

Mara überlegte noch, welche Möglichkeiten zur Flucht ihr blieben, als am oberen Ende der Treppe zwei Silhouetten auftauchten. Die Sonne stand hinter den beiden und blendete Mara. Der Statur und Größe nach zu urteilen, waren es zwei Jungen in ihrem Alter. Der Klang ihrer Stimmen bestätigte diesen Eindruck.

„Was hast du da?", fragte der eine. Und als Mara nicht sofort antwortete, fügte er ungeduldig hinzu: „In dem Sack. Was ist das?"

Mara löste sich von der Mauer, wandte sich den beiden zu und hob den Beutel mit den Lumpen auf. Verdammt, dachte sie, die Wasserflasche ist auch drin. Zwar leer, aber saubere Flaschen mit funktionierenden Verschlüssen waren eine Seltenheit geworden. „Was geht euch das an?", antwortete sie. Unter den Absätzen ihrer beinahe durchgelaufenen Schuhe spürte sie die Kante der untersten Treppenstufe. Wasser schwappte darüber.

Der vordere der beiden Jungen stieg nun eine Stufe tiefer. „Pipi gemacht?", fragte er.

Sein Gesicht verriet eher Verzweiflung als Selbstbewusstsein. Beide Jungen sahen blass und kränklich aus. An einem anderen Ort hätte Mara es vielleicht auf einen Kampf ankommen lassen. Aber am unteren Ende dieser schmalen Treppe war sie klar im Nachteil.

„Gib uns den Sack!", verlangte der zweite Junge. Er stieg nun auch herunter. Der andere hatte schon die Mitte der Treppe erreicht. Als er die Hand nach dem Lumpensack ausstreckte, war sie nur noch eine Armlänge von Mara entfernt.

„Da sind nur ein paar Stoffreste drin", sagte sie.

„Stoffreste? Glaub ich nicht", sagte der Junge, der als Zweiter die Treppe heruntergestiegen war. In der Mitte des Oberkiefers fehlten ihm mehrere Zähne.

Mara öffnete das Band, mit dem der Beutel verschlossen war. Der vordere Junge, ein Rothaariger mit Sommersprossen, warf einen misstrauischen Blick hinein und legte die Stirn in Falten. Die Enttäuschung ließ ihn augenblicklich zehn Jahre älter aussehen, dabei konnte er kaum vierzehn sein. „Echt nur diese Fetzen?", sagte er.

Mara wollte den Beutel schon wieder schließen, als sich der Junge mit der Zahnlücke über die Schulter seines Freundes beugte. „Da ist noch 'ne Flasche", sagte er.

Rasch zog Mara das Band zu. „Die ist leer", sagte sie.

Der Rothaarige machte einen Schritt nach vorn. „Jetzt gib schon her!", verlangte er und versuchte den Beutel zu greifen.

Mara wich zurück. Im nächsten Augenblick tauchte sie ins Wasser.

In den Jahren seit der Großen Flut hatte sie sich an Kälte und Nässe gewöhnt. Aber auf einer feuchten Matratze zu schlafen, war etwas anderes, als im Hafen unterzutauchen. Instinktiv klammerte sie sich mit einem Arm an dem Lumpensack fest und begann mit dem anderen zu paddeln.

Mara tauchte auf und schnappte nach Luft. Noch war sie fast in Reichweite der Jungen am Fuß der Treppe. Die beiden schienen unschlüssig, ob sie für eine womöglich leere Flasche eine Lungenentzündung riskieren wollten. Zwar war es Mai, gerade hatte es aufgehört zu regnen, und der Tag versprach einigermaßen warm zu werden. Aber wenn ihre Kleidung nicht richtig trocknen würde, stünde ihnen eine unangenehme Nacht bevor. Wie Mara und Ben besaßen auch die beiden sicher nichts zum Wechseln. Deshalb waren die Stoffreste ja so wichtig. Nur dumm, dass die jetzt auch nass waren.

Wie lange würde sie es im kalten Wasser aushalten? Wann würden Rotschopf und Trümmergebiss die Geduld verlieren und verschwinden?

„Komm, ich helf dir da raus!", sagte der Rothaarige. Dabei kniete er sich auf die unterste Stufe, beugte den Oberkörper vor und streckte einen Arm nach ihr aus.

Ohne zu antworten, schwamm Mara weiter von der Treppe weg. „Die paar Fetzen scheinen dir ja ziemlich wichtig zu sein", hörte sie einen der Jungen sagen. Bestimmt glaubte er, dass noch mehr in dem Beutel war. „Scheiße, lass uns abhauen!", meinte der andere. Hoffentlich ließ sich sein Kumpel davon überzeugen.

Zwar konnte Mara bis zur anderen Seite des Hafenbeckens schwimmen. Auch da gab es Treppen. Aber womöglich würden die beiden Jungen sie dort bereits erwarten.

Mara schwamm trotzdem weiter. Was blieb ihr anderes übrig? Kurz bevor sie die Hafenmauer erreichte, warf sie einen Blick zurück. Die beiden waren nicht mehr zu sehen.

Mara hievte den Beutel aus dem Wasser. Es kostete sie Mühe, denn inzwischen hatte sich der Stoff darin mit Wasser vollgesaugt. Vielleicht hatte nur die mit Luft gefüllte Plastikflasche ihn an der Oberfläche gehalten. Unter Wasser fanden Maras Füße die Treppenstufen. Triefend stapfte sie aus dem Hafenbecken. Am oberen Ende der Treppe angekommen, sah sie sich um. Auf der anderen Straßenseite war ihr Unterschlupf. Wenn möglich vermied es Mara, dass jemand mitbekam, in welches Haus sie ging.

Die beiden Jungen waren nirgends zu sehen, nur am Ende der Straße, die hier vom Kai abzweigte, zwei Frauen. Doch die wirkten harmlos. Sie gruben in einer Schutthalde und waren abgelenkt, so dass Mara schnell die Straße überquerte und das Haus betrat. Das Wichtigste war nun, ihre Kleider zu trocknen. Dazu musste sie ein Feuer machen.

Wenn Ben hier gewesen wäre, hätte er Feuer von einer der Ewigen Flammen besorgen können. In Duisburg gab es davon immerhin vier. In manchen der Nachbarstädte waren sie angeblich erloschen, weil es in dieser endlosen Feuchtigkeit zu aufwändig war, ein Feuer in Gang zu halten. Oder weil die Leute sich im Kampf um das Feuer gegenseitig die Schädel eingeschlagen hatten. Die Hüter der Flamme ließen es sich gut bezahlen, wenn jemand mit einem trockenen Stück Holz Feuer von ihnen holte. Am liebsten tauschten sie es gegen frische Lebensmittel oder Brennholz. Aber sie nahmen auch Metall, das sich zu Werkzeugen oder Waffen verarbeiten ließ.

Mara überlegte, ob die wenigen leeren Konservendosen, die sie für solche Fälle aufbewahrt hatten, für eine Flamme reichen würden. Und dann brauchte sie auch noch Holz oder anderes brennbares Material.

Sie zitterte, während sie das Treppenhaus hinaufeilte, vorbei an der Urinpfütze. Sie dachte an die zwei Streichhölzer, die sie für Notfälle aufbewahrt hatte. Aber was wäre, wenn Ben die Streichhölzer einmal brauchte? Sie musste auf einem anderen Weg Feuer besorgen.

Vor der Bürotür im ersten Stock, hinter der sie seit ungefähr zwei Monaten hausten, erstarrte sie. Die Tür stand einen Spalt offen. War sie vorhin so gedankenlos aufgebrochen? Sie lauschte. Da war jemand in ihrem Unterschlupf. Jemand mit Schnupfen, wie es schien, denn ständig schniefte er. Mara hielt den Atem an, beugte sich zum Türspalt vor und spähte hindurch.

Im nächsten Moment stieß sie die Tür weit auf und stürzte in den Raum. „Ben!", rief sie.

Er lag wimmernd auf seiner Matratze, das Gesicht nach unten gekehrt. Als Mara sich über ihn beugte und ihn an der Schulter berührte, schaute er auf. Seine Augen waren vom Weinen rot gerändert, die Lippen presste er aufeinander.

„Komm her", sagte sie und zog ihn an sich.

Den Kopf an ihre Brust gedrückt, schien sich etwas in Ben zu lösen. Erst jetzt begann er richtig zu schluchzen. Tränen rannen ihm über die Wangen, Rotz lief ihm aus der Nase.

„Was ist passiert?", fragte Mara. „Bist du verletzt?"

Erst schüttelte Ben den Kopf, dann nickte er. „Nicht so schlimm", presste er zwischen zwei Schluchzern heraus.

„Was ist nicht so schlimm?" Mara musterte ihren kleinen Bruder von oben bis unten. Seine Hose war über dem Knie aufgerissen, auf der Haut sah sie getrocknetes Blut.

„Mein Knie. Nur ein bisschen aufgeschlagen. Sie haben mich die Treppe runtergeschubst." Diesmal klang Bens Schluchzen eher zornig.

„Wer?" Mara würde es ihnen doppelt zurückgeben, schwor sie sich. Und ahnte dabei, dass sich ein Teil ihrer Wut gegen sie selbst richtete. Warum ließ sie Ben auch allein da draußen herumlaufen?

„Ich kannte die nicht", sagte Ben und wischte sich die Tränen aus den Augen.

„Wo warst du überhaupt?" Es sollte nicht vorwurfsvoll klingen, aber wahrscheinlich tat es das. Ihr Bruder war die Treppe hinuntergestoßen worden. Vor allem verdiente er jetzt Trost, keine Vorwürfe. Aber wo war eigentlich die Schulter, an der sie selbst sich hin und wieder ausheulen durfte? Manchmal öffnete sie der alten Sophie ihr Herz. Und manchmal nahm diese Mara dann in den Arm. Sie würde Sophies Zuneigung jedoch immer mit anderen teilen müssen. Das alte Stellwerk, in dem sie hauste, war eine Zuflucht für die Schwächsten der Schwachen, vor allem für Waisen wie Mara und Ben. Und davon gab es viel zu viele.

Als hätte er ihre Gedanken gelesen, sagte Ben: „Ich war bei Sophie."

Im ersten Augenblick war Mara erleichtert. Wenn das bei Sophie geschehen war, konnte es nicht allzu schlimm sein. Alles erschien leichter in Sophies Gegenwart, wenigstens ein bisschen. Aber dann fragte sie sich, welcher von Sophies Schützlingen Ben eine Treppe hinunterstoßen würde. Und warum hatte Sophie es nicht geschafft, ihn zu trösten? Er weinte ja immer noch.

„Ben, sag mir, was los ist!"

Ihr Bruder atmete einmal tief ein und wieder aus. Dann fixierte er einen Punkt an der Wand hinter Mara und sagte: „Sophie. Sie ist tot."

ǁ 2 ǁ

Sie fror. Auf dem Linoleumboden hatte sich unter ihr eine Pfütze gebildet. Noch immer tropften ihre nassen Kleider vom Sprung ins Hafenbecken. Das Einfachste wäre gewesen, aufs Dach zu steigen und die Kleider in der Sonne zu trocknen. Wenigstens so lange, bis Ben Feuer besorgt hatte. Aber zuvor musste sie wissen, was bei Sophie geschehen war. Hatte Ben das denn richtig verstanden? Hatte er ihren Leichnam gesehen? Mara wollte nicht glauben, dass Sophie tot sein sollte.

Neben ihr hockte ihr Bruder und zitterte, als wäre auch er ins kalte Wasser des Hafens gesprungen. Mara fasste ihn an beiden Händen und wartete, bis er seinen Blick hob und in ihre Augen sah. Sie rang sich ein aufmunterndes Lächeln ab. Und Ben begann zu erzählen. Stockend zunächst, doch Mara zwang sich, ihre Ungeduld nicht zu zeigen und Ben nicht zur Eile zu drängen. Sonst würde er nur stottern und für seinen Bericht noch länger brauchen. Sie kannte das schon.

„Da waren andere …", begann er.

„Andere?"

„Ich kannte die nicht."

„Kinder?"

Er schüttelte den Kopf.

„Hast du Sophie gesehen?"

Erneutes Kopfschütteln. Dann brach er wieder in Tränen aus.

Mara drückte seine Hände, und er erwiderte den Druck. Sie spürte seine Fingernägel in ihren Handflächen und gab ihm Zeit, sich zu beruhigen.

„Sie haben mich nicht in ihr Zimmer gelassen."

Mara stellte sich Sophies Unterschlupf in der oberen Etage des Stellwerks vor. Noch vor zwei Tagen hatten sie dort gemeinsam an dem großen Fenster gesessen und über den Hafen geschaut – den ehemaligen Binnenhafen, der jetzt ein Seehafen wäre, wenn von hier aus noch Schiffe in See stechen würden. Doch das letzte fahrende Schiff hatte Mara vor über zwei Jahren gesehen. Am Horizont hatte es sich langsam Richtung Norden bewegt, ohne sich ihrer Heimatstadt zu nähern. Irgendwann war es verschwunden, als wäre es über den Rand der Welt gefallen.

Vorgestern, den Blick auf das viel zu nah gerückte Meer gerichtet, hatte Sophie ihnen von Gerüchten erzählt. Über einen Kapitän, der mit seinem Schiff Menschen in höher gelegene, sichere Gegenden brächte. „Er nennt sich selbst Noah", hatte Sophie gesagt und dabei den Kopf geschüttelt. „Bescheiden scheint er ja nicht zu sein!" Sophie war sich nicht sicher gewesen, was sie von diesen Gerüchten halten sollte. Trotzdem hatte Mara den Eindruck gehabt, es sei Sophie wichtig gewesen, ihr und Ben von diesem Noah zu erzählen. „Ich kann nicht ewig ein Auge auf euch haben", hatte sie gesagt. „Ich bin alt."

Mara fragte sich, ob Sophie ihren Tod vorhergesehen hatte. „Woran ist sie gestorben?", fragte sie.

Ben zuckte mit den Schultern. „Diese Leute … sie haben gesagt, Sophie hätte einfach so in ihrem Bett gelegen."

Mara erinnerte sich daran, wie müde Sophie vor zwei Tagen ausgesehen hatte. Müde und alt. Vorgestern war ihr das gar nicht richtig bewusst geworden. Sie kannte niemanden, der nach der Flut nicht vorzeitig gealtert war. Und plötzlich war sie sicher, dass die Fremden Ben keine Lügen erzählt hatten. Sophie war nicht gestorben, weil jemand sie überfallen und schwer verletzt hatte. Nicht, weil sie sich mit einer Krankheit angesteckt hatte. Und sie war auch nicht verhungert oder verdurstet. Sophie war einfach nicht mehr aufgewacht. Einfach so.

„Diese Fremden", fragte sie, „das waren wohl Plünderer?"

Ben nickte. „Sie haben Sophies Sachen die Treppe runtergetragen."

Mara dachte an das Fernrohr, durch das sie so gern geschaut hatte. Auch wenn der Horizont stets leer geblieben war. Ben trauerte wahrscheinlich den Büchern nach, die Sophie ihnen manchmal geliehen hatte: Nachschlagewerke und ein Märchenbuch, mehr nicht. Aber für Ben waren die Bücher die einzige Verbindung zur Welt vor der Flut gewesen. Nicht einmal an ihre Eltern erinnerte er sich richtig.

„Wahrscheinlich dachten sie, ich würde etwas mitnehmen", sagte Ben. „Dabei wollte ich sie doch nur sehen."

„Hast du versucht, an ihnen vorbeizukommen?"

Wieder nickte er. „Da hat mich einer geschubst. Von ganz oben."

Mara ließ seine Hände los und untersuchte noch einmal das aufgeschlagene Knie. „Du hast Glück gehabt", sagte sie. „Aber wir sollten es lieber verbinden. Die Stoffreste ..." Sie wies auf den Beutel, den sie an der Tür hatte fallen lassen. „Die sind einigermaßen sauber."

Ben warf einen Blick auf den Beutel, auf die Pfütze, in der dieser stand, und dann auf die Pfütze, die sich unter Mara gebildet hatte. „Was ist mit dir passiert?"

„Ich hab dich gesucht", sagte sie und erzählte von ihrem unfreiwilligen Bad.

Am Ende ihres Berichts legte Ben die Stirn in Falten. Verdammt, dachte Mara, auch er sieht schon so alt aus. „Keine Angst", sagte sie, „ich glaub nicht, dass die beiden Jungs gesehen haben, in welches Haus ich gegangen bin."

„Du brauchst trockene Kleider."

Sie nickte. „Du musst Feuer besorgen. Ich gehe so lange aufs Dach. Zum Glück scheint jetzt die Sonne."

„Was soll ich ihnen geben?"

„Nimm für deinen Verband ein paar der Lumpen aus dem Beutel. Den Rest versuchst du einzutauschen."

Ben sah sie skeptisch an.

„Ich weiß, was du denkst. Aber probier es halt!"

Der Zweifel verschwand nicht aus seinem Gesicht. „Ich nehme auch ein paar der Konservendeckel mit", sagte er. „Du darfst dich nicht wieder erkälten!"

*

Von der Rheinmündung wehte ein frischer Wind über die Dächer. Aber es war einer der ersten Frühlingstage, die diesen Namen verdienten, und die Sonne wärmte Mara. Außerdem hatte sie sich die dünne Decke, unter der sie nachts schlief, um die Schultern gelegt. In der Sonne konnte auch diese Decke endlich einmal richtig trocknen. Meistens war sie klamm.

Mara hatte die nassen Kleider ausgezogen und über die Stahlrohrbrüstung gehängt. Sie hockte auf dem teerschwarzen Dach und schaute nach Westen. Am Horizont war keine Grenze zwischen Meer und Himmel auszumachen, nur ein nahtloser Übergang in dunstigem Blau.

Sie dachte an Noah, den Kapitän, von dem Sophie gesprochen hatte. Wohin er die Menschen mit seinem Schiff wohl brachte? In eine sichere Gegend, hatte Sophie gesagt. Aber wo gab es die noch? Mara hatte keine Ahnung, wie es in anderen Ländern aussah. Seitdem es keinen Strom mehr gab, musste man auf Nachrichten aus anderen Teilen der Welt verzichten. Alles, was sie erfuhren, waren Gerüchte.

Ob Ben bewusst war, dass sie beide nun eine Entscheidung zu treffen hatten? Sie war froh, dass er eine Weile unterwegs sein würde, um das Feuer zu besorgen. Sie wollte erst ihre Gedanken ordnen, bevor sie mit ihrem Bruder sprach.

Sophie hatte sie unterstützt, so gut sie konnte – mit warmen Mahlzeiten und warmer Kleidung, mit Verbänden, wenn sie verletzt waren, mit Trost, wenn die Traurigkeit sie zu erdrücken drohte, und mit Ratschlägen, wenn sie nicht weitergewusst hatten. Doch in der wichtigsten Frage hatten sie Sophie nie um Rat gebeten: Wie es mit Mara und Ben weitergehen sollte, wenn sie einmal nicht mehr da wäre. Sollten sie beide noch länger versuchen, in den Trümmern ihrer Heimatstadt zu überleben? Oder sollten sie sich, wie so viele andere vor ihnen, auf den Weg machen? Doch wohin führte dieser Weg? Gab es nach der Großen Flut überhaupt noch einen Ort, an dem Menschen friedlich und sicher miteinander lebten?

Mara wandte den Blick vom Meer ab. Sie ließ sich nach hinten sinken, legte sich flach auf den Rücken. Die schwarze Dachpappe hatte sich im Sonnenlicht aufgeheizt und wärmte sie. Nur blinzelnd konnte sie zum graublauen Himmel hinaufsehen, so hell schien heute die Sonne. Möwen zogen ihre Runden, stießen Schreie aus, stürzten unvermutet in die Tiefe und verschwanden aus Maras Gesichtsfeld.

Wie seltsam, dachte sie, dass niemand Ben und sie vermissen würde, wenn wir jetzt gingen. Solange Sophie noch gelebt hatte, hätten sie hier jemanden zurückgelassen. Jemanden, der wusste, dass es sie gab. Der sich für sie interessierte. Und der sie sogar ein wenig vermissen würde.

Sie schloss die Augen. Spürte den Wind auf ihrem Gesicht, die kratzige Decke auf ihrer nackten Haut. Und begriff, wie viel einfacher es wäre, hierzubleiben. Wenn Ben zurückkäme, würden sie frühstücken. Unten im Versteck hatten sie noch ein paar Konserven gehortet. Irgendwann würden auch die verbraucht sein. Aber hier, in ihrer gewohnten Umgebung, würden sie immer irgendwas zu essen finden. Manche angelten im Hafenbecken. Manche hielten sich ein Huhn, das sie mit Eiern versorgte. Und auf dem Tauschmarkt ließ sich das Nötigste besorgen.

Mara richtete sich auf, öffnete die Augen, blinzelte. Wie lange war Ben schon weg? Sie erhob sich, ging zum Rand des Daches und schaute über das Geländer in die Tiefe. Das schöne Wetter trieb die wenigen Bewohner des Hafenviertels auf die Straßen. Mehrere kleine Grüppchen sah Mara, seltener Leute, die allein unterwegs waren.

Eines war sicher: Besser würde das Leben hier nicht mehr werden. Diese Hoffnung hatte Mara längst aufgegeben. Im besten Fall würden sie irgendwann so enden wie Sophie.

Was wusste sie von der Welt da draußen? In den Nachbarstädten dürfte es ähnlich aussehen. Trockene Häuser, sauberes Wasser, Lebensmittel, um die man nicht erst kämpfen musste, Medikamente, Kleidung ... wo gab es das noch? Angeblich stand das Ruhrgebiet seit der Großen Flut fast vollständig unter Wasser.

Wieder dachte sie an Noah, den Kapitän, von dem Sophie gesprochen hatte. Im Osten läge sein Schiff vor Anker, hatte sie gesagt. Im Osten – wo sollte das sein?

Wie weit nach Osten würde sie mit Ben kommen? Und auf welchen Wegen? Weite Strecken ließen sich angeblich nur auf dem Wasser bewältigen. Viele bauten sich Boote, schnürten Treibgut zusammen, um darauf nach Osten zu paddeln, fort vom Meer, fort von der Gefahr einer weiteren Flutwelle.

Dabei waren die häufigen Regenfälle nicht weniger gefährlich als das Meer. Seitdem es keinen Hochwasserschutz mehr gab, konnte ein Sommergewitter innerhalb weniger Minuten ganze Stadtteile in Seen und seichte Bäche in reißende Ströme verwandeln. Und selbst wenn kein Gewitter ihr – woraus auch immer gebautes – Floß zum Kentern brächte, hieße das noch lange nicht, dass man sie in Ruhe ließe. Mara hatte genug Geschichten über Flusspiraten gehört. Wer die Städte verließ und sich aufs offene Wasser begab, musste mit allem rechnen.

Ein Pfiff riss sie aus ihren Gedanken. Sie sah nach unten. Eine Gestalt löste sich aus dem Schatten der Hauswand gegenüber. Mara hatte Ben beigebracht, auf zwei Fingern zu pfeifen. Sie selbst hatte es von ihrem Vater gelernt.

Ben winkte ihr zu und überquerte die Straße. Bevor er entschlossen auf die Haustür zusteuerte, sah er sich aufmerksam um. Braver Junge, dachte Mara, und spähte selbst in beide Richtungen die Straße entlang. Außer Ben war niemand zu sehen. Jetzt steckte sie ebenfalls Daumen und Zeigefinger in den Mund und pfiff zweimal. Sie hatten verschiedene Signale vereinbart. Zweimal bedeutete: *Alles okay.*

Erst jetzt streckte Ben die eine Hand nach der Türklinke aus. In der anderen hielt er einen dünnen, trockenen Zweig, an dessen Ende eine Flamme im Wind züngelte.

„Diese Schweine!", fluchte Mara vor sich hin. Denn der Zweig war bereits so weit abgebrannt, dass die Flamme beinahe Bens Finger berührte. Höchste Zeit, Holz für das Feuer aufzuschichten.

3

Ben konnte nicht einschlafen. Er starrte in die Glut. Um Maras Kleider zu trocknen und später eine Konserve aufzuwärmen, hatten sie wie üblich Holz in einem alten Metalleimer verbrannt. Der Eimer gehörte zu den wertvollsten Dingen, die sie besaßen. Mittlerweile schien er nur noch aus Ruß und Rost zu bestehen.

Die Konserve – eine Hühnersuppe mit Buchstabennudeln – war eine Ausnahme gewesen. Nur wenn sie gar nichts anderes auftreiben konnten, gönnten sie sich eine Suppe aus ihrem Vorrat. Es glich ohnehin einem Wunder, dass sie vor ein paar Wochen in den Trümmern eines Wohnhauses die Dosen entdeckt hatten. Eigentlich waren alle leer stehenden Gebäude längst geplündert. Für die Konserven gab es nur zwei Erklärungen: Ihr Besitzer war da draußen gestorben. Oder er würde jeden Moment zurückkehren. Sie hatten die Dosen in ihre Rucksäcke gestopft und waren so schnell wie möglich verschwunden.

Die Suppe hatten sie aus ihren Tassen geschlürft. Löffel besaßen sie nicht. Maras Becher war aus rotem Plastik, Bens Tasse aus klobiger Keramik. Der Henkel war abgebrochen. Mara hatte ihm erklärt, was das schwarzgelbe Symbol auf der Tasse bedeutete. Aber Ben hatte nie ein Fußballspiel gesehen. Mit den Fingern hatte er Buchstaben aus der Suppe gefischt und damit den Vereinsnamen auf seinen Handrücken gelegt. Dann Maras Namen. Und darunter seinen eigenen. „Wer schmeckt am besten?", hatte er gefragt und seiner Schwester die Hand hingestreckt. Aber Mara hatte nicht probieren wollen. „Iss doch einfach!", hatte sie gesagt und in ihre Tasse gestarrt.

Auch nach dem Essen war sie schweigsam gewesen. Ben hatte von dem Hund erzählt. Auf dem Weg zu den Hütern der Flamme war er plötzlich vor ihm aufgetaucht. „Der war fast so groß wie ich. Und geknurrt hat er!" Mara hatte nur genickt und nicht einmal nachgefragt, wie er der Bestie entkommen sei. Dabei hatten sie seit Monaten keinen Hund mehr gesehen. Fleisch war knapp. Wer einen Hund besaß, musste gut auf ihn aufpassen.

Ben wandte seinen Blick von der Glut ab und betrachtete seine schlafende Schwester. Sie hatte sich dicht neben ihm unter ihrer Decke zusammengerollt. Was sie wohl zu seiner Idee sagen würde?

Ben hatte gehörigen Respekt vor dem Hund gehabt. Aber anscheinend hatte dieser selbst nicht gewusst, ob er Ben nun beißen oder lieber vor ihm flüchten sollte. Er schien genauso interessiert an Ben zu sein wie Ben an ihm. Eine Weile hatten sie einander angestarrt, und bald war das Knurren verstummt. Als Ben schließlich einen Schritt auf den Hund zugegangen war, hatte dieser auf den Hinterbeinen kehrtgemacht und war in einem Hauseingang verschwunden.

Ja, Ben war sich sicher, dass er das Vertrauen des Hundes gewinnen könnte. Wenn er ihn nur wiederfände. Und wenn Mara einverstanden wäre.

Wahrscheinlich würde Mara sagen, es sei schon schwierig genug, sie beide zu ernähren. Aber Ben würde sie zu überzeugen versuchen, dass ein Wachhund genau das wäre, was ihnen fehlte. Vor allem jetzt, da Sophie nicht mehr ihre schützende Hand über sie hielt. Sein Hund. Von ihm selbst gezähmt. Sein Freund. Ben musste fast weinen, so schön war diese Vorstellung.

Mara seufzte tief und drehte sich auf die andere Seite. Dabei rutschte die Decke von ihrem Rücken. Ben beugte sich vor und deckte seine Schwester wieder richtig zu. Sie murmelte unverständliche Worte, wachte aber nicht auf.

Ben war noch immer nicht müde. Zu viel war heute passiert, zu viel für einen einzigen Tag. Er hätte jetzt gern gelesen, um sich abzulenken und endlich müde zu werden.

Aber dafür spendete die Glut in dem verkohlten Topf nicht genug Licht.

Vor ein paar Tagen hatte er sich von Sophie den ersten Band eines Lexikons geliehen. *Von Aal bis Artenschutz.* Was darüber hinausging, von *Asthma* bis *Zyklop*, musste Ben nun auf andere Weise lernen. Selbst wenn Band 2 bis 24 des Lexikons noch im Stellwerk stehen sollten – er würde dort nicht mehr hingehen. Nicht wegen der Leute, die ihn heute die Treppe hinuntergestoßen hatten. Sondern wegen Sophie, die nun nicht mehr dort sein würde.

Er zog die Decke noch ein wenig höher über Maras Schultern und stand auf. Schon auf dem Weg zur Feuerleiter tat sein verletztes Knie weh. Als er Sprosse für Sprosse nach oben kletterte, biss er vor Schmerz die Kiefer zusammen.

Das Mondlicht spiegelte sich im Hafenbecken. Die Nacht war sternenklar. Bei bewölktem Himmel wäre Ben nicht über die Feuerleiter aufs Dach geklettert. Manchmal sah man dann kaum einen Meter weit. Aber heute Nacht konnte er in einiger Entfernung sogar das Meer sehen. Tausend Sterne spiegelten sich darin. Andere Lichter gab es kaum. Nur hinter manchen Fensteröffnungen nahm Ben einen schwachen orangefarbenen Schimmer wahr – den Widerschein von Feuerstellen.

Ben setzte sich aufs Dach, zog die Kapuze seines Pullovers über den Kopf und ließ sich nach hinten sinken. Das Dach hatte sich tagsüber aufgeheizt und wärmte nun seinen Rücken. Er schaute zum Himmel. Im Nordosten fand er den Großen Wagen. Sophie hatte ihm erklärt, dass er eigentlich nur Teil eines viel größeren Sternbilds, der Großen Bärin, war. Ben erinnerte sich nicht mehr daran, welche Sterne noch dazugehörten. Aber an die Geschichte, die Sophie ihm erzählt hatte, erinnerte er sich umso besser. Die Bärin war einst die Nymphe Kallisto gewesen und hatte vom Göttervater Zeus einen Sohn, Arkas, empfangen. Im Zorn darüber hatte Zeus' Gattin Hera die Nymphe in eine Bärin verwandelt. Um zu verhindern, dass der Jüngling seine Mutter bei der Jagd tötete, verwandelte Zeus auch ihn in einen Bären und verbannte beide an den Himmel – als Großen und Kleinen Bären.

Herakles, Kassiopeia, Orion … hinter all diesen Namen verbargen sich Geschichten. Manche davon hatte Sophie ihnen erzählt. Manche hatte er selbst gelesen. Seitdem Mara ihm das Lesen beigebracht hatte, hatte er sich regelmäßig Bücher von Sophie geliehen. Er kannte sonst niemanden, der noch eine regelrechte Bibliothek besaß. Die meisten Leute benutzten Papier – auch die Seiten von Büchern – lediglich zum Entfachen von Feuer.

Ben hatte früh begriffen, dass die Geschichten nicht auf den Seiten der Bücher überleben würden, sondern nur in seinem Kopf. Dass er die Geschichten, die er so sehr liebte, nur besitzen konnte, wenn er sie in sich trug. Also hatte er begonnen, sie auswendig zu lernen. Manchmal bat Mara ihn, eine Geschichte zu erzählen. Und manchmal erzählte er sie nur sich selbst.

Brüderchen nahm sein Schwesterchen an der Hand und sprach: „Seit die Mutter tot ist, haben wir keine gute Stunde mehr; die Stiefmutter schlägt uns alle Tage und stößt uns mit den Füßen fort. Die harten Brotkrusten, die übrigbleiben, sind unsere Speise, und dem Hündchen unter dem Tisch geht's besser, dem wirft sie doch manchmal einen guten Bissen zu. Dass Gott erbarm, wenn das unsere Mutter wüsste! Komm, wir wollen miteinander in die weite Welt gehen."

Er sprach leise, wenn er sich selbst Geschichten erzählte. Manchmal bewegte er nur die Lippen.

Brüderchen und Schwesterchen gehörte zu seinen Lieblingsmärchen. Nicht, weil er selbst den Verlust seiner Eltern betrauerte. An die konnte er sich kaum erinnern. Wenn sie nicht tot wären und ihm zufällig begegnen würden, dachte er, so würde es ihm wohl kaum anders gehen als Arkas, der nur eine Bärin sah, aber nicht seine Mutter Kallisto in ihr erkannte. Manchmal, im Halbschlaf, sah Ben zwei schemenhafte, gesichtslose Figuren. Er war beinahe sicher, dass es seine Eltern waren. Aber er verstand nicht, warum er ihre Gesichter nicht sah.

Das Märchen von *Brüderchen und Schwesterchen* gefiel Ben, weil er nichts anderes kannte, als so eng mit Mara zusammenzuleben. Nur mit Mara. Als im Märchen der Bruder sich in ein Reh verwandelte, sorgte die Schwester genauso für das Reh, wie sie es zuvor für den Jungen getan hatte.

Sie gingen den ganzen Tag, und wenn es regnete, sprach das Schwesterlein: „Gott und unsere Herzen, die weinen zusammen!" Abends kamen sie in einen großen Wald und waren so müde von Jammer, vom Hunger und von dem langen Weg, dass sie sich in einen hohlen Baum setzten und einschliefen.

Er spürte, wie ihm die Augen zufielen. Und er wusste, dass er eigentlich wieder hinuntersteigen sollte. Auch er hatte die Urinpfütze bemerkt. In der Nacht zuvor war jemand hier gewesen.

Aber da war er schon eingeschlafen.

॥ 4 ॥

Er träumte von dem Hund. Wie er durch die Straßen jagte. Wie er über Trümmer sprang, sich versteckte und im nächsten Moment hervorstürzte, um Ben zu erschrecken. Wie er sich an seinem Bein rieb. Er träumte, wie sie gemeinsam das Hafenviertel verließen, sich in die fremden, höher gelegenen Stadtteile wagten. Wie sie einer Gruppe Plünderer mit Knüppeln in den erhobenen Händen begegneten und wie der Hund sie anknurrte, so bösartig, dass die Plünderer sich ängstlich davonmachten.

Im Traum suchte er gemeinsam mit Mara nach einem Namen für den Hund. „Arkas", schlug er vor, und Mara nickte. Daraufhin legten sie sich unter ihre Decken, die nur noch schwach glühenden Überreste eines Feuers zwischen sich. Ben zu Füßen rollte der Hund sich zusammen. Er spürte die Wärme des Tieres, während er so dalag und lange Zeit vor Glück keinen Schlaf fand.

Dass er schließlich doch eingeschlafen sein musste, begriff er erst, als jemand behutsam und auffordernd zugleich gegen seine Schulter stieß. Arkas, dachte Ben.

„Du musst aufstehen!", sagte Mara.

Er schlug die Augen auf. Ihr Gesicht war dicht über seinem. An seinen Füßen glaubte er noch den warmen Körper des Hundes zu spüren. Ernüchtert wurde ihm bewusst, dass er nur geträumt hatte. Doch schon im nächsten Moment freute er sich. Er würde den Hund suchen.

Dann fiel ihm der Ausdruck in Maras Gesicht auf. Die Unruhe, die Sorge, die Angst. „Was ist?", fragte er.

„Wir wurden ausgeraubt."

Er setzte sich auf. Die Sonne blendete ihn. Er musste die ganze Nacht auf dem Dach verbracht haben. „Ich war so müde", sagte er. „Entschuldige, ich hätte unten schlafen sollen. Bei dir."

„Sie hätten uns trotzdem bestohlen", sagte Mara.

Er musterte sie. „Bist du okay?"

Sie lächelte schwach und reichte ihm eine Hand, um ihm auf die Beine zu helfen. „Sie haben mir nichts getan."

Als sie gemeinsam die Feuerleiter hinabstiegen, sagte Ben beiläufig: „Wir könnten einen Wachhund gebrauchen."

Mara lachte kurz, wie über einen schlechten Witz. „Einen Hund?"

Ben wartete einen Augenblick, ob Mara noch mehr sagen würde. Aber sie stieg einfach weiter die Sprossen hinunter. Hatte sie ihm denn nicht zugehört, als er von seiner Begegnung mit dem Hund erzählt hatte?

„Gestern hab ich einen gesehen. Beim Feuerholen."

„Echt?", fragte Mara. Sie klang mäßig interessiert. „Kann mich gar nicht erinnern, wann ich zuletzt einem Hund begegnet bin." Sie warf ihm einen Blick zu, bevor sie von der untersten Sprosse der Leiter ins Haus stieg. „Wie geht's eigentlich deinem Knie?", fragte sie und bot ihm eine Hand an, damit auch er sicher von der Leiter gelangte.

„Tut kaum noch weh", sagte er. Wie zum Beweis ignorierte er Maras ausgestreckte Hand und schwang sich ohne ihre Hilfe ins Haus.

Sie legte einen Arm um ihn und drückte ihn kurz an sich. Ohne sie dabei anzusehen, sagte er: „Dieser Hund … der sah echt gefährlich aus."

„Hat er dich angefallen?"

„Nein, aber …" Er entwand sich ihrem Arm. „Ich dachte, …" Ben konnte das Gesicht seiner Schwester nicht erkennen. Genau hinter ihr schien die tiefstehende Morgensonne durchs Fenster. Im Gegenlicht sah er nur Maras Silhouette, die schmalen Schultern und den von wilden Locken umrahmten Kopf. „Ich dachte, wir könnten einen Hund gebrauchen", sagte er.

Sie seufzte. Und sagte erst mal nichts.

Durch die zerbrochene Fensterscheibe wehte kühle Luft herein und bewegte ihr Haar. Draußen schrie eine Möwe.

„Einen Hund?", wiederholte sie wie eben auf der Feuerleiter.

„Wegen letzter Nacht", erklärte er. „Einen Wachhund."

Sie schüttelte den Kopf. „Du hast ja keine Ahnung, wie viel so ein Hund frisst!"

„Ich würde mich um ihn kümmern!"

„Ja, klar …", sagte sie und ging an ihm vorbei auf ihr Nachtlager zu. „Wie wär's, wenn du dich ums Frühstück kümmern würdest? Für *uns*. Diese Schweine haben fast alles mitgenommen!"

Sein Blick fiel auf die beiden Matratzen. Erleichtert sah er, dass seine Decke noch da war. Mara hatte ja recht. Es war schwer genug, für sich selbst zu sorgen. Und wie sollte er den Hund überhaupt finden?

Mara rollte ihre Decken auf. „Wir brauchen einen anderen Unterschlupf", sagte sie und band die beiden Decken mit einer Schnur zusammen. Ein armlanges Stück der Schnur hing herunter. Mara knüpfte daraus eine Schlinge und hängte sich das Bündel über die Schulter. „Du suchst nach etwas Essbarem. Ich schaue mich nach einem anderen Schlafplatz um. Hilf mir mal mit den Matratzen!" Gemeinsam trugen sie die beiden Matratzen in die Ecke des Raumes, in der ein großer Schreibtisch auf der Seite lag. Dahinter verbargen sie die Matratzen. Sie würden sie später holen.

Die nächtlichen Besucher hatten nicht alles gestohlen. In Bens Rucksack befand sich das Lexikon, das Sophie ihm geliehen hatte. Er spürte die Umrisse des schweren Buches, als er den Rucksack aufsetzte.

„Wir treffen uns am Hafenbecken", sagte sie. „Du weißt schon, an der Treppe."

*

Ben wusste, welche Straßen begehbar waren. Trocken war es fast nirgendwo, außer es regnete mal ein paar Tage nicht. Aber wann war das zuletzt vorgekommen?

Er balancierte über einen der schmalen Holzstege, die man nach der Großen Flut gebaut hatte. Viele dieser Stege waren vermodert. Von anderen waren nur spärliche Reste geblieben. Die Leute hatten sie lieber verfeuert, als darüber zu laufen – weil hier im Hafenviertel wegen des besonders hohen Wasserstands sowieso kaum noch jemand lebte.

Das Holz unter seinen Schuhsohlen war glitschig. Einmal rutschte er beinahe aus, doch Ben hatte Übung darin, die Balance zu halten.

Rechts von ihm öffnete sich die Häuserschlucht, und er hatte freie Sicht über die Hafenbecken. Dort drüben, südlich der Ruhr, war er noch nie gewesen. Um dort hinzugelangen, brauchte man ein Boot. Sophie hatte ihnen einiges über die Gebäude erzählt, die aus dem Wasser ragten. Am meisten faszinierte Ben ein roter Turm mit spitzem Dach, der aus einem alten Speichergebäude emporwuchs. Der Turm war fensterlos, und die Fenster des Speichers waren zugemauert. Als wollte dieser rote Monolith in seinem Innern Geheimnisse verbergen. Tatsächlich hatte Sophie erzählt, dass dies ein Archiv gewesen sei – eine Sammlung von Urkunden, Bildern, Akten und Karten, einige davon über tausend Jahre alt. Was war dagegen ein Lexikon, das ihm die Welt lediglich von Aal bis Artenschutz erklärte!

Wie gern hätte Ben den Eingang zu diesem verschlossenen, von Wasser umgebenen Turm gesucht! Doch er hatte Wichtigeres zu tun. Sein Magen knurrte. Und Mara erwartete ihn bald zurück. Er wandte sich vom Hafen ab und folgte weiter dem Steg, der hier nach Norden abbog.

Wenn sie manchmal in fernere Stadtteile gingen, benutzten sie die Autobahn. Sie lag weitgehend höher und war deshalb meistens trocken. Folgte man den Bahngleisen von dem Stellwerk, das Sophies Unterschlupf gewesen war, nach Osten, kreuzte bald eine Brücke die Schienen. Mara hatte Ben gezeigt, wo er sich festhalten und wohin er seine Füße setzen musste, um sicher an einem der Brückenpfeiler nach oben zu klettern. Von der breiten Fahrbahn aus hatten sie eine weite Sicht. Allerdings waren sie auch weithin zu sehen. Und an manchen Stellen kämen sie bei unerwünschten Begegnungen nur schwer wieder hinunter. Deshalb mieden sie die Autobahn lieber. In südlicher Richtung konnte man darauf sowieso nur einige Hundert Meter weit laufen.

Am gegenüberliegenden Flussufer hatte die Autobahn einst den Deich überquert und sich kurz dahinter mit einer anderen Autobahn gekreuzt. Doch als der Deich gebrochen war, hatten die Brückenpfeiler nachgegeben, und die Fahrbahn war in sich zusammengestürzt.

In nördlicher Richtung beschrieb die graue Asphaltbahn einen weiten Bogen nach rechts. Einmal waren sie darauf bis in eine sumpfige Wildnis gelaufen, in der sich Ruinen von Industrieanlagen befanden. Ben erinnerte sich an eine rote doppelte Rohrleitung, die quer über die Autobahn verlief, und an Stahlgerüste, die wie Skelette zwischen den dicht stehenden Bäumen und Sträuchern kauerten. Ein Koloss aus Stahl – ein alter Hochofen – reckte sich aus der Wildnis empor, als wollte er sich dem würgenden Griff der Sumpfpflanzen entwinden. Die Pflanzen, die hier die Autobahn überwucherten, schienen sich nach Ben und Mara zu strecken, um sie hinab in die dunkle Feuchtigkeit zu ziehen.

Sophie hatte ihnen erklärt, diese Sumpflandschaft sei früher ein Park gewesen, erbaut auf einem ehemaligen Industriegelände. Die Autobahn führte mitten hindurch, um bald darauf eine weitere Autobahn zu kreuzen.

Für Ben war diese Wildnis ein verfluchter Ort am Ende der Welt. Tatsächlich lag der Park ja am Ende der ihm bekannten Welt. Weiter war er noch nie gekommen.

Allzu weit wollte er auch heute nicht gehen. Und die Autobahn kam sowieso nicht infrage, wenn er allein unterwegs war. Dort fühlte er sich immer wie eine Maus auf einem weiten Feld, den Blicken der Raubvögel ausgeliefert und ohne eine Möglichkeit, sich zu verstecken. In den engen, überschwemmten Straßen hingegen, zwischen den halb zerfallenen Gebäuden mit ihren leeren Fensteröffnungen, fühlte er sich halbwegs sicher. Hier kannte er sich aus. Hier würde er immer ein Versteck finden. Und vielleicht würde er auch den Hund wiederfinden.

Als der Steg abrupt endete, stieg Ben ins Wasser, das ihm bis zu den Waden reichte. In dieser Straße war es gewesen. Nur ein Haus weiter, in der Einfahrt zu einem Hinterhof. Dort hatte der Hund auf einem Stapel modernder Holzpaletten gekauert und ihn ängstlich angeschaut. Ein Mischling mit rötlichem, zottigen Fell, der Ben vielleicht bis zu den Knien reichte. Sie hatten sich kurz in die Augen gesehen. Dann war der Hund knurrend zurückgewichen und schließlich über einen Schutthaufen in den Hinterhof geflohen.

Ben watete bis zur Toreinfahrt, vorbei an dem Palettenstapel und dem Schutthaufen, und betrat den Hinterhof. Der Boden besaß ein leichtes Gefälle zur Straße hin. Ben erkannte es daran, dass vor der gegenüberliegenden Fassade ein wenige Meter breiter Streifen des Pflasters trocken war. Der Schutthaufen quoll aus der Toreinfahrt, als hätte diese die zerborstenen Steine, Rohre und anderen Trümmer ausgespien. Er würde beim Hinausgehen nachschauen, ob sich brauchbares Holz oder Metall in dem Haufen befand.

Neben dem Schutt lehnte eine schimmlige Matratze an der Fassade, deren Putz nur noch aus vereinzelten Flecken bestand, Inseln in einem Backsteinmeer. Die Hintertür fehlte, ebenso die meisten Fensterrahmen. Fensterscheiben hatte er in diesem Teil der Stadt sowieso selten gesehen. Umso öfter hatte er sich an ihren Überresten geschnitten, wenn er durch die Öffnungen geklettert war. Die drei übrigen Fassaden unterschieden sich nur insofern von der ersten, als sich in ihnen kein Durchgang zur Straße befand.

Ben lief ein paar Meter auf dem trockenen Pflaster hin und her und spähte durch die Fensteröffnungen ins Erdgeschoss. Er sah einen Herd ohne Ofenklappe. Die Kochplatten fehlten. Kurze ausgefranste Kabelenden standen nach oben, als hätte jemand dem Herd eine Frisur verpasst. In einer anderen Wohnung war der Boden eingestürzt – oder jemand hatte ihn kaputtgeschlagen, um die Holzdielen mitzunehmen. Jedenfalls hatte sich in dem entstandenen Loch trübes Wasser gesammelt. Neben einem Lampenschirm und den Überresten eines Sessels schwamm eine Menge Unrat darin. Offenbar wurde die Vertiefung als Toilette benutzt. Es stank, so dass Ben sich schnell wieder von dem Fenster zurückzog.

Er wollte den Hof bereits verlassen, als ein anderer Geruch in seine Nase stieg. Feuer und … noch etwas. Da briet jemand Fleisch über offener Flamme. Wer da sein Frühstück zubereitete, musste sich in einer der zum Hinterhof gelegenen Wohnungen befinden.

Ben legte den Kopf ein wenig in den Nacken. Wenn der Wind ihm keinen Streich spielte, musste das Feuer in einer der Wohnungen auf der rechten Seite brennen. Er strich an der Wand entlang zur Türöffnung in der rechten Fassade. Hier stand das Wasser wieder knöchelhoch, und Ben bemühte sich, keine Geräusche zu verursachen, während er langsam einen Fuß vor den anderen setzte.

Vom Hintereingang führten ein paar schmale Holzstufen in den Hausflur. Durch die Feuchtigkeit waren sie verbogen. Ben hatte schon fast den steinernen Boden des Hausflurs erreicht, als die letzte Stufe laut unter seinem Gewicht knackte. Er erstarrte und hielt für einen Augenblick die Luft an. Als er wieder zu atmen begann, roch er, dass er auf dem richtigen Weg war. Der Geruch von Feuer und gebratenem Fleisch war stärker geworden. Wie lange hatte Ben das nicht mehr gerochen?

Er stieg die Treppe in den ersten Stock hinauf. Jetzt ging er über Steinstufen, die nicht knarren konnten. Er zog trotzdem seine nassen Schuhe aus, da das Wasser bei jedem Schritt ein leises Geräusch verursachte, und stopfte die Schuhe in seinen Rucksack.

Im ersten Stock warf er vorsichtige Blicke in die Wohnungen rechts und links der Treppe. Nichts darin deutete auf die Anwesenheit von Menschen hin. Als er die Treppe ins zweite Stockwerk hinaufstieg, wurde der Geruch noch stärker. Und er konnte das Feuer nun auch hören. Das Knistern drang aus der Wohnung links von ihm. Er lauschte. Wenigstens hörte er kein Gespräch. Mit etwas Glück hatte er es also nur mit einer einzigen Person zu tun.

Manchmal konnte man sie durch ein Geräusch in eine andere Richtung locken. Dann galt es, schnell zuzugreifen und noch schneller abzuhauen. Ben griff in die Bauchtasche seines Kapuzenpullovers. Darin trug er immer ein paar Steinchen mit sich herum. Er griff sich vier oder fünf davon und spähte um die Ecke. Rechts von einem schmalen, leeren Flur sah er zwei Türöffnungen, links eine weitere. Ein vierter Raum befand sich am hinteren Ende des Flurs. Schatten zitterten dort an der Wand.

Ben betrat den Flur. Er warf einen vorsichtigen Blick in das Zimmer zu seiner Linken. Es war aufgeräumt. Ein Schlafzimmer mit einem richtigen Bett. Gegenüber, auf der rechten Flurseite, das Badezimmer. Allerdings fehlten Waschbecken und Toilette. Aus der gekachelten Wand und dem Linoleumboden ragten die Enden von Rohren.

Ben schlich weiter. Als er durch die zweite Tür auf der rechten Seite spähte, traute er seinen Augen kaum. In Regalen, ordentlich aufgereiht, lagerten Konservendosen, gefüllte

Wasserflaschen, Säcke und Tüten, die vielleicht Mehl oder Getreide enthielten, und sogar Gemüse und einige Äpfel.

Da hörte er, wie sich jemand räusperte. Nur ein paar Schritte entfernt, in dem Raum am Ende des Flurs. Ben machte einen Schritt in die Vorratskammer hinein. Kein weiteres Geräusch außer dem Knistern des Feuers. In Ordnung, sagte er sich, du greifst dir, was du tragen kannst, und dann nichts wie raus hier!

Er wandte sich den Regalen zu. Am haltbarsten waren die Konserven. Aber die wogen auch am meisten. Und auf keinen Fall durfte er ohne ein paar Wasserflaschen gehen. Langsam und beinahe geräuschlos ließ Ben den Rucksack von seinen Schultern gleiten, ohne dabei den Blick von den Lebensmitteln abwenden zu können.

Da spürte er eine Hand auf seiner Schulter. Und bevor er vor Schreck aufschreien konnte, verschloss eine zweite Hand seinen Mund. Ruhig, aber bestimmt wurde er herumgedreht. In der Türöffnung stand – Mara.

Sie nahm die Hand von seiner Schulter und führte den Zeigefinger vor ihre Lippen. Mit einem Blick wies sie zur Wand, hinter der das Feuer prasselte. *Ein Mann*, formten ihre Lippen lautlos. Dann nahm sie die Hand von Bens Mund und bedeutete ihm mit Gesten, er solle seinen Rucksack füllen. Sie selbst würde aufpassen. Ben fragte sich, wie es sein konnte, dass sie ausgerechnet jetzt hier auftauchte. Auf die Antwort würde er noch eine Weile warten müssen. Jetzt galt es einzupacken, und zwar leise.

Während Mara um die Ecke in den Flur spähte, kniete er sich zwischen die Regale, öffnete seinen Rucksack und packte vier Flaschen Wasser und ebenso viele Konservendosen hinein. Mit seinen Schuhen und dem Lexikon war der Rucksack nun fast vollständig gefüllt. Er blickte zu Mara hinüber. Sie hatte ihren Rucksack nicht dabei. Also stopfte er noch ein paar Äpfel in seinen – woraufhin sich der Deckel nicht mehr schließen ließ. Vorsichtig erhob er sich und setzte den Rucksack wieder auf.

Es war einer der Äpfel, der bei dieser Bewegung aus der Öffnung des Rucksacks rutschte, in eines der Regale fiel und dabei einen Stapel flacher Fischkonserven umwarf. Scheppernd krachten sie zu Boden.

Mara fuhr herum. Und im nächsten Moment sah Ben einen Mann hinter ihr auftauchen. Er wollte schon nach ihr greifen, als sie sich erneut umdrehte, den Kopf einzog und mit voller Wucht in den Mann hineinrannte. Ihr Kopf traf genau seine Magengrube. Er stolperte nach hinten, verlor das Gleichgewicht und stürzte. Im Fallen stieß er mit dem Hinterkopf gegen die Flurwand. Mara sprang über ihn hinweg, und auch Ben setzte sich sofort in Bewegung, wobei er einen weiteren Apfel aus dem Rucksack verlor.

Der am Boden liegende Mann musste furchtbar alt sein. Sein Gesicht war eingefallen, das wenige weiße Haar stand seitwärts wirr vom Kopf ab, die Kopfhaut war von Altersflecken übersät. Der Alte schnappte nach Luft, und für einen Moment war Ben versucht, ihm eine Hand zu reichen. Er tat es nicht. Der Mann mochte uralt sein, aber Ben wollte sich nicht vorstellen, was er mit zwei auf frischer Tat ertappten Dieben anstellen würde. Und so sprang er über die Beine des Mannes hinweg und rannte durch den Flur zur Wohnungstür.

Aber wo war Mara? Im Treppenhaus hörte er keine Schritte. Er drehte sich um und sah gerade noch, wie seine Schwester dem alten Mann, der bereits wieder auf den Knien war, einen weiteren Stoß versetzte – dieses Mal jedoch nicht mit dem Kopf, sondern mit der flachen rechten Hand. In der linken hielt sie ein Stück gebratenes Fleisch.

‖ 5 ‖

„Willst du wirklich nicht?" Mara wollte Ben das Fleisch reichen. Er lehnte kopfschüttelnd ab. Sie unterdrückte einen Wutausbruch und warf einen Blick durch das gesprungene Fensterglas. Regen prasselte gegen die Scheibe.

Sie hatte nicht lange nach einem neuen Unterschlupf suchen müssen, nachdem die beiden sich am Morgen getrennt hatten. Das Haus war ihr schon früher aufgefallen, weil es noch einige Fensterscheiben besaß. Aber bisher hatte sie sich nicht getraut, es zu betreten. Es stand in einer Senke und war deshalb vollständig von Wasser umgeben. Die Trümmer und Abfallhaufen ringsherum wirkten zu wacklig, um nach einem Eingang zu suchen. Heute aber hatte sie es einfach gewagt. Sie hatte Ben nicht zu lange allein herumstreifen lassen wollen. Was, wenn die Diebe es letzte Nacht nicht nur auf ihre Vorräte abgesehen gehabt hätten? Wenn sie Ben verschleppt hätten? Mara hatte oft genug gehört, dass Leute bei Überfällen verschwunden waren. Meistens Kinder.

Sie war durchs Wasser gewatet, über zerbrochene Betonteile balanciert und hatte einen einigermaßen sicheren Zugang zum Haus gefunden. Dafür hatte sie an einem Regenrohr zu einem Mauervorsprung hochklettern müssen. Von dort war sie zu einem der Fenster im ersten Stock gelangt.

Im obersten Stockwerk hatte sie diese Wohnung gefunden. Zwar war sie vollständig leergeräumt, aber halbwegs sauber. Als Unterschlupf hatte sie wohl noch niemandem gedient. Keine Rußflecken wiesen auf Feuerstellen hin. Kein Müll war zu sehen. Und die Luft roch unverbraucht.

Das Haus lag noch weiter westlich als ihr letzter Unterschlupf. Zwischen den Häusern auf der anderen Straßenseite hindurch hatte Mara das Meer sehen können. Bis der Regen eingesetzt hatte. Jetzt liefen die Tropfen dicht wie ein Vorhang an der Scheibe herunter.

Sie biss ein weiteres Mal von dem gebratenen Fleisch ab. An einigen Stellen war es vom Feuer schwarz, an anderen noch beinahe roh. Es war zäh und roch streng. Kein Wunder, dass Ben es ablehnte. Und doch merkwürdig, denn schließlich hatte auch er seit einer Ewigkeit kein Fleisch mehr gegessen. Jetzt nahm er sich einen Apfel. Der war klein, schrumplig und von Schorf überzogen.

„Du hattest doch schon einen", sagte sie.

„Ich bin aber noch hungrig."

„Iss von dem Fleisch. Morgen schmeckt es nicht mehr."

Er rümpfte die Nase. „Schmeckt es denn überhaupt?"

„Klar", log sie und biss noch einmal ab. Der faserige Bissen wollte sich nicht vom Knochen lösen. Sie zerrte daran.

„Was ist das überhaupt für Fleisch?", fragte Ben.

Mara machte eine reißende Bewegung. Das Fleisch hing ihr nun aus dem Mund. Sie stopfte es mit den Fingern hinein und musste eine Weile darauf herumkauen, bevor sie antworten konnte „Ziege vielleicht? Auf jeden Fall nahrhaft."

Ben biss in den Apfel. „Der Mann war ziemlich alt", sagte er mit vollem Mund.

Sie kaute schweigend.

„Ich frag mich", sagte er und sah dabei an ihr vorbei zum Fenster, „ob du ihn verletzt hast."

Sie würgte den noch immer nicht vollständig zerkauten Bissen hinunter. „Jetzt reicht's aber! Sei froh, dass ich den Alten überrumpeln konnte! Wer weiß, was der mit dir angestellt hätte, wenn ich nicht gekommen wäre!"

„Ich meine ja nur, weil …" Ben blickte zu Boden. „Er sah irgendwie so … gebrechlich aus."

„Der erholt sich schon wieder! Glaubst du etwa, der hätte sich an unserer Stelle anders verhalten?"

Ben zuckte mit den Schultern.

„Woher hat der denn sonst so viel zu essen?" Mit einem abgenagten Knochen wies Mara auf die Konserven, Äpfel und die Wasserflaschen zwischen ihnen. „Das hat der doch selbst jemandem weggenommen!"

Ben biss wieder in den Apfel. Das mahlende Geräusch, das sein Kauen verursachte, machte Mara fast wahnsinnig. Aber sie wollte sich nicht länger aufregen. Schlimm genug, dass sie Ben angeschnauzt hatte. Wenigstens er zeigte noch Skrupel im Umgang mit anderen.

„Vielleicht hat er die Sachen eingetauscht", sagte Ben.

Ja, gestand Mara sich ein, es gab auch Tauschgeschäfte. Sie selbst stahlen ja auch nicht alles, was sie brauchten. Einen Großteil ihrer Zeit verbrachten sie damit, die Müllhaufen des Viertels nach halbwegs brauchbarem Metall, Holz oder anderen Kostbarkeiten zu durchsuchen. In anderen Vierteln gab es Tauschmärkte, auf denen sie dafür Obst und Gemüse bekamen. In weiter entfernten Gegenden – sie hatte keine Ahnung, wo genau – betrieben noch immer Leute Landwirtschaft. Mit einfachsten Mitteln zwar, aber es funktionierte, wenn auch mit bescheidenen Ergebnissen, wie die schorfigen Äpfel bewiesen.

„Du kannst dankbar sein, dass ich dich da rausgeholt hab!", sagte Mara.

„Wie hast du mich überhaupt gefunden?"

„Ich kenne doch dein Revier." Sie nagte weiter an dem Knochen herum. „Aber ich hatte keine Ahnung, dass du ausgerechnet in dem Haus sein würdest. Ich hab das Feuer gerochen. Und das Fleisch."

„Ich auch", sagte Ben. „Ganz schön unvorsichtig von dem Mann, oder?"

Mara konnte sich das auch nicht erklären. Sie selbst würde ein Stück Fleisch nie mitten am Tage braten, noch dazu in einem Viertel, in dem die Ärmsten und Hungrigsten lebten.

„Woher er das Fleisch wohl hatte?", fragte Ben.

Während sie ihn dabei beobachtete, wie er mit unglaublicher Hingabe den winzigen Apfel bis auf den Stiel vertilgte, stieg die Wut darüber, dass er das Fleisch verschmähte, wieder in ihr hoch. „Wenn auch du dem Geruch gefolgt bist", sagte sie eine Spur zu laut, „warum willst du dann jetzt nichts von dem Fleisch?" Er sah sie noch immer nicht an. Irgendwas verschweigt er mir, schoss es ihr durch den Kopf.

„Ich bin in den Hinterhof gegangen", sagte er schließlich. „Aber zuerst hab ich das Feuer noch gar nicht gerochen. Ich hab …" Er holte Luft und sprach dann ein wenig leiser weiter. „Ich hab nach dem Hund gesucht. Von dem ich dir erzählt hab. In diesem Hof hab ich ihn gestern gesehen."

Für einen Augenblick wurde sie noch zorniger. Sie hatte ihm doch gesagt, dass ein Hund nicht infrage käme. Dann fiel ihr Blick auf den abgenagten Knochen in ihrer Hand, und ihr Zorn wich einem anderen Gefühl. Sie versuchte, den Gedanken zu verdrängen. Aber ihr Appetit war verschwunden.

*

Kurz vor Einbruch der Dunkelheit fragte Ben, wann sie denn ihre Matratzen aus dem alten Unterschlupf holen würden. „Es regnet nicht mehr", fügte er hinzu. „Und ich werde langsam müde."

Mara hatte den ganzen Tag gezögert. Nun konnte sie dem Thema nicht länger ausweichen. „Ben, ich …", begann sie stockend. Dann fasste sie sich ein Herz. „Ich will die Matratzen gar nicht mehr holen."

Er sah aus dem Fenster und drehte ihr den Rücken zu. Draußen versank die Sonne zwischen den Häusern auf der anderen Straßenseite. Jetzt wandte er sich abrupt um, die Stirn in Falten gelegt. „Bist du bescheuert? Schon vergessen, wie hart so ein Boden sein kann?"

Nein, sie erinnerte sich gut an Zeiten, in denen sie keine Matratzen besessen hatten. In den ersten Nachtstunden ging es noch, aber gegen Morgen hatten schlimme Rückenschmerzen sie geweckt. Und im Winter holte man sich unweigerlich eine Lungenentzündung, wenn man auf dem nackten Boden schlief. Aber die Matratzen waren einfach zu sperrig für das, was sie vorhatte. „Sie sind zu groß", sagte sie.

„Glaubst du, wir kriegen sie nicht die Hauswand hinauf?", fragte Ben. „Weil wir am Regenrohr hochklettern müssen?"

„Ich ...", setzte sie an und sprach dann doch nicht weiter.

„Ey, Mara, wir hatten schon schlimmere Klettertouren! Schon vergessen, wie wir uns die Matratzen besorgt haben?"

Nein, sie erinnerte sich. Sie hatte sich kopfüber mit den Kniekehlen an ein waagerecht verlaufendes Gasrohr gehängt, und Ben hatte ihr die Matratzen von unten angereicht. Auf dieselbe Weise hatte sie hinterher Ben wieder aus dem Keller gezogen, in dem sie die Matratzen entdeckt hatten. Sie war sich wie eine Trapezkünstlerin vorgekommen – obwohl sie nie einen Zirkus besucht hatte. Aber sie erinnerte sich an ein Bilderbuch, das Artisten in der Manege zeigte. Ein Bilderbuch, das ihre Mutter oft mit ihr angeschaut hatte ...

Schließlich sagte sie einfach: „Ich will hier nicht bleiben."

Ben schaute sie noch verwirrter an als vorher. „Das hier ist ein guter Unterschlupf", sagte er. „Einer der besten, die du je gefunden hast."

„Ich meine nicht dieses Haus", sagte sie. „Ich will weg aus der Stadt."

Für Sekunden starrte er sie nur an. Dann fragte er: „Wo willst du denn hin?"

„Irgendwo muss es doch ein bisschen einfacher sein! Irgendwo im Osten ... wo das Land ansteigt und nicht alles überschwemmt ist."

„Du hast immer gesagt, es wäre zu gefährlich, von hier abzuhauen."

„Wäre es denn ungefährlich hierzubleiben?"

Er winkte ab.

Wenn es so einfach wäre, dachte sie. Wenn sie nur mit einer Handbewegung alles wegwischen könnten.

„Hier sind wir sicher!", beharrte Ben. „Der Eingang ist so schwer zu erreichen …"

„Glaubst du, andere können nicht klettern?", fiel sie ihm ins Wort. „Ist doch nur eine Frage der Zeit, bis uns jemand hier aufspürt."

„Wir machen kein Feuer!"

„Gestern haben wir eins gemacht. Das war auch nötig!"

Dagegen fiel ihm wohl nichts ein. „Erinnerst du dich, dass Sophie von einem Schiffskapitän erzählt hat?", fragte sie.

Er nickte widerwillig.

„Er bringt die Leute weg."

„Und wohin?", fragte Ben.

„Dorthin, wo sie es vielleicht ein bisschen leichter haben. Wo nicht alles überschwemmt ist."

„Mara … wie soll ich das sagen? Ich hab irgendwie Angst davor, dass es woanders noch schwieriger für uns wird."

„Weil du gar nichts anderes kennst!", sagte sie.

Resigniert wandte er sich ab und sah wieder aus dem Fenster. „Ja, vielleicht", murmelte er.

In diesem Moment begriff sie, dass ihr Bruder tatsächlich so etwas wie Heimatliebe für diese zerstörte Stadt verspürte. Als ihr das Wort in den Sinn kam, hätte sie beinahe gelacht, so absurd und zugleich logisch erschien es ihr. Doch sie selbst erinnerte sich noch. Nicht nur an das Bilderbuch vom Zirkus. Sie erinnerte sich noch an eine Welt, in der es echte Zirkusse gegeben hatte. Nein, sie hatte auch keine Ahnung, wie die Welt jenseits der Stadtgrenzen aussah. Aber Ben sollte nicht in dieser kaputten Hafenstadt älter werden und irgendwann einfach sterben, ohne jemals etwas anderes gesehen zu haben.

„Lass uns morgen aufbrechen", sagte sie.

6

Es würde ein warmer Tag werden. Mara konnte fast zusehen, wie das Wasser auf dem Asphalt in der Vormittagssonne verdampfte. Die Fahrbahn war an vielen Stellen aufgebrochen. Dort hatten sich bei dem gestrigen Regen besonders große Pfützen gebildet. Gräser und Kräuter wuchsen aus den Rissen in der Autobahn. Sogar an ein paar jungen Bäumen, zumeist Birken, kamen sie vorbei. Ihre dürren, frisch belaubten Zweige wiegten im Wind, als würden sie ihnen zuwinken.

Mara ließ Ben vorgehen. Sie wollte ihn im Blick haben. In regelmäßigen Abständen schaute sie über die Schulter zurück. Aber seitdem sie das Haus im Westen der Stadt verlassen hatten, waren sie nicht vielen anderen Menschen begegnet. Ein paar Kinder hatten in der Nähe des Stellwerks, in dem Sophie gelebt hatte, auf den Schienen gespielt – eine Art Baseball mit einem Stein und einer abgebrochenen Latte. Sie hatten Mara und Ben aus den Augenwinkeln beobachtet.

Kurz darauf, als sie gerade im Begriff gewesen waren, den Stützpfeiler zur Autobahn hinaufzuklettern, war nur wenige Schritte neben ihnen ein Mann aus dem Gestrüpp aufgetaucht. Ben, der sich bereits an ein paar rostigen Metallhaken den Pfeiler hinaufzog, fiel vor Schreck fast herunter. Mara nahm instinktiv eine Abwehrhaltung ein. Doch schon im nächsten Augenblick beruhigten sich beide. Der Mann erschrak nämlich genauso wie sie und sah sich nach allen Seiten um, ob da noch mehr Leute wären. Er war gerade dabei, mit einer einfachen Schnur seine weite Leinenhose zu gürten. Offensichtlich hatte er in dem Gebüsch unter der Autobahn sein Geschäft verrichtet. Wortlos nickte er ihnen zu und ging seiner Wege.

In den vergangenen Jahren hatte Mara gelernt, vorsichtig zu sein. Misstrauen konnte Leben retten. Jedoch nahm es einem jegliche Unbefangenheit, hielt einen in dauernder Anspannung. Vielleicht war das der Grund, dachte sie, warum heute sogar Kinder schon so furchtbar alt aussahen. Das stetige Misstrauen mochte vielleicht *Leben* retten – aber es vertrieb die *Lebendigkeit*.

Sie sah es auch Ben an. Sie musste dazu nicht einmal sein Gesicht sehen. Wie er vor ihr auf dem in der Sonne dampfenden Asphalt dahinschlich und den Blick bald nach rechts, bald nach links wendete. Wenn ein Geräusch seine Aufmerksamkeit erregte, neigte er den Kopf zur Seite und lauschte. Die Schultern schien er die ganze Zeit leicht hochgezogen zu halten, als erwartete er einen Angriff von hinten oder eine Attacke aus der Luft.

Als Mara Stimmen unterhalb der Autobahn hörte, verließ sie die Fahrbahnmitte und ging nach rechts. Früher hatte die Autobahn Schallschutzwände besessen, aber die waren längst abmontiert. Vermutlich waren sie aus dickem Kunststoff oder Metall, das die Leute gut gebrauchen konnten – etwa als Dächer für Unterstände oder um Fensteröffnungen gegen Sturm und Regen abzudichten.

Mara beugte sich über die Leitplanke. Das Wasser reichte in diesem Viertel bis über die Fensterbänke im Erdgeschoss der Wohnhäuser. Zwischen den Häusern paddelten drei Personen auf einem Floß, das ihnen gerade genug Platz zum Sitzen bot. Sie wandten Mara den Rücken zu und bemerkten sie nicht. Ihr Floß hatten sie wohl selbst gebaut. In der Mitte bildeten verschieden lange Holzlatten eine vielleicht zwei Meter lange und kaum halb so breite Sitzfläche. Außen herum verlief ein Ring aus leeren Plastikflaschen. Mara fragte sich, womit sie die verschiedenen Teile verbunden hatten. Aber das war aus dieser Entfernung nicht zu erkennen.

Vorne auf dem Floß saß eine Frau, hinter ihr ein Kind. Ganz hinten kniete ein Mann. Er stieß einen Besenstiel senkrecht ins Wasser und steuerte das Floß die überschwemmte Straße hinab nach Osten. Falls es eine Strömung in Richtung Rhein, in Richtung Meer gab, so musste sie sehr schwach sein, denn es schien dem Mann keine große Mühe zu bereiten, das Floß in die Gegenrichtung zu bewegen. Aber das hier war schließlich kein Fluss. Es war nur eine überflutete Straße, die gemeinsam mit anderen ein Kanalnetz bildete. Auf einem der Flüsse in dieser Gegend – auf der Ruhr oder der Emscher, die seit der Großen Flut zu gewaltigen Strömen angewachsen waren – bekäme die Familie vielleicht Schwierigkeiten, stromaufwärts voranzukommen.

Mara wollte so weit wie möglich auf den hoch gebauten, nicht überfluteten Autobahnen wandern. Sie hoffte, dass die von einem Kreuz im Norden der Stadt nach Osten abzweigende Autobahn noch existierte. Sophie hatte ihnen davon erzählt. Jedoch hatte sie selbst das Hafenviertel seit Jahren nicht mehr verlassen. Und es war keine Seltenheit, dass Bauwerke einfach in sich zusammenstürzten, weil ihre Fundamente unterspült worden waren.

Auch Ben beobachtete die drei Gestalten auf dem Floß. Schweigend sahen sie ihnen auf ihrer wackligen Konstruktion aus Abfall hinterher, bis sie zwischen zwei Häuserzeilen verschwanden. „Bist du hungrig?", fragte Mara.

Ben schüttelte den Kopf. Zum Frühstück hatten sie sich den Inhalt einer der Konservendosen des alten Mannes geteilt: eingekochte Pfirsiche.

Sie öffnete ihren Rucksack. „Trink einen Schluck Wasser", sagte sie und reichte ihm eine Flasche.

Es hätte Mara nicht gewundert, wenn er sie ignoriert hätte. Seitdem sie ihm ihre Entscheidung, die Stadt zu verlassen, mitgeteilt hatte, sprach er kaum und war bockig. Aber sein Durst war wohl stärker als der Zorn auf sie. Denn er nahm die Wasserflasche und trank.

Mara verstaute die Flasche wieder in ihrem Rucksack. Außer den Wasserflaschen, dem Obst und den Konserven befand sich nicht viel darin: ein paar selbst gebaute Werkzeuge aus Metallteilen, die sie mit viel Mühe gebogen und mit Steinen zurechtgehämmert hatten; weitere Metallteile, die sie gegen Lebensmittel eintauschen wollten; die beiden Streichhölzer, die sie seit einer Ewigkeit aufbewahrte. Ben trug in seinem Rucksack ihre Decken. Der war der damit prall gefüllt. Sie hatte darauf bestanden, dass er das Lexikon zurückließ. „Zu viel Ballast", hatte sie erklärt. Auf seinen Protest hatte sie erwidert, die Welt dieses Lexikons gäbe es ohnehin nicht mehr. Später hatte ihr diese Äußerung leidgetan.

An Kleidung besaßen sie nur das, was sie am Körper trugen. Aus ihren Hosen und Pullovern waren sie beide längst rausgewachsen. Bens Schuhe passten noch einigermaßen, aber Mara lief, sofern es die Witterung zuließ, barfuß, weil ihre Schuhe drückten. Spätestens im Herbst, wenn die Tage kälter wurden, würden sie sich neu einkleiden müssen. Woher auch immer sie die Sachen nehmen sollten.

Mara setzte den Rucksack wieder auf und sah die Straße entlang. Niemand war zu sehen. Aber am Himmel ballten sich dunkle Wolken zusammen.

*

Als die ersten Tropfen fielen, drehte Ben sich zu ihr um. Er sah sie an, als wollte er fragen, ob sie trotz des beginnenden Regens weiterlaufen wollte.

Mara wies mit dem Kinn nach rechts, wo sich neben der Autobahn ein weitläufiges Dickicht ausgebreitet hatte. Die wenigen Gebäude, die daraus hervorragten, waren monströse Überbleibsel ehemaliger Industriebauten. Ein Hochofen schimmerte mattgrau zwischen all dem feuchten Grün. Er war das imposanteste Bauwerk weit und breit – und doch nur eine verblassende Erinnerung an eine zu Fall gebrachte Kultur.

„Der alte Landschaftspark", sagte Mara. „Da finden wir einen Unterschlupf."

Ben schien zu zögern. Aber die Regentropfen fielen bereits dichter. Mara ging an ihm vorbei auf die Leitplanke zu. Dort, wo eine rote Rohrleitung die Autobahn überquerte, fanden sie einen von Kletterpflanzen überwucherten Stützpfeiler. An den armdicken Ranken stiegen sie hinab. Der Untergrund war matschig, aber nicht vollständig überschwemmt.

Sie folgten der roten Rohrleitung über Betonplateaus und verwilderte Schotterwege, kletterten über umgestürzte Bäume und Metallgerüste und standen schließlich vor einem Backsteingebäude, dessen Dach weitgehend intakt schien. Sie zogen das stählerne Tor einen Spalt weit auf und betraten eine Halle. Was auch immer diese einmal beherbergt hatte, es war fort. Mara wunderte sich, dass niemand das Gebäude zu bewohnen schien. Denn immerhin machte es den Eindruck, trocken zu sein. Die Halle ruhte auf einem hohen Sockel und war dadurch vor Hochwasser geschützt.

„Komm, setzen wir uns erst mal", sagte Mara. Und während sie ihren Rucksack öffnete und die Vorräte zwischen Ben und sich ausbreitete, konnte sie nicht aufhören, an all die Dinge zu denken, die sie schon jetzt vermisste. Eine Plane. Eine Landkarte. Mehr Proviant. Kleidung zum Wechseln.

Ben nahm sich einen Apfel und wies mit der anderen Hand auf das Dickicht draußen vor den Bogenfenstern. „Ein richtiger Dschungel."

„Ein Regenwald", bestätigte Mara und bedauerte den zynischen Unterton ihrer Stimme.

Ben ging nicht darauf ein. Er hatte diesen Blick in den Augen. Wenn er so schaute, war nur ein Teil von ihm anwesend. Der andere Teil war in irgendeiner Geschichte, die er einmal gelesen hatte oder die er sich selbst zusammenfantasierte. Die Geschichten schienen ihm eine Zuflucht zu bieten, wenn die Herausforderungen der Wirklichkeit zu groß wurden. Aber oft hatte Mara das Gefühl, er fände nur schwer zurück in die Realität.

Jetzt schaute er in dieses undurchsichtige Grün dort draußen – oder schaute vielleicht hindurch – und sagte: „Erinnert mich an eine Geschichte ..."

Mara war jetzt klar, dass sie so nicht weitergehen konnten. Sobald der Regen aufhörte, würde sie umkehren, um noch ein paar Dinge zu besorgen. Ben sollte hier auf sie warten. Der Ort erschien ihr sicher genug. Mit ihm und den schweren Rucksäcken wäre sie zu langsam.

Für einen Augenblick lauschte sie dem Trommeln des Regens auf dem Hallendach hoch über ihnen. Dann bat sie Ben, ihr die Geschichte zu erzählen.

Er schloss die Augen, um sich zu konzentrieren. Das tat er meistens, wenn er rezitierte. *„Zu einer Zeit, da das Land jenseits der Berge noch unerforschter Dschungel war ...",* begann Ben.

Mara kannte die Geschichte. Bald hörte sie nicht mehr zu. So bewundernswert Bens Talent im Memorieren und Rezitieren von Geschichten war, so begrenzt war sein Repertoire. Schließlich benötigte er Zeit zum Auswendiglernen. Und besonders lange beherrschte er das Lesen noch gar nicht. Nur selten fanden sie Bücher zwischen Abfall. Papier war wertvoll. Die meisten Bücher hatte Sophie ihnen gegeben – leihweise, denn ihre Bücher hatten allen gehören sollen, die hin und wieder zu ihr gekommen waren.

Unter diesen anderen hatte Mara früher eine Freundin gehabt. Cleo hieß eigentlich Cleopatra, und das Erste, was sie Mara erzählte, war, dass dies der Name einer ägyptischen Königin gewesen sei. Zuerst hielt Mara sie deshalb für eingebildet. Aber bald begriff sie, dass dieses magere rothaarige Mädchen glaubte, ihr Name funktioniere wie ein Schutzschild. Jemand hatte ihrer Mutter etwas Schlimmes angetan, wie sie Mara anvertraute. Was genau passiert war, verriet

Cleo nie, aber ihre Mutter schlief seitdem kaum noch. Und Cleos Vater misstraute anderen Menschen, wie Mara es noch bei niemandem erlebt hatte.

Doch Cleo besaß noch ihre Eltern. Darum beneidete Mara sie unendlich. Und insgeheim hoffte sie, Cleos Eltern würden Ben und sie selbst zu sich nehmen.

Aber eines Tages, ohne dass Cleo es mit nur einem Wort angedeutet hatte, waren die drei verschwunden. Von Sophie erfuhr Mara, dass sie nach Osten aufgebrochen seien. Cleo habe bis zuletzt wahrscheinlich selbst nichts von den Plänen ihrer Eltern gewusst, vermutete Sophie. Trotzdem kannte Maras Enttäuschung keine Grenzen.

Ben hatte sich schon immer schwer damit getan, Freunde zu finden. Mara hatte den Eindruck, er bemühe sich überhaupt nicht darum. Anderen Menschen – sogar Kindern – begegnete er mit fast ebensolchem Argwohn, wie Mara ihn bei Cleos Vater beobachtet hatte.

„... in diesem Moment, da der Regen so plötzlich aufhörte, wie er begonnen hatte, teilte sich das Dickicht vor ihnen. Da stand eine Gestalt, die Arme weit ausgebreitet, zwischen dem Farn und den Ästen der Sandelholzbäume. Im Nebel, der nach dem Regen aus dem Unterholz aufstieg, war ihr Gesicht nicht zu erkennen. Doch es schien, als sei es Shiva selbst, der da vor ihnen stand."

Damit hörte nicht nur in der Geschichte der Regen auf. Das monotone Trommeln der Tropfen auf dem Dach endete abrupt.

„Ben", sagte Mara, „ich will versuchen, noch ein paar Sachen zu besorgen. Du wartest hier."

‖ 7 ‖

Ben starrte in das Dickicht. Er hatte sich in eines der hohen Bogenfenster gesetzt. Fast kam es ihm so vor, als befände er sich in der Geschichte, die er eben erzählt hatte. Das da draußen war der indische Dschungel, in dem nach einem langen Regen aus dem Unterholz Nebel aufstieg. Und er saß nicht in einer Maschinenhalle, die einmal zu einem Stahlwerk gehört hatte, sondern in einer verlassenen Tempelruine. Doch da war niemand, der die Zweige zur Seite bog und auf ihn zukam. Kein Gott Shiva noch sonst wer. Und darüber war Ben heilfroh.

Mara war nun schon eine Weile unterwegs. Seitdem beobachtete er die Schatten unter den Bäumen, lauschte den aus den Baumkronen herabfallenden Tropfen und fragte sich die ganze Zeit, ob da mehr wäre … mehr als die Schatten der Pflanzen und das Echo des vergangenen Regens.

Ben fürchtete die wuchernde Lebendigkeit dieses verwilderten Parks. Überall schien sich etwas zu bewegen, niemals herrschte Stille, immer raschelte irgendwo ein Blatt oder knackte ein Ast. Alles war so kraftstrotzend. Bäume und Sträucher hatten die einst mächtigen Gebäude wenn nicht zu Fall gebracht, so doch wenigstens unter sich begraben. Moos überwucherte die Fensterbank, auf der er saß. Es schien an diesem Gebäude ebenso langsam wie unerbittlich hochzukriechen, um es gemeinsam mit den übrigen Pflanzen irgendwann vollständig zu verschlingen, es zu einem Teil der Sumpflandschaft, zu einem Teil von sich selbst zu machen.

Schon wieder knackte es dort drüben im Unterholz. Was für Tiere mochten in diesem Dickicht leben? Er hatte von Wolfsrudeln gehört. Und seine Vorstellung von Wölfen war bestimmt von dem Bild, das Märchen von ihnen zeichneten. Darin waren die Wölfe eigentlich immer hungrig.

Hungrig auf Kinder. Servierte er sich hier selbst auf dem sprichwörtlichen Silbertablett?

Bei diesem Gedanken meldete sich sein eigener Magen. Die eingelegten Pfirsiche und der Apfel hatten nicht lange vorgehalten. Aber er wollte sparsam mit den Vorräten umgehen. Vielleicht gelang es Mara nicht, weitere Lebensmittel zu besorgen. Solches Glück wie am Vortag hatten sie selten. Und Mara hatte ihm versprochen, nicht noch einmal in die Wohnung des Alten zurückzukehren.

Ben entschied, seinen Magen mit ein wenig Wasser zu beruhigen. Er sprang von der Fensterbank ins Innere der Halle. Ihre Sachen lagen noch so ausgebreitet auf dem Betonboden wie während des Regens, als sie gegessen und Ben die Geschichte erzählt hatte. Er nahm eine der Flaschen, schraubte sie auf und trank einen Schluck.

Da hörte er Stimmen. Irgendwo dort draußen unter den Bäumen. Er duckte sich sofort unter das Fenster, damit man ihn von außen nicht sah. Er konnte mindestens drei Stimmen unterscheiden, Stimmen von erwachsenen Männern. Was sie sagten, konnte er nicht verstehen. Aber jetzt hörte er auch Zweige brechen und Laub rascheln. Sie mussten bereits sehr nah sein.

Als Ben es wagte, für eine Sekunde über die Fensterbank nach draußen zu spähen, sah er Bewegung im Dickicht. Farbige Kleidung schimmerte im dunklen Grün. Jemand kam direkt auf die Halle zu.

Die Sträucher vor dem Eingang zur Halle teilten sich – keine zwanzig Meter links von dem Fenster, an dem Ben kauerte –, und dann sah er sie: vier Männer, allesamt hager, aber muskulös, die fahlen Gesichter von Bärten umrahmt. An Seilen zogen sie irgendetwas hinter sich her.

Ben duckte sich wieder unter die Fensterbank. Was die Männer da hinter sich herschleiften, hatte sich bewegt. Er hatte nicht lange genug hinsehen können, um es genauer zu erkennen. Nur dass es mit Stricken verschnürt war wie ein Paket. Er musste sofort hier weg.

Da bemerkte er die Wasserflasche in seiner Hand. Und vor seinen Füßen lagen die übrigen Flaschen, die Konservendosen, die Äpfel und ihre ausgebreiteten Decken. Ben beeilte sich, die Flasche zuzuschrauben und sie zusammen mit den anderen Vorräten in seinem Rucksack zu verstauen.

Er hörte die Männer näherkommen. Jetzt verstand er ihre Worte. Einer sprach davon, trockenes Holz aus einem Unterstand zu holen.

Ben setzte den Rucksack auf und rollte die beiden Decken zusammen. Als er die Trageschnur um die erste Decke knotete, hörte er die Schritte der Männer auf den Stufen, die zum Tor der Halle heraufführten. „Wer von euch hat das schon wieder offen gelassen?", fragte einer.

Ben raffte die zweite Decke zusammen, hob die Schnur auf und rannte an der Wand entlang in den hinteren Teil der Halle. Das Gebäude war leer. Hier drinnen gab es nichts, wohinter er sich verstecken konnte.

Am anderen Ende, dem Eingangstor genau gegenüber, war ein zweites Tor. Ben erreichte es in der Sekunde, als die Männer das Eingangstor aufstießen. Er hörte das Quietschen der Angeln, schob im selben Moment das hintere Tor einen Spalt weit auf und zwängte sich hindurch. Kurz blieb er mit einem Riemen des Rucksacks an einem Stahlriegel hängen. Dann war er draußen.

Wohin jetzt?

Er sah sich um. Zu beiden Seiten war die Backsteinwand der Halle vielleicht zehn Meter lang. Jeweils drei der großen Bogenfenster befanden sich rechts und links des Tores. Gegenüber begann nach wenigen Schritten das Dickicht. Dazwischen waren Gras und Kraut platt getreten. War das auf der anderen Seite ebenso gewesen? Er glaubte nicht, dass Mara und er das übersehen hätten. Das Tor in seinem

Rücken, durch das er gerade geschlüpft war, schien also das eigentliche Eingangstor zu sein, das andere, durch das die Männer eben gekommen waren, der seltener benutzte Hintereingang.

Ben wollte einfach geradeaus ins Dickicht rennen, da bemerkte er auf seiner linken Seite eine Bewegung. Er sah hinüber und erkannte einen der Männer zwischen den Bäumen. Offenbar hatte er Ben noch nicht gesehen, denn er ging weiter geradeaus. Wahrscheinlich der Mann, der Feuerholz holen wollte. Ben hielt die Luft an, als könnte schon das Geräusch seines Atems ihn verraten. Dann duckte er sich und schlich nach rechts, unter den Bogenfenstern hindurch, weg von dem Mann.

Erst als er um die Ecke der Halle herum war, wagte er wieder zu atmen. Er hockte sich unter eine der Fensteröffnungen, den Rücken gegen die Mauer gepresst, und lauschte. Die nackten Wände im Innern der Halle warfen jedes Geräusch in vielfacher Lautstärke zurück. So konnte er die Stimmen der Männer gut verstehen.

„Legt sie da drüben hin!", kommandierte einer.

Ben erkannte die Stimme des Mannes, der die anderen wegen des offen stehenden Tors gescholten hatte. Er schien der Anführer der Gruppe zu sein.

„Verdammt schwer, das Biest!", fluchte ein anderer, während ein schleifendes Geräusch zu hören war.

Ben konnte der Versuchung nicht widerstehen. Er drehte sich um, streckte langsam die Beine und spähte über die Fensterbrüstung.

In der großen Halle wirkten die drei Männer ein wenig verloren, ohne dabei jedoch etwas von ihrer Bedrohlichkeit einzubüßen. Einer stand noch immer nah am Tor, durch das sie gekommen waren. Er stemmte die Fäuste in die Hüften und beobachtete, wie die anderen seinen Befehl ausführten. Die beiden waren mit dem Ding, das sie über den

Boden schleiften, an der Wand gegenüber angekommen. Jetzt ließen sie die Seile, die sie zum Ziehen benutzt hatten, los und rollten das verschnürte Etwas mit den Füßen unter eines der Fenster. Im Gegenlicht konnte Ben noch immer nicht erkennen, worum es sich handelte. Aber nach einem letzten Fußtritt glaubte er, ein gedämpftes Stöhnen zu hören. Sie sind jagen gewesen, redete er sich ein. Das ist irgendein Tier, wollte er sich glauben machen.

Einer der beiden Männer, die das vermeintliche Tier dorthin geschleift hatten, bückte sich und schien etwas vom Boden aufzuheben. Er wandte den Kopf nach links. „Schau dir das an!", sagte er und streckte den Arm aus. Ben konnte nicht erkennen, was er in der Hand hielt.

Der Anführer verließ seinen Platz am Tor und ging zu den beiden anderen. Der Klang seiner Schritte hallte von den Wänden wider, als wären die Sohlen seiner Stiefel mit Metall beschlagen. „Was hast du da?", fragte er.

Der andere reichte es ihm.

„Ein abgenagter Apfel?"

Ben fuhr zusammen und duckte sich wieder unter die Fensterbrüstung. Er hörte den Anführer im Befehlston sagen: „Durchs vordere Tor, du linksherum, du rechts! Ich suche an der Hinterseite."

Durch die leere Fensteröffnung über Ben tönte der metallische Widerhall der Stiefelschritte. Er wusste, dass ihm nur noch Sekunden blieben, um sich durchs Dickicht davonzumachen.

Als er sich vom Fenster abwandte, blickte er in das Gesicht eines Mannes. Dieser trat gerade aus dem Gebüsch, die Arme mit Feuerholz beladen. Für einen Moment sah er einfach nur überrascht aus. Dann ließ er das Holz fallen und machte einen Schritt auf Ben zu. Der überwand seine Starre und rannte nach links. Als er die Ecke des Gebäudes erreichte, warf er einen Blick zur Seite.

In diesem Augenblick traten die beiden Männer durch das Tor nach draußen. „Bleib stehen!", rief der Holzsammler hinter Ben, woraufhin die beiden anderen Männer in seine Richtung sahen und sofort auf ihn zu rannten.

Ben stürmte über das niedergetretene Gras des Vorplatzes. Im Rucksack schleuderten die Vorräte durcheinander. Die Kanten der schweren Konservendosen schlugen ihm in die Rippen. Unter den Armen trug er die beiden Decken. Ein Zipfel der nicht zusammengerollten Decke hing so weit hinunter, dass er befürchtete, im nächsten Moment darüber zu stolpern. Hinter sich hörte er einen der Männer keuchend atmen, so nah, als würde er im nächsten Augenblick nach ihm greifen. Ben sprang mitten zwischen die Sträucher. Zweige peitschten sein Gesicht. Er hob die Arme vor die Augen und rannte. Bis sich die lose Decke in einem Dornenstrauch verfing. Ben zerrte an dem Stoff. Er hörte ein Reißen. Und den keuchenden Atem seines Verfolgers. Da ließ er die Decke in dem Strauch hängen und rannte weiter.

Der Boden war von einer dicken Schicht verfaulten, nassen Laubs bedeckt. Nur nicht ausrutschen, schoss es ihm durch den Kopf. Er konnte den Mann noch immer hinter sich hören. „Lauft rechts und links von mir!", rief er seinen Kumpanen zu.

Sie wollten ihn also in die Zange nehmen. Und dabei entfernte Ben sich immer weiter von der Autobahn, lief immer weiter ins Unbekannte hinein.

Hinter seinem Rücken hörte er den Mann laut fluchen, dazu das Geräusch brechender Zweige. Ben wagte einen Blick über die Schulter. Der Mann war gestürzt und starrte ihn hasserfüllt an. „Macht schneller!", rief er den anderen zu.

Ben hörte, wie sie sich durch die Sträucher kämpften. Aber zu sehen waren sie nicht. Was bedeutete, dass sie ihn ebenfalls nicht sehen konnten. Noch nicht. Zum ersten Mal war Ben dankbar für die dichte Vegetation.

Er rannte weiter. Und es dauerte nicht lange, bis er im Wasser stand. Zwar nur knöcheltief, doch durch das Gewirr von Zweigen sah er, dass der matschige, laubbedeckte Boden hier in eine breite Wasserfläche überging. Anstelle der Birken und Dornenbüsche, die bisher einen Großteil des Dickichts ausgemacht hatten, wuchs dort im Wasser meterweit Schilfgras.

Wo das Schilf endete, erkannte Ben einen Fluss. Mara hatte gesagt, die Emscher fließe durch diesen ehemaligen Park. Wahrscheinlich stand er an ihrem Ufer.

Links lag ein Boot im Wasser, ein einfaches Ruderboot. Mit einem Tau war es an einer jungen, im Wasser wachsenden Birke festgebunden. Ein kahlköpfiger Mann stand in dem Boot und reckte seinen Hals, den Blick ins Dickicht gerichtet. Auch er musste die Rufe der Männer hören.

Ben durfte nicht länger zögern, sonst hätten seine Verfolger ihn in wenigen Augenblicken eingeholt. Den Fluss zu durchqueren kam nicht infrage. Der Kahlköpfige hätte ihn sofort entdeckt. Ben musste es irgendwie zurück zur Autobahn schaffen. Er musste Mara abfangen, damit sie den Männern nicht direkt in die Arme lief. Also umdrehen und im Unterholz zwischen seinen Verfolgern hindurch.

Ben ging ein paar Schritte durchs Wasser nach rechts, um nicht genau dieselbe Strecke zurückzulaufen. Er musste dort eine Schneise zwischen den Sträuchern hinterlassen haben. Und wahrscheinlich lief sein Verfolger diese Schneise entlang.

Doch er wollte auch nicht zu weit von dieser Strecke abweichen, um nicht dem nach rechts ausgescherten Mann zu begegnen. Also zählte er zwanzig Schritte, schaute dabei immer wieder über seine Schulter und wandte sich schließlich in die Richtung, in der die Halle stehen musste. Er würde einen weiten Bogen um sie machen, die Richtung aber beibehalten, um so zur Autobahn zu gelangen.

Er ging nun langsamer, um möglichst wenige Geräusche zu verursachen. Behutsam bog er Zweige nach oben, darauf bedacht, sie nicht abzubrechen, um dann unter ihnen hindurchzukriechen.

Es dauerte nicht lange, bis er ein regelmäßiges Schmatzen zu seiner Linken hörte. Sofort verharrte er in der Bewegung, sank nur noch ein bisschen tiefer ins Unterholz.

Zwischen den Bäumen bewegte sich etwas. Jetzt erkannte er den Holzsammler. Das Schmatzen wurde durch seine Schritte im feuchten Laub verursacht. Am liebsten hätte Ben die Augen geschlossen, als würde er weniger sichtbar, wenn er selbst nichts sah.

Keine zehn Meter entfernt ging der Mann an ihm vorbei. Ben sah, wie er die Sträucher nach abgebrochenen Ästen absuchte. Wenn er seine Schritte nur ein wenig weiter herüber lenkte, würde er vielleicht fündig werden. Denn bestimmt hatte Ben trotz aller Vorsicht Spuren hinterlassen. Und der Mann schien sich im Fährtenlesen auszukennen. Aber er änderte seine Richtung nicht. Als Ben ihn nicht mehr sehen und hören konnte, schlich er weiter.

Er wusste nicht, wie lange er schon durchs Unterholz geschlichen war, als er sich zu fragen begann, ob er jegliche Orientierung verloren hatte. Die Halle hatte er noch nicht wieder gesehen. Lief er überhaupt noch in die richtige Richtung? Er legte den Kopf in den Nacken und suchte zwischen den Baumkronen nach der Sonne, um eine Vorstellung von den Himmelsrichtungen zu bekommen. Aber es waren längst wieder Regenwolken aufgezogen, so dunkel, dass die Sonne dahinter nicht einmal zu erahnen war. Dabei herrschte eine drückende Schwüle in dem feuchten Dickicht.

Ben musste wieder an die Geschichte aus dem indischen Dschungel denken. Er schwitzte. Und er fragte sich, wo Mara jetzt war.

Da erkannte er zwischen den Baumstämmen einen rötlich schimmernden stählernen Pfosten. Er sah an dem Pfosten nach oben. Und da war die doppelte Rohrleitung, der sie von der Autobahn aus gefolgt waren.

Ben wollte schon losrennen, als sein Blick auf den im Unterholz versinkenden Fuß des Pfostens fiel. Ein bärtiger Mann lehnte an dem rostigen Stahl. Ben erkannte den Anführer der Jäger. Ein Schatten lag unter seinem linken Auge. Ein Muttermal? Eine Tätowierung? Ben war zu weit entfernt, um das genau zu erkennen. Aber nah genug, um entdeckt zu werden.

Der Mann bewegte den Kopf langsam von einer Seite zur anderen und ließ seinen Blick durch das Dickicht wandern.

‖ 8 ‖

Mara hatte Ben versprochen, nicht noch einmal zu dem alten Mann zu gehen. Und doch stand sie jetzt im Schatten der Toreinfahrt zum Hinterhof des Wohnblocks. Die Chance war einfach zu groß. Sie konnte sich nicht vorstellen, dass der Alte sich nach ihrem gestrigen Besuch schon ein neues Quartier gesucht hatte. Solche Vorräte konnten kaum auf einmal transportiert werden. Und alles bei Tageslicht auf offener Straße herumzutragen, wäre mehr als unvorsichtig.

Mara starrte zu den Fenstern im zweiten Stock hinauf. Bisher hatte sie keine Bewegung dahinter wahrgenommen. Auch gehört hatte sie nichts. Sie hatte lange gewartet, aber jetzt zog sie die Gurte ihres leeren Rucksacks stramm. Gerade als sie aus dem Halbdunkel der Toreinfahrt treten wollte, hörte sie Schritte. Es klang, als würde jemand eine Treppe heruntersteigen. Im nächsten Moment erschien der alte Mann in der Hintertür.

Mara wich zurück. Dabei stieß sie mit der Ferse gegen den Schutthaufen neben ihr. Ein Stein löste sich und rollte herunter. Sie hoffte, das Geräusch wäre nicht wirklich so laut, wie es für sie klang. Hinter dem Schutthaufen kauerte sie sich zusammen. Als sie über die Kante spähte, sah sie den Mann durch den Hof auf sie zukommen. Schnell wich sie geduckt zurück. An beiden Seiten des Durchgangs, in dem sie sich befand, führte eine Türöffnung ins Innere des Hauses. Die Türen fehlten.

Mara erreichte die Öffnung auf ihrer Seite in dem Moment, als sie das Spiegelbild des Mannes im knöcheltiefen Wasser neben dem Schutthaufen sah. Sie schlüpfte ins Haus, lief drei Stufen hinauf in einen Flur, hastete um eine Ecke und presste sich gegen die Wand. Sekunden später hörte sie den Mann in der Einfahrt durch das Wasser laufen. Er ging vorbei. Die Schritte entfernten sich. Sie atmete aus.

Eine Weile verharrte sie noch bewegungslos in dem Hausflur. Dann schlich sie zurück zur Toreinfahrt, ging nach vorn und sah vorsichtig zu jeder Seite die Straße hinunter. Von dem Mann war nichts zu sehen. Sie machte kehrt und rannte durch die Einfahrt in den Hof. Sie bemühte sich nicht mehr darum, kein Geräusch zu verursachen. Jetzt kam es nur darauf an, schnell zu sein. Einzupacken, was sie brauchten, bevor der Mann zurückkam.

In der Wohnung konnte sie noch das Feuer vom Vortag riechen. Sie folgte dem Geruch in das Zimmer am Ende des Flurs. Die Glut war erloschen, graue Asche lag in einem tönernen Kübel, wie man sie früher als Blumentöpfe benutzt hatte. Was der Mann als Grillrost darübergelegt hatte, war wohl ursprünglich ein Gitter über einem Abfluss zur Kanalisation gewesen. Schweres Metall – auf dem Tauschmarkt wäre es ein kleines Vermögen wert. Aber Mara wollte es nicht mit sich herumtragen.

Sie blickte von einer Wand zur anderen. Ein Schachbrett stand neben der Feuerstelle auf dem Boden. Zwei der Figuren passten nicht zu den anderen. Ein weißer Läufer und ein schwarzer Turm waren größer und klobiger als die übrigen Figuren. Sie waren wohl von Hand nachgeschnitzt worden. Ihr Vater hatte Mara die Regeln des Schachspiels beigebracht. Manchmal dachte sie daran, es Ben zu zeigen.

Die Feuerstelle und das Schachspiel ... ansonsten war der Raum leer. Hatte der Alte doch begonnen, die Wohnung auszuräumen? Würde die Vorratskammer nebenan leer sein?

Als sie sich umdrehte, sah sie, dass sie nicht allein war. In der Tür zum Flur stand der Mann. Sein Gesicht drückte eine Mischung aus Zorn und Belustigung aus. Mit der linken Hand stützte er sich am Türrahmen ab. In der rechten hielt er eine Eisenstange von der Länge seines Unterarms in die Höhe. An einer Öse war eine daumendicke Kette befestigt. Sie war beinahe genauso lang wie die Stange. An ihrem

Ende schwang eine Kugel aus gewickeltem Draht, einem Wollknäuel nicht unähnlich. Doch aus diesem Knäuel ragten die Spitzen von Nägeln und scharfkantige Glasscherben.

„Dachtest du, ich hätte dich da unten in der Einfahrt nicht bemerkt?", sagte der Mann. Er sprach schleppend und mit rauer Stimme. Als hätte er seit Ewigkeiten nicht gesprochen und es beinahe verlernt. „Ich hab dich die ganze Zeit beobachtet. War mir nicht sicher, ob du dich nach oben trauen würdest. Da bin ich einfach hinten raus und vorne wieder rein." Er lachte kehlig und wurde von einem Husten geschüttelt. „Ihr glaubt wohl, ich würde mich zweimal überraschen lassen? Von zwei Gören wie euch?"

Unter den Augen war die faltige Haut des Mannes dunkelrot. Sein weißer Bart war ordentlich gestutzt. Die Kleidung – ein weiter Überzieher, der ein wenig an eine Mönchskutte erinnerte – sah sauber aus. Mara schätzte ihn auf über siebzig.

„Hat's dir die Sprache verschlagen?", fragte der Mann.

„Lassen Sie mich gehen", sagte Mara. „Bitte!"

„Damit du heute Nacht wiederkommst? Mit Verstärkung?"

„Ich hab nur meinen Bruder. Und wir kommen nicht wieder, versprochen."

Der Alte lachte bitter. „Warum sollte ich dir glauben?"

„Weil wir eigentlich schon weg sein wollten."

„Was soll das heißen?"

„Weg aus der Stadt. Nach Osten."

Der Mann legte die Stirn in Falten. „Ihr zwei? Erzähl mir nicht solchen Mist!"

„Uns fehlen nur noch ein paar Sachen."

Er musterte sie für ein paar Sekunden. Aber die Hand mit der Waffe ließ er noch immer nicht sinken. „Du meinst das wirklich ernst? Ihr zwei wollt euch allein auf den Weg machen?"

„Hier bleiben wir jedenfalls nicht mehr."

„Seid ihr schon länger unterwegs?"
Sie schüttelte den Kopf. „Heute aufgebrochen. Mein Bruder wartet in der Nähe der Autobahn."
„Auf der Autobahn seid ihr vollkommen schutzlos."
Sie zuckte mit den Schultern. „Kann Ihnen doch egal sein. Lassen Sie mich jetzt gehen?"
Er betrachtete sie von oben bis unten. Mara ertrug es kaum noch. Wollte er nur seine Vorräte beschützen? Oder war er vielleicht noch auf etwas anderes aus? Wenn er sich nur einen Schritt weiter vorwärts bewegte, würde sie aus dem Fenster springen.
„Ich kann dich nicht einfach gehen lassen", sagte der Mann und ließ den eisernen Knüppel langsam sinken. Die spitzenübersäte Drahtkugel begann, knapp über dem Fußboden an der Kette hin und her zu pendeln. „Nicht so."
Maras Körper versteifte sich.
Der Mann deutete auf das Spielbrett am Boden. „Kannst du Schach spielen?"
Fast hätte sie gelacht. „Tut mir leid, keine Zeit", sagte sie.
Der Mann schmunzelte. „Ich hab mich schon daran gewöhnt, gegen mich selbst zu spielen", sagte er. „Ob du die Regeln kennst, will ich wissen."
Sie nickte.
„Weißt du", sagte er und schaute zu seiner Waffe hinunter, „ich hab eigentlich keine Lust darauf, dieses Ding zu benutzen. Aber ich darf dir nicht trauen. Wie beim Schach weiß ich nicht, was deine Züge bedeuten. Seid ihr wirklich morgen weg und kommt nicht wieder? Seid ihr tatsächlich nur zu zweit?"
„Ich verspreche Ihnen ...", begann Mara, aber er fiel ihr ins Wort.
„*Du* kannst versprechen, was du willst. *Ich* muss entscheiden, was ich glaube und was nicht. Ich will dir gern glauben, dass ihr nicht wiederkommt. Aber noch lieber will ich meine

Vorräte behalten und diesen Unterschlupf nicht verlassen müssen."

„Dann sollten Sie kein Fleisch mehr braten", rutschte es Mara heraus.

„Ja, das war ein Fehler. Deshalb werfe ich euch auch nichts vor. Jeder wäre dem Geruch gefolgt."

„Worauf wollen Sie hinaus?"

„Wie gesagt ..." Er hob seine Waffe an.

Mara zuckte zusammen.

Aber dann verschränkte er die Arme vor der Brust. „Es ist wie beim Schach. Du bist hier rein. Und jetzt bin ich am Zug."

„Bitte ..."

„Wenn ich dich einfach laufen lasse, muss ich damit rechnen, dass du wiederkommst. Und dass du beim nächsten Mal selbst eine Waffe dabeihast."

„Ich würde nie ..."

„Wenn ihr wirklich auf dem Weg nach Osten seid, braucht ihr mehr als ein paar Konserven. Du weißt von den Flusspiraten?"

„Ich hab von ihnen gehört."

„Ihr braucht Waffen. Und so etwas wie ein Zelt."

„Ich wollte mich nach einer Plane umschauen."

„Ich gebe dir eine."

„Sie?" Mara starrte den Mann an.

„Ich muss etwas hergeben", sagte er. „Wie eine Figur beim Schach. Damit du mir bei deinem nächsten Zug nicht eine wertvollere Figur nimmst."

Mara verstand noch immer nicht.

„Wenn ich sicherstellen will, dass ihr nicht wiederkommt, muss ich euch wohl oder übel ein bisschen unter die Arme greifen. Was suchst du außer einer Plane und Lebensmitteln?"

„Sie meinen das ernst?"

Er löste die verschränkten Arme und drehte die Handflächen nach oben. „Am besten für mich ist es doch, wenn ich euch helfe, so weit wie möglich von hier wegzukommen. Dann hab ich wieder meine Ruhe."

Langsam begann Mara, ihm zu glauben. „Das wäre kein schlechter Schachzug", sagte sie.

*

Der Alte schenkte ihr eine Plane aus dicker grauer Folie. „Ein richtiges Zelt wäre besser" sagte er. „Versucht, eins aufzutreiben!"

Maras Frage nach einer Landkarte fand er gar nicht so dumm, wie sie angenommen hatte. Zwar seien, wie jeder wusste, manche Städte vollständig versunken. „Wie Atlantis", sagte der Mann. „Nur waren unsere Nachbarn im Unterschied zu den Bewohnern von Atlantis alles andere als weise." Eine Landkarte jedenfalls, befand er, ermögliche ihnen immerhin eine grobe Orientierung. Er selbst habe einmal versucht, weiter östlich einen Ort zum Leben zu finden. Daher wisse er, dass manche weithin sichtbare Gebäude wie der Gasometer in Oberhausen noch stünden „Allerdings ist das fast alles, was von dieser Stadt noch zu sehen ist", bemerkte er mit sarkastischem Unterton. „Eigentlich hätte es uns hier in Duisburg nicht besser ergehen sollen. Hätten die Verantwortlichen nicht noch kurz vor der Flut neue Deiche bauen lassen ..."

Anstatt den Satz zu beenden, fragte er: „Ist dir klar, warum sie das getan haben?"

Mara zuckte mit den Schultern. „Um die Leute zu schützen, nehme ich an."

Er lachte. „Von wegen! Das hier war mal Europas größter Binnenhafen. Um die Waren in den Lagerhäusern ging es ihnen!"

„Warum haben Sie denn im Osten keinen Platz für sich gefunden?", wollte Mara wissen.

Er musterte sie erneut. „Wenn ihr wirklich so naiv seid, solltet ihr es gar nicht versuchen", sagte er. „Glaubt ihr denn, ihr seid die Einzigen, die was Besseres suchen?" Der Mann wandte den Blick ab. Seine Waffe hatte er bisher nicht aus der Hand gelegt.

Mittlerweile standen sie zwischen den Regalen seines Vorratsraumes. Am Ende des schmalen Zimmers ermöglichte ein quadratisches Fenster einen Blick auf die gegenüberliegende Häuserreihe und ein Stück Himmel darüber. Mara sah, dass neue Regenwolken von Westen heranzogen.

„Damals war ich noch nicht allein", sagte der Mann, den Blick aufs Fenster gerichtet, als läge dahinter die Vergangenheit, von der er sprach. „Ich hatte eine Frau …"

Mara wartete und fragte sich, ob da noch mehr kommen würde. Aber der Alte verlor kein weiteres Wort über seine Frau.

„Ich bin allein hierher zurückgekehrt", sagte er. „Ans Ende der Welt." Der Mann wandte sich wieder Mara zu. „Habt ihr denn irgendein bestimmtes Ziel?", fragte er.

Erst schüttelte sie den Kopf. Dann erzählte sie von Noah.

Der Mann runzelte die Stirn. „Ein Schiffskapitän? Und er bringt Leute in sichere Gegenden? Wer erzählt so was?"

„Die einzige Person, der wir je vertraut haben", sagte Mara.

„Na, dann …" sagte der Alte. Doch die Falten verschwanden nicht von seiner Stirn. „In der Nähe von Bochum", sagte er, „also dort, wo einmal Bochum war, soll sich eine Gruppe Kinder zusammengetan haben. Vielleicht könnt ihr bei denen leben."

„Bei ein paar Kindern?", fragte Mara.

„Ich weiß, das klingt nicht besonders vielversprechend", sagte der Alte. „Ich erzähle nur, was ich gehört habe. Irgendwie gelingt es dieser Bande, über die Runden zu kommen."

Mit diesen Worten nahm er einen mehrfach gefalteten Bogen Papier aus einem der Regale und reichte ihn Mara. An den verschiedenfarbigen Flächen, den verschlungenen und sich kreuzenden Linien und einigen Ortsnamen erkannte sie, dass es sich um eine Landkarte handelte.

„Danke", sagte Mara und steckte die Karte in die vordere Tasche ihres Rucksacks.

„Und nun zu eurem Proviant", sagte der Mann.

*

Der Rucksack wog schwer auf ihrem Rücken, als sie zum zweiten Mal heute an dem Betonpfeiler zur Autobahn hinaufkletterte. Eine Waffe hatte der Mann ihr nicht gegeben und seine eigene nicht losgelassen, bis er Mara auf der Türschwelle zum Hinterhof verabschiedet hatte. Dafür hatte er ihren Rucksack mit reichlich frischem Gemüse und Obst sowie einigen Konserven und zwei Wasserflaschen gefüllt. Zuletzt hatte er ihr noch eine aufgerollte Schnur gegeben.

Sie spähte über die Betonbrüstung der Autobahnbrücke. Als sie niemanden sah, wuchtete sie zuerst die aufgerollte und von einem Stück Draht zusammengehaltene Plane hinüber. Dann kletterte sie hinterher. Sie wischte sich den Schweiß von der Stirn. Noch immer war es schwül, und das Klettern hatte sie angestrengt. Also öffnete sie den Rucksack und gönnte sich einen Schluck aus einer der Wasserflaschen.

Die Wolken hingen nun tiefer am Himmel. Sie musste sich beeilen, um wieder bei Ben zu sein, bevor der Regen einsetzte.

‖ 9 ‖

Kaum hatte Mara ihren Bruder am Rand der Autobahn entdeckt, war sie losgerannt. Ben hatte neben der Leitplanke gekauert und war aufgesprungen. So wild, wie er ihr gewunken hatte, so hektisch, wie er dabei herumgehüpft war, hatte für Mara kein Zweifel bestanden: Sie mussten hier weg – und zwar schnell.

Als sie das Autobahnkreuz erreichten, setzte der Regen ein. Sie kletterten an einem der Pfeiler hinab. Unter der nach Osten führenden Spur fanden sie zwischen zwei Betonstreben einen trockenen Platz. Eine Weile waren sie nur damit beschäftigt, wieder zu Atem zu kommen. Erst dann begannen sie zu reden.

„Glaubst du, sie sind dir zur Autobahn gefolgt?", fragte Mara, nachdem Ben ihr von den Männern erzählt hatte.

„Ich weiß nicht. Ich war erst kurz vor dir da."

Nachdem Ben den Mann mit dem Mal unter dem linken Auge gesehen hatte, war er auf allen vieren durch das Dickicht gekrochen. Manchmal hatte er nicht weit hinter sich Äste brechen hören. Dann war er erstarrt. Doch schon nach wenigen Sekunden war er weitergekrochen. Schließlich musste er Mara abfangen, damit sie den Männern nicht in die Arme lief.

„Das war ein Mensch, den sie in die Halle geschleift haben", sagte er zu Mara. „Und du?", wechselte er das Thema. „Irgendwas aufgetrieben?"

Mara zeigte ihm die Landkarte, die Plane und die Lebensmittel.

Er starrte die Sachen an. „Woher hast du das alles?"

„Du glaubst mir ja doch nicht, wenn ich eine Geschichte erfinde", sagte sie. „Ich war noch mal bei dem alten Mann."

„Du hast mir versprochen …", fuhr er sie an, aber Mara fiel ihm ins Wort.

„Er hat mir die Sachen geschenkt."

„Ja, klar ... Du wolltest doch keine Geschichte erfinden!"

„Glaub, was du willst. Es ist schwer zu erklären."

Mara schraubte eine der Wasserflaschen auf und trank einen Schluck. „Und die Männer hatten ein Boot?", fragte sie und reichte Ben die Flasche.

„Ein kleines Ruderboot, ja. Ein fünfter Mann hat drauf aufgepasst."

Mara nickte. „Wir brauchen auch ein Boot. Wer weiß, wie lange wir auf der Straße weiterkommen."

Soweit Mara nach Osten sehen konnte, flankierte die Autobahn den ehemaligen Park. Irgendwo dort unten in diesem undurchdringlichen Grün waren die Männer, die ihren Bruder verfolgt hatten.

Als der graue Schleier des Regens sich auflöste und die Wolkendecke aufriss, konnte Mara im Sonnenlicht ein blau schimmerndes Band sehen, das sich durch das Dickicht schlängelte. Das musste die Emscher sein, zu einem Vielfachen ihrer früheren Breite gewachsen. Dahinter, weiter ostwärts, sah sie gewaltige Wasserflächen.

Was hatte der alte Mann über Duisburg gesagt? Dass es eigentlich in der Großen Flut hätte untergehen müssen, wären nicht noch kurz zuvor neue Deiche gebaut worden. Nun, da sie mit eigenen Augen sah, wie wenig Land nicht überschwemmt war, glaubte sie dem Alten. Aber von Sophie wusste sie, dass das Land im Osten und im Süden anstieg. Irgendwo musste es wieder trockenen Boden geben.

„Der Regen hat aufgehört", sagte sie. „Lass uns weitergehen!"

*

Die Autobahn beschrieb einen weiten Bogen nach links. Rechts von ihnen zog sich der Fluss durch das Dickicht. Sie näherten sich ihm. Mara zählte ihre Schritte. Sie wollte eine ungefähre Vorstellung von den Entfernungen, die sie zurücklegten, bekommen. Gleichzeitig beruhigte sie das Zählen, die Konzentration auf den monotonen Rhythmus ihrer Schritte.

Sie waren kaum mehr als tausend Schritte gegangen, als Ben plötzlich stehen blieb. Wortlos wies er mit der Hand geradeaus. Vielleicht hundert Schritte voraus endete die Fahrbahn. Die Autobahn war eingestürzt.

Sie gingen bis zur Abbruchkante. Ein Blick über die rechte Leitplanke zeigte ihnen, dass der Fluss hier bis an die letzten noch stehenden Stützpfeiler reichte. Das Geröll unter ihnen wurde vom Wasser überspült. Hier hatte sich der Fluss verzweigt. Während sein ursprünglicher Lauf durch das Dickicht südlich der Autobahn führte, hatte sich ein neuer Arm nach Norden unter der Autobahn hindurchgefressen und diese schließlich zum Einsturz gebracht.

„Wann haben wir endlich dieses Dickicht hinter uns?!", fluchte Ben und schaute nach Süden, wo zwischen Baumkronen der alte Hochofen emporragte.

„Komm, wir schauen auf der anderen Seite", sagte Mara. Es sollte aufmunternd klingen.

Ben folgte ihr bis zu der Stelle, wo sich die Leitplanke über die Abbruchkante bog. Wenige Meter unter ihnen war sie abgerissen. Ausgestreckte, fransige Metallfinger wiesen in die Tiefe. Dort grenzte das Dickicht nach vielleicht fünfzig Metern an eine ehemalige Wohnsiedlung. Bis zum Dachgeschoss standen die Häuser unter Wasser.

„Da sind Leute", sagte Ben.

Auf einem der Dächer lagerten drei Personen, zwei Erwachsene und ein Kind. An der Regenrinne des Hauses hatten sie ein Floß festgemacht.

„Die haben wir doch schon heute Morgen gesehen", stellte Mara fest.

„Das Kind hat uns entdeckt", sagte Ben.
Die kleinste der drei Gestalten wies mit ausgestrecktem Arm in ihre Richtung. Die Erwachsenen wandten ihre Gesichter Mara und Ben zu. Sie beschatteten ihre Augen mit den Händen, denn die Sonne stand nun tief und schien sie zu blenden.
Ben begann zu winken.
„Was soll das?", fragte Mara.
„Vielleicht können sie uns helfen", meinte Ben.
„Schätze mal, die haben genug mit sich selbst zu tun", entgegnete sie.
Tatsächlich riss der Mann nun den Arm des Kindes herunter, als dieses begann, Bens Winken zu erwidern.
„Siehst du?", sagte Mara und ließ ihren Blick nach links wandern. Wenn sie etwa die Hälfte der Strecke zum Autobahnkreuz zurückgingen und dann auf dieser Seite von der Autobahn hinabkletterten, kämen sie in einen trockenen Teil des Stadtviertels.
„Wir brauchen auch so ein Floß", sagte Mara. „Und wir müssen einen Platz zum Schlafen finden, bevor es dunkel wird."

*

Auf der Suche nach etwas, woraus sich ein Floß bauen ließ, durchstreiften sie die Straßen nördlich der Autobahn und des Dickichts. Zweigeschossige Häuser mit kleinen Gärten oder Höfen dahinter. Schmutzränder an den Fassaden markierten den Wasserstand während des letzten Hochwassers. Einmal wurden sie aus einem Hinterhof verjagt, ohne jemanden zu Gesicht zu bekommen. Steine flogen in ihre Richtung, und sie hörten eine Frau schreien: „Verschwindet!"
In einer anderen Straße tauchte aus einem Hauseingang plötzlich ein Greis auf und sah sich vorsichtig um. Als er

Mara und Ben entdeckte, zuckte er zusammen und zog sich rasch ins Haus zurück. Mara stellte sich vor, wie er in einer dunklen Ecke kauerte, um sich vor den beiden zu verstecken. „Komm schnell weiter!", drängte sie und zog Ben an dem Hauseingang vorbei.

Bis zum Einsetzen der Dämmerung hatten sie fünf vom Wasser aufgequollene Bretter gefunden. In einem verlassenen Haus zogen sie sich ins Dachgeschoss zurück.

Bevor das letzte Tageslicht verschwand, versuchten sie, die Bretter miteinander zu verbinden. Mara schnitt lange Stücke von der Schnur, die der alte Mann ihr gegeben hatte. Nebeneinander gelegt und verschnürt ergaben die Bretter eine Fläche, die zum Sitzen gerade breit genug war. Ihr Gepäck würden sie auf dem Schoß transportieren müssen. Aber sie brauchten noch Ruder. Und am besten Plastikflaschen, die als Schwimmer taugten wie beim Floß der Familie, die sie beobachtet hatten.

Als sie das halbfertige Etwas, mit dem sie sich übers Wasser bewegen wollten, anhoben, brach die Konstruktion vollständig auseinander. Polternd fielen ihnen die Bretter vor die Füße.

Mara hätte heulen können. Stattdessen sagte sie: „Wir versuchen es morgen noch mal. Jetzt ist es zu dunkel."

Ben nickte.

„Lass uns schlafen", sagte sie.

Ben zuckte zusammen. „Das hab ich ganz vergessen dir zu erzählen", setzte er zögernd an. „Ich hab eine der Decken verloren."

⁝⁝ 10 ⁝⁝

Das Geräusch des Regens hatte Ben geweckt. Er sah Maras Silhouette vor der leeren Fensteröffnung. Trübes Licht fiel in den Raum. Wahrscheinlich war es noch früh am Morgen.
Nachts hatte er sich an seine Schwester geschmiegt, geplagt vom schlechten Gewissen. Dabei hatte sie ihm vorm Einschlafen versichert, dass es richtig gewesen sei, die Decke in dem Dickicht liegen zu lassen und weiter vor den Männern zu fliehen. Doch er wusste, es würden kältere Nächte als diese kommen.
Mara wandte sich ihm zu, als hätte sie gespürt, dass er aufgewacht war.
„Frühstück?", fragte sie.
„Was gibt's denn?"
„Rührei mit Schinken, Buttertoast und heiße Schokolade."
„Nein danke", sagte er und rieb sich den Schlaf aus den Augen. „Ich bin noch satt vom Abendessen."
„Du hast recht", erwiderte sie grinsend, „es waren einfach zu viele Klöße."
„Und dann auch noch der Kuchen zum Nachtisch!"
„Mir reicht jetzt ein Apfel", sagte sie und öffnete ihren Rucksack.
„Na, gut", meinte er, „einen Apfel schaffe ich vielleicht."
„Fang auf!", sagte Mara und warf ihm ein schrumpliges, von Schorf übersätes Exemplar zu.
Kauend nickte Ben in Richtung der losen Bretter. „Wie kriegen wir das besser hin?"
Mara nagte das Kerngehäuse ihres Apfels gründlich ab, bevor sie antwortete. „Die Bretter taugen sowieso nichts", stellte sie fest und versetzte dem Trümmerhaufen einen Fußtritt.
„Wenn wir eine Tür fänden …", meinte Ben.
„In wie vielen Häusern waren wir gestern?", wandte Mara ein. „Hast du irgendwo eine Tür gesehen?"

„Vielleicht finden wir jemanden, der uns mitnimmt."

Sie zog die Augenbrauen hoch. „Denk mal an die Leute auf dem Dach gestern. Wie der Mann dem Kind den Arm runtergerissen hat, als es uns winken wollte."

Wahrscheinlich hatte sie recht. Es fiel Ben einfach schwer, das hinzunehmen. Dass fast jeder nur an sich selbst dachte. „Sophie hat uns immer geholfen", sagte er.

„Der Alte mit den Vorräten hat mir gestern auch geholfen", entgegnete Mara. „Aber darauf können wir uns doch nicht verlassen. Dass wir immer irgendwen finden." Sie warf den abgenagten Apfel aus dem Fenster. „Vielleicht gibt es in den Ruinen etwas, woraus sich ein Floß bauen lässt."

„In welchen Ruinen?"

„Vom Stahlwerk. In dem Dickicht."

Ben sprang auf. „Spinnst du? Und die Männer?"

Sie wich seinem Blick aus. „Sind vielleicht längst woanders hin mit ihrem Boot."

„Und wenn nicht?"

„Wir müssen eben vorsichtig sein."

„Du hast die nicht gesehen", sagte er. „Ich hatte noch nie solche Angst vor irgendwem."

„Hier finden wir nur Müll", beharrte sie. „Und ohne ein brauchbares Boot kommen wir nicht weiter. Los, räumen wir die Sachen zusammen!"

*

Sobald der Regen aufhörte, machten sie sich auf den Weg. Sie gingen zurück zu der Stelle, an der die Autobahn eingestürzt war. Von dort folgten sie dem Lauf des Flusses ins Dickicht hinein. Dabei hielten sie sich nah am Ufer, um die Orientierung nicht zu verlieren. Sie gingen nur so weit unter die Bäume, dass sie nicht jedem Beobachter sofort ins Auge fallen würden.

„Sind die meisten Ruinen nicht auf der anderen Seite des Flusses?", fragte Ben.

„Ja, schon", sagte Mara. „Aber ich hab nicht vor, ans andere Ufer zu schwimmen. Nicht mit dem ganzen Gepäck. Wir wären total durchnässt. Und wir dürfen uns auf keinen Fall erkälten."

„Aber die Männer …"

„Halt Augen und Ohren offen", sagte sie. „Sprich leise, wenn überhaupt. Und pass auf, wo du hintrittst." Demonstrativ hob sie einen vertrockneten Ast vor ihren Füßen auf.

Außer Vogelgezwitscher und dem schwachen Rauschen des Windes in den Baumkronen war kaum etwas zu hören. Die Welt war leiser geworden nach der Großen Flut. Wer Geräusche verursachte, musste einfach auffallen.

Mara legte den Ast beiseite, damit Ben nicht auf ihn trat. „Sobald wir eine seichte Stelle finden, waten wir hinüber", sagte sie. Vorsichtig bog Mara einen Strauch zur Seite, damit Ben nicht an den dornigen Zweigen hängen blieb. „Ich gehe vor", flüsterte sie.

Der Untergrund war matschig, und es war unmöglich zu verhindern, dass jeder Schritt ein schmatzendes Geräusch mit sich brachte.

Einmal sackte Ben mit dem rechten Bein bis zum Knie ein, weil verfaultes Laub ein Erdloch, vielleicht den Eingang zu einem Kaninchenbau, verborgen hatte. Mara drehte sich um und warf ihm einen tadelnden Blick zu.

Kurz darauf konnte sie selbst einen Schmerzensschrei nur mit Mühe unterdrücken. Eine stachelige Brombeerranke schnellte ihr ins Gesicht und hinterließ einen roten Striemen von der Stirn bis zur rechten Wange. Ben wollte ihr Auge untersuchen, aber sie hielt die Hand davor und drängte ihn weiterzugehen.

Als sie sich einer Stelle näherten, wo am Flussufer zu ihrer Linken dichtes Schilfgras wuchs, hob Mara unvermittelt eine Hand. Den Zeigefinger der anderen Hand legte sie auf die Lippen und setzte sich in die Hocke.

Ben tat es ihr gleich und spähte durch das Schilf. Da sah er das Boot. Und den Mann darauf. Es war derselbe Kahlkopf, der am Vortag das Boot bewacht hatte. Er stützte sich auf einen Stab und ließ den Blick über den Fluss und das Dickicht schweifen. Mara bedeutete Ben, sich unter die Bäume zurückzuziehen.

Als sie, tief gebückt, vielleicht hundert Schritte weit geschlichen waren, wies Mara auf einen umgestürzten Baumstamm. Sie kauerten sich hinter ihn und lauschten eine Weile. Irgendwo schrie eine Krähe. Sonst war nur der Wind in den Baumwipfeln zu hören.

„Ich locke den Mann vom Boot weg", flüsterte Mara.

„Was? Warum denn?" Es fiel Ben schwer, das leise zu sagen. „Lass uns lieber Abstand halten!"

Sie schüttelte den Kopf.

„Oder zurückgehen."

„Nein, ich locke ihn weg", wiederholte Mara. „Und du machst das Boot los."

Für einen Moment war Ben sprachlos. Das konnte sie doch nicht ernst meinen. Dann begriff er und sagte: „Das hast du von Anfang an vorgehabt, oder? Du wolltest hier gar nichts suchen, um ein Floß zu bauen!"

„Ich muss ihn nur dazu bringen, kurz ans Ufer zu kommen. Nur so lange, wie du brauchst, um das Boot loszumachen."

„Und dann?" Er starrte sie fassungslos an. „Er wird dich erwischen!"

„Ich muss eben schneller sein. Und in einem Bogen zum Boot zurückrennen. Hauptsache, du hast es dann schon losgemacht." Sie probierte, ein aufmunterndes Lächeln aufzusetzen. „Wie blöd der Typ aus der Wäsche gucken wird, wenn wir mit seinem Boot wegfahren!"

„So ein Quatsch!", fuhr er sie an. „*Wir* werden blöd aus der Wäsche gucken, wenn sie uns einkassieren!" Immerzu musste er an das verschnürte Bündel denken, das die Männer in die Halle gezerrt hatten. An das Stöhnen, als einer von denen der gefesselten Gestalt einen Tritt versetzt hatte. Er starrte Mara an. Das von der Brombeerranke getroffene Auge war gerötet und geschwollen.

„Was bleibt uns denn übrig?", fragte sie.

Maras Plan mochte verrückt klingen. Aber Ben musste zugeben, dass die Männer wahrscheinlich nicht damit rechneten, auf so dreiste Weise überlistet und bestohlen zu werden. Noch dazu von Kindern. Vielleicht war das ihre Chance.

„Komm!", drängte Mara. „Noch ist der Typ allein auf dem Boot. Wenn seine Kumpels auftauchen, können wir die Sache vergessen."

*

Als sie das Schilf erreichten, gab Mara ihm ihren Rucksack. Ben verstand. Er musste ihre gesamten Sachen zum Boot bringen. Mara wäre sonst zu langsam.

Ben spähte durch die Halme. Das Boot wiegte leicht im Wasser. Der Mann hatte sich nicht von der Stelle bewegt. Und wenn er Mara gar nicht folgen würde? Auch gestern, als die Männer hinter Ben her gewesen waren, hatte er das Boot nicht verlassen. Vielleicht würde er nach den anderen rufen. Vielleicht ein Signal pfeifen. Und die Jagd wäre eröffnet.

Mara warf ihm einen fragenden Blick zu.

Ben nickte. *Pass auf!*, formten seine Lippen.

Sie legte eine Hand auf seine Schulter, drückte sie kurz und lächelte. Dann stand sie auf. Er streckte den Arm nach ihr aus. Aber sie war schon im Schilf verschwunden.

Ben atmete tief ein und wieder aus. Dann zog er den zweiten Rucksack über die Schultern, so dass dieser vor seinem

Bauch hing. Als er in tieferes Wasser watete, erleichterte ihm der Auftrieb, die Last beider Rucksäcke zu tragen. Am schwierigsten war es, verräterisches Plätschern zu vermeiden.

Er war dem Boot nun sehr nahe. Wenn er die Halme vor seinem Gesicht ein wenig auseinanderbog, konnte er den Mann wenige Armlängen entfernt sehen. Ben schaute nur kurz und ließ das Schilfgras rasch wieder los, um nicht entdeckt zu werden. Er musste abwarten und sich auf sein Gehör verlassen. Ein wenig neigte er den Kopf zur Seite. Unwillkürlich begann er die Lippen zu bewegen. Lautlos sprach er vor sich hin:

Nun weinte das Schwesterchen über das arme verwünschte Brüderchen, und das Rehchen weinte auch und saß so traurig neben ihm. Da sprach das Mädchen endlich: „Sei still, liebes Rehchen, ich will dich ja nimmermehr verlassen."

Er schaute starr ins Schilf, dorthin, wo er hinter den Halmen das Boot und den Mann wusste.

Und als sie lange, lange gegangen waren, kamen sie endlich an ein kleines Haus, und das Mädchen schaute hinein, und weil es leer war, dachte es: Hier können wir bleiben und wohnen.

Mara hatte ihm nicht erzählt, wie sie die Aufmerksamkeit des Mannes gewinnen wollte. Vielleicht würde sie sich nur am Ufer zeigen und den Mann so zu sich locken, ohne irgendeinen Ruf, den Ben hören könnte. Und wenn der Kahlköpfige Mara ganz lautlos folgte? Was, wenn der Mann ihr längst auf den Fersen war, während Ben sich hier selbst ein Märchen erzählte, um sich zu beruhigen?

Wieder bog er die Halme auseinander und war sich dabei fast sicher, dass der Mann vom Boot verschwunden sein würde. Aber er stand noch darauf. Und zum Glück sah er gerade nicht herüber.

Ben ließ die Halme los. Wieder begannen seine Lippen, stumm die Worte der Geschichte zu formen:

Das dauerte eine Zeitlang, dass sie so allein in der Wildnis waren. Es trug sich aber zu, dass der König des Landes eine große Jagd in dem Wald hielt. Da schallte das Hörnerblasen, Hundegebell und das lustige Geschrei der Jäger durch die Bäume, und das Rehlein hörte es und wäre gar zu gerne dabei gewesen.

Ben hörte den Mann ins Wasser steigen. Nicht hastig, sondern langsam und darauf bedacht, das Wasser nicht stärker als nötig aufzustören. Offenbar wollte er sich an Mara heranschleichen.

Ben richtete sich langsam auf und wagte einen neuerlichen Blick durchs Schilf. Ja, der Mann hatte das Boot verlassen und watete durchs knietiefe Wasser zum Ufer. Ben hoffte nur, dass Mara den Kahlköpfigen im Blick hatte. Langsam setzte er sich in Bewegung.

Als der Mann das Ufer erreichte, war Ben am Boot angekommen. Er wartete, versteckt hinter dem kleinen Holzkahn, bis der Mann in dem Dickicht verschwunden war.

Zuerst legte Ben die Rucksäcke ins Boot und folgte dann der Leine bis zu der Birke, an deren Stamm sie festgeknotet war. Mit zitternden Händen versuchte er, den Knoten zu lösen. Und schaffte es nicht. Je mehr er an der Leine herumhantierte, desto fester schien er den Knoten zuzuziehen. Er warf einen Blick ans Ufer. Von seiner Schwester und ihrem Verfolger war nichts zu sehen.

Ben watete zurück zum Boot. Jetzt war es ihm egal, wie laut er dabei das Wasser aufwirbelte. Er wollte nur noch diesen verdammten Knoten lösen. Er zog sich an Bord und stürzte sich auf Maras Rucksack. Wo war ihr Werkzeug? Ben wühlte sich durch die Konservendosen und Äpfel, aber den aus einem Lumpen gefertigten Beutel, in dem seine Schwester ihre Werkzeuge aufbewahrte, konnte er einfach nicht ertasten. Schließlich schüttete er den gesamten Inhalt des Rucksacks im Boot aus.

Drüben im Dickicht hörte er Äste brechen. Er sah hinüber und bemerkte eine Bewegung unter den Bäumen. Da rannte jemand aufs Ufer zu. Wieder blickte er auf ihre vor ihm ausgebreiteten Habseligkeiten.

„Ben!", hörte er Mara schreien.

Er schaute hoch. Da war sie, schon am Rand des Schilfs. Endlich fand er den Lumpenbeutel und riss ihn auf. An der scharfen Kante des Konservendeckels, den er gesucht hatte, schnitt er sich in den Zeigefinger.

Am Bug des Bootes war die Leine an einem Metallring befestigt. Ben stürzte darauf zu. Um noch einmal zur Birke zu waten und dort den Knoten zu durchtrennen, war es zu spät.

Mara hastete durchs Schilf. Unter den Bäumen tauchte der Kahlköpfige auf. Hinter ihm stürzten zwei andere Männer aus dem Dickicht. Ben erkannte den Holzsammler und den Anführer mit dem Mal unterm Auge. Der Holzsammler streckte den Arm aus, deutete in Bens Richtung und sagte etwas zu seinen Kumpanen.

Ben versuchte, mit dem Konservendeckel die Leine durchzuschneiden. Immer wieder rutschte er ab. Von seinem verletzten Finger tropfte Blut. Als er wieder zum Ufer blickte, liefen die Männer schon durchs Wasser.

Im nächsten Moment erreichte Mara das Boot. Er streckte einen Arm nach ihr aus, um sie hineinzuziehen. „Lass das!", schrie sie. „Schneid die verdammte Leine durch!"

Wieder setzte er an, wieder rutschte er ab. Der Kahlköpfige hatte bereits die halbe Strecke vom Ufer zum Boot zurückgelegt, als Ben die Leine endlich durchtrennte.

Mara griff nach einem der beiden Ruder. Sie rammte es ins flache Wasser und stieß das Boot eine Armlänge vorwärts. Aber der Kahlköpfige hatte es schon fast erreicht.

Für einen Augenblick war Ben wie gelähmt. Er starrte auf eine dicke pulsierende Ader auf der Glatze des Mannes.

„Nimm das andere Ruder!", schrie Mara.

Sie rammte das Ruder in den Grund des Flusses. Wieder glitten sie ein Stückchen weiter.

Ben löste sich aus seiner Erstarrung, hob das zweite Ruder über die Kante des Bootes und stieß es ins Wasser.

Er spürte, wie das Ruder gepackt wurde. Der Mann blickte ihm direkt in die Augen. Ben sah, wie er seine Armmuskeln anspannte und ausholte, um ihn mit einem Ruck ins Wasser zu ziehen. Wollte er nicht in der nächsten Sekunde über Bord gehen, musste er das Ruder loslassen.

Da sauste das andere Ruder auf den blanken Schädel des Mannes nieder. Mit der Kante traf es genau den Scheitel. Der Blick des Mannes wurde leer. Dann brach er im Wasser zusammen.

Die Emscher spülte das Blut vom Ruder, als Mara es wieder ins Wasser rammte. Und endlich begann auch Ben, sein Ruder zu benutzen.

Als sie die Mitte des Flusses erreichten, war das Wasser zu tief, um sich weiterhin mit den Paddeln vom Grund abzustoßen. Sie setzten sich und paddelten, die Gesichter ihren Verfolgern zugewandt.

Die Männer waren stehen geblieben. Der Holzsammler versuchte dem Kahlköpfigen auf die Beine zu helfen, doch der sackte immer wieder ins Wasser zurück. Der Anführer starrte Ben und Mara hinterher.

11

Ihr war kalt. Sie schlug die Augen auf. Ben hatte sich im Schlaf auf die andere Seite gedreht und ihr dabei die Decke weggezogen.

Mara setzte sich auf, streckte die Hand nach oben aus und tastete die Plane über ihren Köpfen ab. Sie hatte während des nächtlichen Regens dicht gehalten. Und die Knoten hatten sich nicht gelöst. Sie hatten die Plane mit Hilfe der Schnur zwischen vier Bäume gespannt – mit einer Neigung, damit das Regenwasser abfließen konnte. Unter den niedrigsten Zipfel der Plane hatten sie eine leere Plastikflasche gestellt. Mara warf einen Blick hinüber. Es hatte funktioniert: Die Flasche war voll.

Im schwindenden Tageslicht war all das nicht leicht gewesen. Denn erst nach Sonnenuntergang hatten sie endlich diesen Platz gefunden.

Sie waren der Emscher Richtung Osten gefolgt, und es hatte nicht lange gedauert, bis ihnen vom Rudern Arme und Schultern geschmerzt hatten. Sie hatten trotzdem weitergemacht. Erst als die Sonne am höchsten stand, hatten sie sich eine längere Pause auf dem Balkon eines Einfamilienhauses gegönnt. Das Wasser hatte hier bis knapp unter die Balkonbrüstung gestanden. Zu diesem Zeitpunkt hatten sie schon längst nicht mehr gewusst, ob sie sich noch auf der Emscher befanden. Schon bald nach ihrem Aufbruch waren sie in ein verzweigtes Netz von Gewässern geraten. Manchmal hatten sie eine Strömung Richtung Westen gespürt, dann war des Rudern am anstrengendsten gewesen. Aber oft hatten sie sich über stehende Gewässer bewegt. Mal hatten sie kaum eine Handbreit Wasser unterm Kiel gehabt, dann wieder hatten nur noch die Dächer der Gebäude aus dem Wasser geragt. Wenn sie anderen Menschen begegnet waren, hatten sie Abstand gehalten.

Am Nachmittag war Mara unruhig geworden. Keines der Gebäude, an denen sie vorbeigerudert waren, schien als Schlafplatz infrage zu kommen. Dann war endlich diese Halde in Sicht gekommen. Wie eine bewaldete Insel lag sie zwischen den überschwemmten Stadtteilen. Sie waren bis zum höchsten Punkt gestiegen, an dem die Bäume und das Gebüsch eine kleine Lichtung freigaben. Eine Treppe führte zu einem Aussichtsturm hinauf. Schlingpflanzen rankten sich am Metallgeländer empor. Am Rande der Lichtung hatten sie ihr Lager aufgeschlagen. Wo genau sie gelandet waren, wusste Mara nicht.

Sie legte eine Hand auf Bens Rücken und streichelte ihn sanft. Er seufzte im Schlaf, ohne Anzeichen für ein baldiges Erwachen. Soll er sich ausruhen, dachte sie. Die Flucht in dem Ruderboot hatte ihn vollkommen erschöpft. Mara selbst spürte jeden Knochen im Leib.

Sie kroch unter der Plane hervor und streckte sich. Sie hatten lange geschlafen – die Sonne stand bereits ziemlich hoch. Ihre Strahlen fanden den Weg durch das Blätterdach auf Maras Gesicht. Sie schloss die Augen. Es würde ein sonniger Tag bleiben.

Dann griff sie nach ihrem Rucksack und zog die Landkarte heraus. Gestern Nachmittag waren sie an einem riesigen, zylinderförmigen Gebäude vorbeigekommen. Nach allem, was sie darüber gehört hatte, konnte das ein Gasometer sein. Waren sie in Oberhausen? Sie hatte keine Ahnung, wie viele Kilometer sie hinter sich gebracht hatten.

Sie trat unter den Bäumen hervor und stieg auf den Aussichtsturm. Als sie nach Norden schaute, entdeckte sie das zylinderförmige Gebäude wieder. Davor eine Ruine, an der sie gestern ebenfalls vorbeigekommen waren, ein ehemaliges Fußballstadion. Rechts davon ein kreuzförmiges Bauwerk, noch größer als das Stadion, mit einer Kuppel am Schnittpunkt beider Achsen. Rundherum weite, unbebaute

Flächen, größtenteils standen sie unter Wasser. Am Fuß der Halde führten Eisenbahnschienen entlang. Jenseits der Schienen begann das Wasser. Ben und Mara hatten das Ruderboot über die Gleise und unter die Bäume getragen. In einem Brombeergestrüpp hatten sie es versteckt.

Sie schaute nach Westen. Von dort waren sie gekommen. Aber es fiel ihr schwer, etwas wiederzuerkennen. In südlicher und östlicher Richtung waren die Bäume so hoch gewachsen, dass sie die Sicht versperrten.

Mara faltete die Landkarte auseinander, suchte Oberhausen und sah wieder nach Norden. Der vermeintliche Gasometer, davor die Stadionruine, der Verlauf der Schienen … Mara glaubte, die Halde, auf der sie stand, gefunden zu haben.

Sie stieg vom Aussichtsturm und ging den Schotterweg bergab. Ben würde noch eine Weile schlafen. In der Zeit wollte sie nach dem Boot sehen und die Umgebung erkunden. Der Weg führte spiralförmig abwärts. Früher musste er breiter gewesen sein. Das Unterholz war von beiden Seiten näher gerückt. Zwischen dem feinen Schotter wucherte Kraut.

An jeder Biegung des Weges blieb Mara kurz stehen und sah sich in alle Richtungen um. Aber die Pflanzen standen so dicht, dass sie erst durch die Bäume blicken konnte, als sie beinahe unten angekommen war. Da waren die Bahngleise. Auf der anderen Seite erkannte sie das Dach einer Gewerbehalle. Dort waren sie gestern aus dem Boot gestiegen, als dieses begonnen hatte, über den Asphalt des ehemaligen Parkplatzes zu schleifen. Vorbei an rostigen, ausgeschlachteten Lastwagen hatten sie das Boot die letzten Meter zum Ufer gezogen. Bei der Erinnerung daran spürte Mara den nahenden Muskelkater.

Sie fand das Boot in dem Brombeergestrüpp, die Unterseite nach oben gedreht, damit es nicht hineinregnete. Gestern Abend hatten sie es nur notdürftig unter den Sträuchern verborgen. Mara sammelte belaubte Zweige und füllte damit die Lücken zwischen den Brombeerranken. Jetzt war das Boot erst sichtbar, wenn man direkt davorstand.

Als Mara sich von dem Versteck entfernte, glaubte sie Schritte auf dem nahen Schotterweg zu hören. Sie blieb stehen und lauschte. Nichts. Also schlich sie weiter durchs Unterholz.

Als sie den Wegesrand erreichte, blieb sie wieder stehen und spähte nach beiden Seiten. Niemand war zu sehen. Sie betrat den Weg und ging wieder bergauf. Das Geräusch ihrer eigenen Schritte auf dem feinen Schotter machte es unmöglich, andere Schritte zu hören. Ein paar Mal blieb sie stehen und lauschte. Da war nur der Wind in den Bäumen. Aber sie wurde das Gefühl nicht los, beobachtet zu werden.

Nach etwa zweihundert Schritten gelangte sie an eine Kreuzung. Eigentlich hätte sie nach links abbiegen müssen, um weiter bergauf zu gehen und zurück zu ihrem Lager zu gelangen. Stattdessen wandte sie sich nach rechts und ging die Halde hinunter. Falls jemand sie beobachtete, durfte sie ihn nicht zu Ben führen.

Der Weg mündete in eine Straße, die den südlichen Rand der Halde flankierte. Mara blieb unter den letzten Bäumen stehen und warf einen Blick auf die Reihenhäuser gegenüber. Die Fenster waren entweder eingeworfen oder mit Brettern vernagelt. Die Straße war trocken und schien menschenleer. Aber jetzt hörte Mara die Schritte wieder. Hinter ihr auf dem Weg. Sie rannte über die Straße und auf das erste Haus zu. Wenn sie schnell genug war, würde sie darin verschwinden, bevor derjenige, der hinter ihr die Halde herunterkam, sie sehen konnte.

Sie hastete durch die Türöffnung. Die Tür selbst fehlte. Vom Flur aus sah sie nach rechts in eine ehemalige Küche. Sämtliche Möbel waren weggeschafft worden, nur die Kacheln sowie Rohre und Kabel, die aus den Wänden ragten, verrieten die ehemalige Bestimmung des Raumes. Geradeaus ging es an einer Treppe vorbei zu einem weiteren Zimmer. Ihr blieb keine Zeit zum Überlegen. Sie entschied sich für den Weg nach oben.

Die hölzernen Stufen knarrten, als Mara die Treppe hinaufrannte. Auf halber Höhe blieb sie kurz stehen und warf einen Blick über die Schulter. Noch war niemand zu sehen. Sie drehte sich wieder um und wollte weiterrennen. Da gab die Stufe nach und zerbarst. Mara stürzte unter die Treppe.

*

Hatte sie das Bewusstsein verloren? Mara konnte nicht sagen, wie viel Zeit vergangen war, seitdem sie hier unten aufgeschlagen war. Sie tastete den Boden ab. Er war staubig und trocken. Nur unter ihrem Gesicht war eine Lache. Sie konnte nicht erkennen, ob es ihr Blut oder ihr Speichel war. Dafür war es zu dunkel. Sie stützte sich auf die Ellenbogen, um aufzustehen. Doch beim Versuch, sich hinzuknien, durchfuhr ein Schmerz ihr rechtes Bein. Sie stöhnte und ließ sich wieder hinfallen. Ihr rechtes Knie fühlte sich an, als sei es auf doppelte Größe angeschwollen. Sie biss die Zähne zusammen und rollte sich auf den Rücken. Über ihr drang Licht durch ein an den Rändern ausgefranstes Loch. Es mussten mehrere Treppenstufen zu Bruch gegangen sein. Sie kam sich vor wie ein wildes Tier, das in eine Falle getrieben worden war. Wenn dort draußen jemand hinter ihr her gewesen war, musste er seine Beute jetzt nur noch aus diesem Loch ziehen.

Was war das überhaupt für ein Raum hier unter der Treppe? Indem sie das linke, unverletzte Bein anwinkelte und sich mit den Händen daran festhielt, gelang es ihr, den Oberkörper aufzurichten und zu sitzen. Langsam gewöhnten sich ihre Augen an das schwache Licht.

Der Raum war nicht breiter als die Treppe. Über und hinter ihr führten die Stufen bis zum Boden. Ihr gegenüber und an den beiden längeren Seiten der schmalen Kammer waren Regale angebracht. Nach einer Tür suchte sie vergeblich. Wahrscheinlich war sie durch den einzigen, geheimen Eingang gestürzt.

Sie versuchte zu erkennen, was in den Regalen lagerte. Wie bei dem alten Mann in Duisburg stapelten sich auch hier Konservendosen, Schachteln und Tüten. Auf dem Boden standen einige Kanister aus Plastik. Mara hoffte, dass die Besitzer dieses Vorrats bald hungrig sein und sie finden würden. Und dass ihre Hilfsbereitschaft größer als ihr Zorn über die unerwartete Besucherin sein würde. Denn aus eigener Kraft würde sie hier nicht hinausklettern können. Ihr Knie war tatsächlich geschwollen, das Bein ließ sich kaum anwinkeln. Unverletzt wäre es für sie ein Kinderspiel gewesen, über die Regale nach oben durch das Loch in der Treppe zu klettern. Aber es gelang ihr ja noch nicht einmal aufzustehen.

Sie fluchte leise. Warum hatte sie sich der Begegnung mit dem Fremden, dessen Schritte sie gehört hatte, nicht einfach gestellt? Zum Wegrennen wäre immer noch Zeit gewesen, wenn sie erst gesehen hätte, wer da auf der Halde unterwegs war. Oder hatte sie sich die Schritte nur eingebildet? Die gestrige Begegnung mit den Flusspiraten hatte ihr mehr Angst eingejagt, als sie Ben gegenüber zugeben mochte. Nachts hatte sie von dem Kahlköpfigen und dem Anführer mit dem Mal auf der Wange geträumt.

Ja, vielleicht war sie vorhin grundlos in Panik geraten. Fast wünschte sie sich nun, da wäre tatsächlich jemand hinter ihr gewesen, der sie in dieses Haus hatte rennen sehen. Aber je mehr Zeit verging, desto weniger glaubte sie daran. Warum sonst tauchte niemand auf? Und was die Besitzer der Vorräte betraf, konnten diese auch längst tot sein. Vielleicht lagen ihre verwesten Leichen in dem Zimmer am Ende des Flurs oder irgendwo im Obergeschoss.

Mara musste sich bemerkbar machen. Sie begann, um Hilfe zu rufen.

*

Sie hatte vielleicht hundertmal vergeblich geschrien, als sie begriff, dass sie eine Pause und etwas zu trinken brauchte. Sie hätte sonst bald keine Stimme mehr. Noch einmal lauschte sie. Aber dort draußen waren weder Stimmen noch Schritte zu hören.

Mara rutschte über den Boden zu den Kanistern hinüber. Bei jeder Bewegung durchfuhren Schmerzen ihr rechtes Bein. Sie schraubte den ersten Kanister auf und brauchte die Nase gar nicht erst über die Öffnung zu halten. Der Geruch von Benzin stieg ihr entgegen. Sie beeilte sich, den Kanister wieder zu verschließen, und nahm sich den nächsten vor – mit demselben Ergebnis. Der Inhalt des dritten Kanisters roch ein wenig anders. Vielleicht war Heizöl darin.

Mara lachte über die Ironie dieser Situation. Sie war hier auf eine Schatzkammer gestoßen. Von diesen Vorräten hätten Ben und sie Monate leben können. Mit dem Inhalt der Kanister hätten sie es im Winter warm gehabt. Ein paar hätten sie auf einem der Märkte gegen Dinge tauschen können, die ihnen noch fehlten. Gegen ein Zelt, eine Schere oder gegen eine Waffe, wie der alte Mann ihr geraten hatte.

Aber es sah ganz danach aus, als sollte sie in dieser Schatzkammer verdursten. Auch in den restlichen Kanistern befand sich Benzin oder Öl.

Maras Blick suchte die Regale ab. In einem davon standen Obstkonserven. Sie hätte den Saft trinken können. Aber womit sollte sie die verdammten Dosen öffnen?

„Hilfe!", rief sie noch einmal, so laut sie konnte.

¦¦ 12 ¦¦

Ben wartete. Wahrscheinlich war Mara nur mal eben in die Büsche verschwunden. Oder sie sah nach dem Boot. Rufen wollte er nicht nach ihr. Besser, wenn niemand wusste, dass er hier oben war. Und dass er allein war.

Er wartete lange. Der Himmel war klar. Ben setzte sich auf die Lichtung und ließ sich von der Sonne wärmen. Seinen vom Rudern überanstrengten Muskeln tat das gut. Zwischendurch probierte er von dem Regenwasser, das sie über Nacht in der Flasche gesammelt hatten. Man musste es schnell verbrauchen. Wenn es zu lange stand, konnte man davon Bauchschmerzen oder sogar Durchfall bekommen. Danach löste Ben die Schnüre von den Bäumen und faltete die Plane ordentlich zusammen. Er glaubte nicht, dass Mara länger hier lagern wollte. Und er wollte keine wertvolle Zeit mit Nichtstun vergeuden, redete er sich ein, um sich von der Unruhe abzulenken. Die Unruhe wuchs mit jeder Minute, die er auf seine Schwester wartete. Vielleicht machte sie schon das Boot startklar?

Er verstaute die Plane und ihre Rucksäcke in einem Gebüsch und stieg auf den Aussichtsturm. Aber von hier oben konnte er Mara auch nicht entdecken. Das dichte Blätterdach verbarg alles unter sich. Umso mehr beeindruckte ihn, was er jenseits der Halde sah: die ausgedehnten, durch Kanäle miteinander verbundenen Seen, überschwemmte Straßenzüge und Gewerbeflächen, vereinzelt daraus aufragende Ruinen höherer Bauwerke, hohläugig und verlassen. Ben wurde geblendet. Da war so vieles, was heute die Strahlen der Sonne reflektierte – das Wasser, die alten Bahngleise, unzählige Metallgerüste und Scherben von zerbrochenen Fenstern. Er musste die Augen zusammenkneifen und sich am Geländer der Aussichtsplattform festhalten, weil ihm schwindlig wurde. Besser, er stieg wieder nach unten.

Als er den Fuß von der letzten Treppenstufe setzte, sah Ben, dass er nicht mehr allein war. Am Rand der Lichtung stand ein Mann. Er trug einen Rucksack und hielt einen langen Stab in der Hand. Und er sah Ben an. Der erstarrte am Fuß der Treppe.

Der Mann hob die Hand zum Gruß. „Guten Morgen." Seine Stimme klang freundlich und jung.

Ben sagte nichts. Zögernd erwiderte er den Gruß mit der Hand.

Der Mann kam näher.

Zwei dunkelbraune geflochtene Zöpfe hingen rechts und links über seine Schultern. Sein Bart sah fusselig aus. Er erinnerte Ben an einen Wikinger, den er einmal in einem von Sophies Büchern gesehen hatte. Aber der Wikinger hatte grimmig dreingeschaut. Der Mann, der nun drei Schritte vor Ben stehen blieb und ihn musterte, lächelte. Sein Gesicht war faltenlos. Ben schätzte ihn auf höchstens dreißig.

„Bist du ganz allein?", fragte der Fremde.

Ben schüttelte den Kopf.

„Ich heiße Roland."

Der Mann kam nun noch näher und streckte seine rechte Hand aus. Ben zögerte. Er dachte an die Rucksäcke unter den Büschen und wünschte, Mara wäre hier.

Roland zog seine Hand zurück und sah sich um. Dann zuckte er mit den Schultern, setzte seinen Rucksack ab und ließ sich auf den Boden sinken. „Musst ja nicht mit mir reden", sagte er und kramte in seinem Rucksack herum, den Rücken gegen einen der Stützpfosten des Aussichtsturms gelehnt. „Hast du schon gefrühstückt?"

Unwillkürlich knurrte Bens Magen.

Roland zog einen halben Laib Brot aus dem Rucksack. Er riss ein Stück davon ab und bot es Ben an. „Ist ziemlich frisch."

Ben konnte das Brot riechen. Er griff zu. „Danke", sagte er.

„Kannst ja doch sprechen." Roland schob sich ein Stück Brot in den Mund. „Willst du dich nicht setzen?"

Ben biss von dem Brot ab. Unter der Krume war es saftig. So etwas hatte er lange nicht mehr gegessen. „Muss weiter", sagte er mit vollem Mund.

„Wohin denn?", wollte Roland wissen.

Noch bevor er schluckte, biss Ben erneut von dem Brot ab. Er kaute umständlich. „Zu meinen Leuten", sagte er.

Der Fremde schaute ihm ein paar Sekunden in die Augen. Ben zwang sich, seinem Blick standzuhalten. Dann zog Roland eine Lederflasche aus seinem Rucksack und bot sie Ben an.

„Nein danke."

Roland lachte. „Keine Angst, ist nur Wasser!"

Was denn sonst?, fragte sich Ben. Und dann griff er doch zu. Das Wasser war kühl und frisch.

„Lebt ihr hier?", fragte Roland.

Ben gab ihm die Flasche zurück. „Unterwegs."

Roland deutete auf seinen Rucksack. „Ich auch", sagte er. „Nicht immer leicht, oder?"

„Ich muss jetzt wirklich los. Die machen sich sonst Sorgen."

„Ja, klar. Wo lagert ihr denn?"

Ben brach der Schweiß aus. „Da unten", sagte er und zeigte einfach irgendwo in das Wäldchen. „Wollen aber gleich weiter."

Der Mann nickte. „War nett, mal mit jemandem zu sprechen", sagte er. „Passt auf euch auf!"

Ben war schon am Rand der Lichtung, als er sich noch einmal umdrehte, um einen Blick zurückzuwerfen. Roland saß noch immer am Fuß des Turms und aß Brot. Er hatte die Augen geschlossen und das Gesicht der Sonne zugewandt. Aber kurz bevor Ben weiterging, öffnete Roland die Augen und sah herüber, als hätte er Bens Blick bemerkt.

Ben beeilte sich, zu verschwinden. Er musste Mara finden. Hoffentlich entdeckte der Fremde nicht ihre Sachen.

*

Er umrundete die Halde einmal, bevor er zum Versteck des Bootes ging. Sollte der Mann ihm folgen, durfte er ihn nicht direkt zu ihrem wertvollsten Besitz führen. Aber so oft Ben sich auch umschaute oder stehen blieb, um zu lauschen – er konnte Roland weder sehen noch hören.

Als er Mara beim Boot nicht fand, war er ratlos. Zurückgehen kam erst einmal nicht infrage. Sollte der Fremde noch auf der Lichtung sein, wäre ihm sofort klar, dass Ben ihn angelogen hatte. Aber wo sollte er nach Mara suchen? Er umrundete die Halde ein weiteres Mal. Und als er wieder an seinem Ausgangspunkt an den Bahngleisen unterhalb des Bootsverstecks angekommen war, begann er eine dritte Runde.

Beinahe wäre er an der Südseite wieder ins Wäldchen hinaufgestiegen. Vielleicht hatten sie sich nur knapp verpasst, und jetzt irrte Mara genauso wie er umher und suchte nach ihm. Sollte er dem Fremden begegnen, würde ihm schon eine Ausrede einfallen, warum er nicht bei „seinen Leuten" war. Außerdem – hatte Roland nicht vertrauenswürdig ausgesehen?

Da hörte er sie rufen. Kein Zweifel, dass es Mara war. Ben drehte sich um. Die Reihenhäuser auf der anderen Straßenseite. Er rannte los.

*

Beinahe fiel er durch dasselbe Loch in der Treppe wie Mara.
„Was machst du da unten?", fragte er in die Dunkelheit.
„Stell nicht so bescheuerte Fragen! Hol mich hier raus!"

Aber das schien unmöglich. Zwar gelang es Ben, sich mit den Beinen so im Treppengeländer zu verhaken, dass er seinen Oberkörper kopfüber in das Loch hinabbeugen konnte. Aber seine Kraft reichte nicht aus, um Mara nach oben zu ziehen.

Ben ging wieder in den Flur hinunter und klopfte die Wände unter der Treppe ab. Alles schien massives Mauerwerk zu sein. Einen anderen Zugang als durch die zerborstene Luke in der Treppe gab es offenbar nicht.

„Dann komm hier runter", sagte Mara. „Du kannst über die Regale klettern."

Mit den Füßen stieß er eine Papiertüte aus dem Regal. Sie platzte auf. Ihr weißer Inhalt verteilte sich über den Fußboden. „Mehl", sagte Ben und bemühte sich, nicht hineinzutreten. Er drehte sich im Kreis und betrachtete die Regale. Hier lagerten noch mehr Lebensmittel als in der Vorratskammer des alten Mannes.

„Unglaublich, oder?", sagte Mara. „Damit wären wir für eine Weile versorgt."

„Was ist mit deinem Bein?"

„Es ist das Knie."

Er ging neben ihr in die Hocke und betastete die Schwellung. Mara stöhnte.

„Gebrochen?", fragte er.

Sie zuckte mit den Schultern.

Ben zog die Hand zurück. „Wie soll ich dich hier rauskriegen?"

„Versuch, es zu schienen."

Unter einem der Regale entdeckte Ben eine Obstkiste aus Holz. Er löste zwei der Latten heraus. Einen leeren Kartoffelsack riss er in Streifen. Mara hielt die Latten rechts und links von ihrem geschwollenen Knie, während Ben Oberschenkel und Wade mit den Stoffstreifen umwickelte. Ihr Gesicht war verzerrt.

„Zu fest?"

„Nein. Sonst hält es nicht."

Ben knotete den Stoff zusammen. Dann stellte er sich hinter Mara und griff ihr unter die Arme.

Es gelang ihr aufzustehen. Sie keuchte, stützte sich auf eines der Regalbretter und sah nach oben. „Scheiße! Wie soll ich da hochkommen?"

„Lass uns erst mal hierbleiben", sagte Ben. „Bis es dir besser geht."

Sie lachte bitter. „Verhungern würden wir jedenfalls nicht! Aber wir können nicht einfach hier in diesem Loch sitzen bleiben."

Ben nickte. Auch ihm war nicht wohl bei dem Gedanken, hier unten abzuwarten, was passierte. Wenn er nur stärker wäre. Oder wenn er Hilfe hätte.

„Ich hab mit einem Mann gesprochen", sagte er.

Mara zuckte zusammen. „Was hast du ihm erzählt?"

„Nichts von dir. Nichts vom Boot. Beruhig dich!"

„Du darfst ihn nicht herholen!"

„Er war nett. Hat mir Brot gegeben."

„Trotzdem ..." Sie packte ihn an der Schulter. „Such lieber nach einer Leiter!"

„Damit kommst du hier auch nicht raus. Du kannst ja kaum stehen!"

Sie schlug mit der Faust auf eines der Regalbretter.

„Lass mich den Mann suchen", sagte Ben.

13

Im Zwielicht unter der Treppe konnte Mara das Gesicht des Mannes nicht besonders gut erkennen. Nicht so gut, wie sie es sich wünschte. Er hatte hohe Wangenknochen und einen dünnen Bart. Immerhin roch er weniger schlecht als andere, denen sie begegnet war. Und er hatte eine angenehme ruhige Stimme.

„Patellaluxation", sagte er.

„Was?", fragte Mara.

„Deine Kniescheibe ist ausgerenkt."

„Du kennst dich mit so was aus?", fragte Ben.

„Wollte mal Arzt werden", erklärte Roland. „Das könnte gleich ein bisschen weh tun."

„Was hast du vor?", fragte Mara.

Anstatt ihr zu antworten, griff er zu. So schnell, dass Mara sich nicht wehren konnte. Und so fest, dass sie vor Schmerz schrie. Sie sah Ben aufspringen, als wollte er ihr zu Hilfe kommen.

Roland hielt ihn mit ausgestrecktem Arm zurück. „Keine Sorge", sagte er. „Deine Schwester kann bald wieder auftreten." Er gab Mara aus seiner Wasserflasche zu trinken. „Gut, dass du mich geholt hast", sagte er zu Ben. „Hab mir vorhin schon gedacht, dass du mich angelogen hast. Von wegen, *deine Leute!* Ihr seid nur zu zweit, oder?"

Ben sah Mara an. Er schien zu zögern, ob er jetzt die Wahrheit sagen durfte.

„Ja, das stimmt", antwortete sie für ihn.

„Wo sind eure Sachen?"

Jetzt zögerte auch Mara. Schließlich sagte sie einfach nur: „Versteckt."

„Du solltest sie holen", sagte Roland, zu Ben gewandt. „Ein bisschen muss deine Schwester sich noch ausruhen. Wir werden die Nacht hier verbringen."

„Was heißt: wir?", fragte Mara.

„Ich passe auf euch auf."

„Wir kommen allein zurecht."

Roland wies auf ihr Knie. „Das sieht man."

„Dem Knie geht's schon besser."

„Ich weiß. Aber alleine kannst du bestimmt noch nicht hier rausklettern."

„Dann warte ich noch ein bisschen."

„Bis die Besitzer der Vorräte kommen?", fragte Roland.

Sie seufzte. Er hatte ja recht. Wer all die Sachen hier versteckt hatte, war vielleicht nicht so hilfsbereit wie Roland.

„Dann hilf mir doch erst mal hier raus!", sagte sie.

„Versuch, vorsichtig aufzutreten." Er half ihr, auf die Füße zu kommen.

Es tat immer noch weh. Aber wenigstens konnte sie stehen. Sie biss die Zähne zusammen.

„Ben", sagte Roland, „du kletterst nach oben und kniest dich auf diese Stufe." Er schlug von unten dagegen.

Ben gehorchte.

„Halt dich am Regal fest", sagte Roland zu Mara. Er ging in die Hocke, steckte seinen Kopf zwischen ihre Beine und nahm sie auf die Schultern. Im nächsten Moment schaute Mara aus dem Loch heraus. „Und jetzt klammer dich an deinen Bruder!", kommandierte Roland. „Zieh, Ben!"

Sie spürte Rolands Hände an ihren Oberschenkeln. Dann lag sie auf der Treppe.

„Nehmt mir das mal ab", hörte sie Roland sagen.

Er reichte ihnen ein paar der Vorräte aus der Kammer. „Wir sollten jetzt erst mal essen", sagte er und kletterte aus dem Loch. „Dort oben." Er deutete zum Flur im ersten Stock und half Mara erneut auf die Beine.

Sie fühlte sich zu schwach, um irgendetwas zu erwidern. Das Knie war zwar wieder belastbar, tat aber immer noch weh. Außerdem hatte sie von dem Sturz Prellungen im Gesicht. Und der Muskelkater vom Rudern hatte sich noch verschlimmert. In diesem Zustand fühlte es sich richtig an, auch mal einen anderen entscheiden zu lassen.

Roland stützte sie auf dem Weg nach oben. Dann nahm er eine Decke aus seinem Rucksack und breitete sie vor der obersten Treppenstufe aus. „Von hier aus haben wir die Tür im Blick, ohne selbst sofort gesehen zu werden", erklärte er. „Bleib bei deiner Schwester, Ben. Ich schau mich mal um."

Mara lehnte sich an den obersten Pfosten des Treppengeländers. Ben setzte sich neben sie und nahm ihre Hand. Sie drückte die seine und probierte ein Lächeln. „Ich hätte heute Morgen nicht alleine losgehen sollen", sagte sie. „Tut mir leid."

Auch Ben setzte ein gezwungenes Lächeln auf. „Tja, das hast du jetzt davon", sagte er. „Du siehst echt schlimm aus!"

„Na, schönen Dank auch!"

„Dein Gesicht …"

„Ich bin draufgefallen."

„Und die Schramme von dem Dornenbusch …"

„Hör auf, ich will's gar nicht so genau wissen." Sie ließ seine Hand los und strich ihm übers Haar.

In diesem Augenblick kam Roland zurück. „Ich glaub nicht, dass die Besitzer der Vorräte noch mal hier auftauchen", sagte er.

„Was macht dich da so sicher?", fragte Mara.

Roland sah von Mara zu Ben. „Geht am besten nicht in den zweiten Stock", sagte er. Ohne eine weitere Erklärung begann er, die Vorräte aus der Kammer auf seiner Decke auszubreiten.

Mara fragte nicht noch einmal nach. Und sie versuchte, nicht weiter darüber nachzudenken, was Roland im zweiten Stockwerk gesehen hatte. Allerdings ertappte sie sich dabei, wie sie zu schnuppern begann, ob hier nicht ein ungewohnter Geruch in der Luft lag.

Ben schien Roland zu vertrauen. Beim Essen bemerkte Mara, wie er ihn beinahe bewundernd von der Seite ansah. Roland erzählte, er schlage sich schon seit über fünf Jahren alleine durch. Ob er schon einmal Flusspiraten begegnet sei, wollte Ben wissen. „Schon öfter", sagte Roland. Mara wartete, ob er mehr darüber erzählen würde. Aber Roland schlürfte nur den Saft aus einer Obstkonserve.

Im nächsten Moment hörte sie Ben berichten, wie sie am Vortag den Flusspiraten ein Boot gestohlen hatten. Ein gewisser Stolz in seiner Stimme war nicht zu überhören. Das war eine Seite an ihrem Bruder, die Mara noch nicht kannte. Wollte er Roland beeindrucken? Vielleicht, weil er selbst von Roland beeindruckt war?

„Ihr habt ein Boot?", fragte Roland.

„Ja, es ist ...", setzte Ben an.

„... gut versteckt", fiel Mara ihm ins Wort. Sie warf Ben einen warnenden Blick zu.

Roland beobachtete die beiden und grinste. „Schon richtig, dass du mir nicht zu viel erzählen willst", sagte er zu Mara und wandte sich dann Ben zu. „Nimm dir ein Beispiel an deiner Schwester. Vertraue niemandem!"

Mara fand, dass Ben augenblicklich enttäuscht aussah.

„Wo wollt ihr eigentlich hin?", fragte Roland.

Ben schaute Mara an, als hätte er nun Angst davor, Roland überhaupt noch etwas preiszugeben.

„Hast du mal von einem Noah gehört?", fragte Mara.

Roland zog die Augenbrauen hoch. „Zu dem wollt ihr?"

Mara erzählte, was sie über Noah gehört hatten. „Aber wir wissen nicht, wo sein Schiff ablegt."

Roland starrte für eine Weile in die Konservendose und kratzte sie mit einem Stück Brot aus. „Ihr müsst nach Dortmund", sagte er schließlich. „Aber das ist noch ein weiter Weg."

Mara zuckte mit den Schultern. „Wir haben Zeit."

Roland lachte. „Ja, *Zeit* haben wir alle! Aber *Glück*? Was ihr da gestern gemacht habt ..." Er schüttelte den Kopf und lachte noch einmal. „Respekt! Aber solches Glück werdet ihr nicht zweimal haben."

Mara dachte einen Augenblick nach. „Bochum liegt noch vor Dortmund, oder?", fragte sie.

Roland nickte. „Warum?"

„In Bochum soll sich eine Gruppe Kinder zusammengetan haben. Angeblich kommen die ganz gut zurecht."

„Hab ich auch gehört", sagte Roland. „Aber auch da müsst ihr erst mal hinkommen."

„Schon klar, dass es nicht einfach wird", sagte Mara. Langsam ging Roland ihr auf die Nerven. Wollte er ihnen denn nur Bedenken einreden? „Was schlägst du uns denn vor?", fragte sie.

Roland stellte die leere Konservendose ab, wischte sich mit dem Handrücken über den Mund und lehnte sich zurück. „Ich könnte euch begleiten", sagte er.

Sie hatte es doch geahnt. „Du bist nur auf unser Boot scharf!", sagte sie.

„Und wenn schon ..." entgegnete Roland. „Wäre das kein fairer Deal? Ich passe auf euch auf, bis wir irgendwo ankommen, wo ihr bleiben wollt. Mit den Vorräten, die da unten lagern, werden wir eine Weile auskommen. Und wenn wir uns trennen, behalte ich das Boot."

Roland strich sich den Bart glatt. Irgendwie wirkte er eine Spur zu selbstsicher.

Aber hatte er nicht tatsächlich alle Trümpfe in der Hand? Wenn er wollte, konnte er sie auch einfach zwingen, ihm zu verraten, wo das Boot versteckt war. Körperlich war er ihnen überlegen, obwohl sie zu zweit waren. Mara versuchte diesen Gedanken zu vertreiben, indem sie sich in Erinnerung rief, wie er ihnen geholfen hatte.

„Klingt für mich gar nicht schlecht", sagte Ben jetzt.

„Ihr könnt ja mal drüber nachdenken", sagte Roland. „Heute solltet ihr sowieso noch nicht weiter. Ich glaube, ihr könnt beide 'ne Pause gebrauchen."

Augenblicklich meldeten sich wieder all die Körperstellen, die Mara schmerzten. Sie sah zu Ben hinüber.

„Okay", sagte sie. „Vielleicht holst du erst mal unsere Rucksäcke."

14

Roland besaß eine zweite Decke. Nach Einbruch der Dunkelheit gab er sie Ben.

Mara war gleich nach dem Abendessen eingeschlafen. Sie hatten den Platz am Kopf der Treppe nicht verlassen. Mara lag an der Wand, Ben am Treppengeländer.

„Ich bleibe noch eine Weile wach", sagte Roland. In einem Blecheimer hatte er ein Feuer angezündet.

Ben legte den Kopf auf seinen Rucksack und ließ sich von Roland zudecken. „Du bist tapfer", sagte Roland.

Ben spürte eine Wärme in sich aufsteigen, für die er sich fast schämte. So etwas hatte Mara ihm schon lange nicht mehr gesagt.

Roland setzte sich Mara zu Füßen vor den Blecheimer mit dem brennenden Abfall. Ben beobachtete Rolands Schatten an der Wand. Wegen der züngelnden Flammen war der Schatten in Bewegung, obwohl Roland still saß. Er hockte dort und studierte die Karte, die Mara und Ben ihm gezeigt hatten. Ben fragte sich, ob er nicht eine Geschichte kannte, in der Roland der Name des Helden war. Irgendwas mit Rittern? Er konnte sich nicht genau erinnern. Gern hätte er es nachgeschlagen. Das brachte seine Gedanken auf das Lexikon, das er unter seinem Kopf im Rucksack spürte. Da Mara schlief, würde sie nichts mitbekommen. Schließlich hatte sie von ihm gefordert, dass er es zurückließ.

Ben richtete sich auf, öffnete den Rucksack und zog das schwere Buch heraus. Einen Helden namens Roland würde er in dem Band *Von Aal bis Artenschutz* zwar nicht finden. Aber vielleicht ein bisschen Ablenkung.

Roland sah zu ihm herüber. „Noch nicht müde?"

„Nur ein paar Seiten."

Roland nickte und wandte sich wieder der Landkarte zu.

Ben schlug das Buch blind auf irgendeiner Seite auf.

Abdecker (Schinder, Kaviller, Wasen-, Kleemeister), veraltet: Person, die gewerbsmäßig Tierleichen beseitigte und verwertete.

Ben musste unwillkürlich an Rolands Warnung denken, das zweite Stockwerk nicht zu betreten. Und an die Toten, die er während der vergangenen Jahre gesehen hatte. Manche wurden beerdigt oder verbrannt, um die Ausbreitung von Seuchen zu verhindern. Aber wenn keiner sich um sie kümmerte, weil niemand etwas von ihrem Tod mitbekommen hatte, blieben sie einfach, wo sie waren. Er dachte an Sophie und spürte einen Stich. Nein, bestimmt hatte ihr jemand eine letzte Ruhe bereitet.

Abdrift (Drift, Abtrift), seitliche Versetzung eines Wasser- oder Luftfahrzeugs vom gewünschten Kurs über Grund durch Wind, Strom oder Seegang.

Ben sah über den Rand des Lexikons zu Roland hinüber. Ob er den Kurs ihres Bootes richtig zu bestimmen wüsste? Wie sollten sie bei der Planung ihrer Reise Strömungen oder Winde berücksichtigen, wenn in ihrer Landkarte noch nicht einmal die Gewässer, die sie befahren würden, eingezeichnet waren?

Ben registrierte, dass seine Lektüre das genaue Gegenteil des gewünschten Effektes bewirkte. Er hatte sich doch ablenken wollen! Rasch blätterte er weiter.

Altkatholiken, kath. Kirchengemeinschaft, die sich aus Anlass der Unfehlbarkeitserklärung des Papstes (1870) von Rom lossagte; seit 1874 mit bischöflicher Verfassung.

Ben verstand kaum ein Wort. Von der Stadt Rom hatte er gehört. Die Römer hatten den Sternen Namen gegeben. Auch Kirchen kannte er. Auf ihren Türmen war man sicher vor Hochwasser. Vermutlich handelte der Artikel von Leuten, die Kirchen regelmäßig aufgesucht hatten, ohne dass ihre Städte überschwemmt wurden. Sophie hatte ihnen davon erzählt. Früher hätten sich Menschen in Kirchen versammelt, um miteinander zu singen, zu beten und Brot zu essen. Davon abgesehen, dass Ben nicht wusste, was *beten* bedeutete – er war solchen Leuten nie begegnet.

Er versuchte weiterzulesen.

In dem Blecheimer knisterte das Feuer. Roland legte Holz nach. In einem der Zimmer hatte er Möbel gefunden und zerkleinert, um sie zu verbrennen. Sein verzerrter Schatten tanzte an der Wand über der schlafenden Mara.

Ben spürte die Wärme der Decke. Und das Gewicht des Lexikons. Es fiel ihm schwer, das Buch aufrecht und die Augen offen zu halten.

Das Lexikon sank auf sein Gesicht.

*

Im Traum sah Ben die beiden gesichtslosen Gestalten, von denen er schon oft geträumt hatte. Er hielt sie für seine Eltern. Aber heute sprach die männliche der beiden Personen mit Rolands Stimme.

„Wo bleibt meine Milch?", fragte der Mann und beugte sich zu Ben hinunter.

Ben streckte die Hand nach der mattgrauen Fläche aus, die eigentlich ein Gesicht hätte sein sollen. Kurz bevor er sie berührte, verschwand die Gestalt. Die zweite, weibliche Person stand nun neben Ben. Er erkannte den unteren Flur des Hauses, in dem Mara durch die Treppe gebrochen war. Die Frau stand am Fuß der Treppe und hielt ein Glas Milch in der Hand. Sie reichte es Ben. Das Glas fühlte sich kalt an. Er zitterte, und ein Tropfen Milch rann seitlich am Glas herunter und landete auf dem Holzfußboden.

„Ich muss das wegwischen", sagte die Frau ohne Gesicht.

Ben war sich nicht sicher, ob der Unterton ihrer Stimme eher vorwurfsvoll oder ängstlich klang.

„Bring die Milch deinem Vater! Aber verschütte nicht noch mehr!" Über ihre Schulter sah sie die Treppe hinauf.

Ben setzte sich in Bewegung. Seine Hand zitterte nun noch stärker. Von oben hörte er Rolands Stimme: „Wo bleibt meine Milch?"

Er betrat die unterste Treppenstufe. Nichts wünschte er sehnlicher, als dieses Glas seinem Vater zu bringen. Nichts fürchtete er mehr, als dabei einen Tropfen zu verschütten. Er fixierte das Glas und stieg eine Stufe höher.

Da sah er die Fliege. Eine fette schwarze Schmeißfliege. Sie schwamm oben auf der Milch. Und sie war tot. Ben wusste nicht, warum sie ihn so erschrak. Er hätte sie herausfischen können. Stattdessen ließ er das Glas fallen. Auf der dritten Treppenstufe zersprang es in tausend Scherben. Milch breitete sich auf der Treppe aus, tropfte über die Kanten der Stufen, bildete Lachen. Hilflos sah Ben zu, unfähig, sich zu bewegen.

„Wo bleibt meine Milch?", wiederholte sein Vater.

*

Ben wachte auf. Hatte er tatsächlich Glas zerspringen hören? War da ein anderes Geräusch gewesen? Oder Rolands Stimme?

Er öffnete die Augen. Das Feuer war erloschen. Er konnte trotzdem sehen. Die Sonne ging gerade auf. Durch einen Türspalt zu Maras Füßen fiel rötliches Licht. Ben sah Staubschlieren darin schweben.

Und er sah Roland. Er kniete über Mara. Mit einer Hand hielt er ihr den Mund zu. Mit der anderen versuchte er, ihre Schläge abzuwehren.

„Halt einfach still, verdammtes Luder!", sagte Roland.

Sofort war Ben auf den Beinen. Er wollte Roland am Kragen packen und ihn zurückziehen. Doch Roland sah ihn kommen. Er nahm die Hand von Maras Mund, holte kurz aus und schlug Ben mit dem Handrücken ins Gesicht. Der

Schlag war so heftig, dass Ben rückwärts gegen den obersten Pfosten des Treppengeländers geschleudert wurde. Er sank zu Boden. Für einen Moment blieb ihm die Luft weg. Er konnte sich nicht rühren.

„Lauf weg, Ben!", schrie Mara. Sie keuchte unter der Last von Rolands Körper.

Roland deutete mit der freien Hand auf Ben. „Du bleibst schön da", sagte er. Er schwitzte. „Wenn ich mit deiner Schwester fertig bin, führst du mich zu eurem Boot!"

Ben versuchte aufzustehen.

„Bleib da sitzen!", befahl Roland. „Wenn du gehorchst, lasse ich euch beide am Leben. Und du ...", sagte er zu Mara, „... könntest es dir und mir ein bisschen leichter machen. Hast dich noch nicht mal bedankt dafür, dass ich dein Knie in Ordnung gebracht habe."

Mara spuckte ihm ins Gesicht.

Ben sah, wie Roland die Faust ballte.

„Du Miststück!", sagte er und schlug zu.

Maras Hinterkopf knallte auf den Boden.

Ben griff nach dem nächstbesten Gegenstand und sprang auf. Dieses Mal war Roland nicht so schnell. Ben holte mit beiden Händen aus und schlug ihm das schwere Lexikon mit voller Wucht auf den Schädel.

Er sah Roland ein paar Zentimeter zusammensacken. Dann wandte er Ben das Gesicht zu. War er zornig oder amüsiert? Die Fratze, die Ben sah, konnte beides bedeuten.

„Du bist tot, du Zwerg!", sagte Roland und erhob sich vor Ben.

Der wich einen Schritt zurück. Roland schien bis zur Decke zu wachsen. Für eine Sekunde tauchte die Erinnerung an seinen tanzenden Schatten über der schlafenden Mara in Bens Erinnerung auf.

Roland riss Ben das dicke Lexikon aus den Händen und schleuderte es die Treppe hinunter. Er streckte die Hände nach Ben aus, als wollte er ihn hochheben und einfach dem Buch hinterherwerfen.

Doch da sackte Roland zusammen und fiel auf die Knie. Seine Hände fuhren zwischen seine Beine.

Hinter ihm stand Mara. Sie trat ein weiteres Mal zu. Mit schmerzverzerrtem Gesicht stand Roland auf und fuhr zu ihr herum.

Ben sah, dass Roland sich auf sie stürzen wollte. Ohne nachzudenken, machte er einen Schritt vorwärts und streckte ein Bein zwischen Rolands Füße. Der geriet ins Stolpern und verlor das Gleichgewicht.

Im nächsten Moment sahen sie ihn die Treppe hinunterfallen und kopfüber in das Loch stürzen.

*

„Bist du okay?", fragte Mara.

Eine Weile hatten sie nur dagestanden und die Treppe hinuntergestarrt.

Ben nickte. Aber er hatte Angst davor, dass im nächsten Moment Rolands Hände am Rand des Lochs erscheinen und er sich wieder nach oben ziehen würde. „Lass uns hier abhauen!", sagte er.

„Ja. Behalt das Loch im Auge." Mara stopfte ihre Sachen in die Rucksäcke.

Ben dachte an die Vorräte unter der Treppe. Hätten sie gestern doch bloß mehr davon nach oben geschafft.

Mara reichte ihm seinen Rucksack. „Komm!", sagte sie.

Er sah die Decke, unter der er geschlafen hatte, zusammengerollt unter ihrem Arm. Kurz überlegte er, ob er sich wirklich noch einmal darin einwickeln wollte. Dann folgte er Mara die Stufen hinunter.

Sie versuchten leise aufzutreten. Mara humpelte. Gemeinsam spähten sie in das Loch. Roland lag auf dem Boden der Kammer, das Gesicht nach oben. Er hatte die Augen geschlossen und rührte sich nicht.

„Glaubst du, er ist tot?", flüsterte Ben.

Sie sah noch einen Augenblick länger hinab. Dann wandte sie sich ab und humpelte weiter die Stufen hinunter. „Falls nicht, sollten wir uns beeilen, hier wegzukommen."

Am Fuß der Treppe hob Mara das Lexikon auf und reichte es Ben. „Ungezogener Bengel!", sagte sie und lächelte.

¦¦ 15 ¦¦

Alles tat Mara weh. Zwar konnte sie das Knie wieder belasten, aber das Boot über die Bahnschienen zu tragen, war eine Qual. Eine Pause gönnte sie sich trotzdem nicht. Eigentlich glaubte sie nicht, dass Roland noch einmal zu Bewusstsein kommen würde. Merkwürdig verkrümmt hatte er da unten gelegen. Und doch trieb sie Ben zur Eile an, bis sie endlich das Boot zu Wasser gelassen hatten.

Der Morgen war still. Sie kletterten ins Boot und ruderten ein Stück weit zwischen verfallenen Hallen eines ehemaligen Gewerbegebiets. Das Firmenschild einer Autovermietung schwamm an ihnen vorbei. Es war aus Kunststoff, hohl und größer als ihr Boot. Jemand würde es vielleicht irgendwann als Floß benutzen.

Das Rudern strengte Mara an. Ihr Muskelkater war heute noch schlimmer. Sie zog ihr Ruder ins Boot und holte die Landkarte heraus. „Mach 'ne Pause, Ben!"

Der ließ sich das nicht zweimal sagen und legte sein Ruder ebenfalls auf den Boden des Boots. Dann lehnte er sich zurück und schloss die Augen.

Die Sonne schien heute Morgen so stark wie gestern. Aber im Westen sah Mara Wolken am Himmel. Und immer wieder fegten Windböen über das Wasser.

„Was meinst du, wie viel Zeit haben wir bis zum nächsten Regen?"

Ben beschirmte die Augen mit der Hand und sah sich um. Er schien die Wolken erst jetzt zu bemerken. „Die sind noch weit weg", sagte er.

Mara studierte die Karte. Wenn sie die Landmarken richtig gedeutet hatte, waren sie nicht weit vom Kanal. Sie mussten nur jenen riesigen Gebäudekomplex mit der Glaskuppel passieren. Der Kanal war ein stehendes Gewässer. Sie müssten also gegen keine Strömung rudern. Und der

Kanal führte fast bis Dortmund. Sie würden diese Strecke nicht an einem Tag schaffen. Bald würde der nächste Regen sie zwingen, einen Unterschlupf zu suchen. Aber sie hätten den Westwind im Rücken. Ja, der Kanal schien der richtige Weg zu sein.

„Es tut mir so leid", sagte Ben.

„Was denn?"

„Ich hätte ihn nicht in das Haus bringen sollen."

„Dann läge ich noch immer da unten."

Er öffnete die Augen und setzte sich auf. „Wie geht's dir jetzt?", fragte er.

„Ganz okay. Das Boot zu tragen war allerdings ziemlich anstrengend."

„Ich frag mich …", setzte Ben an, und brach dann ab. Er wischte sich mit dem Handrücken über die Augen und sah über das Wasser zurück. „Wenn wir ihn umgebracht haben …", begann er. Aber auch diesmal sprach er den Satz nicht zu Ende.

Mara griff nach seiner Hand. „Du hast doch gehört, was er gesagt hat. *Er* hätte *uns* umgebracht."

Er sah sie nicht an, hielt den Blick weiter auf die Halde gerichtet, die langsam hinter den Ruinen verschwand.

„Du hast alles richtig gemacht", sagte Mara und drückte seine Hand. „Und jetzt denk nicht weiter drüber nach. Nimm dein Ruder!"

*

Mara hatte die Karte richtig gelesen. Kurz nachdem sie das kreuzförmige Gebäude mit der Kuppel links liegen gelassen hatten, erreichten sie den Kanal. Trotz des hohen Wasserstands lagen die überfluteten Straßen, auf denen sie sich bisher bewegt hatten, tiefer als der Kanal. Erneut mussten sie das Boot tragen. Als sie es die Böschung hinaufschoben, war

Mara kurz davor aufzugeben. Sie rutschten die Böschung wieder hinunter und nahmen die Rucksäcke, die Plane und die Ruder aus dem Boot, um dessen Gewicht zu verringern. Dann aßen sie erst einmal etwas.

Mara wurde immer nervöser, je öfter sie zum Himmel schaute. Die Sonne war nun von Wolken verdeckt. Und hier war kein guter Platz zum Lagern – nirgendwo ein natürlicher Unterstand und nichts, woran sie ihre Plane befestigen konnten. Sie trieb Ben zur Eile an. Ohne das Gepäck schafften sie es gerade so, das Boot zum Kanal hinaufzuschieben.

„Ich hol die Sachen", sagte Ben.

Sie protestierte nicht und genoss die kurze Pause. Der Wind schlug ihr ins Gesicht. Die Böen kamen jetzt häufiger und stärker.

*

Wie so oft begann der Regen nicht allmählich. Es gab kein Vorspiel, das es ermöglichte, sich in Sicherheit zu bringen. Von einem Augenblick zum anderen brachen die Wolken.

Maras Blick suchte das Ufer ab. Die erhöhte Lage des Kanals erschwerte es, rechts und links geeignete Lagerplätze auszumachen. Sie wusste nicht, wie lange sie gerudert und wie weit sie gekommen waren.

Seitdem sie sich auf dem Kanal befanden, hatte sie nicht mehr auf die Karte geschaut. Sie hatte sich aufs Rudern konzentriert. Dabei war es ihr fast gelungen, ihre Schmerzen auszublenden. Der monotone Bewegungsablauf hatte etwas Meditatives.

Aber jetzt war Mara alarmiert. Sie durften nicht auf dem Wasser bleiben. Sie fürchtete, der Regen würde das Boot füllen und es untergehen lassen. „Zum Ufer!", brüllte sie Ben zu. Sie glaubte, schreien zu müssen, so laut erschien ihr das Prasseln des Regens.

Es dauerte eine Weile, bis sie am Ufer einen Baum fanden, an dessen herabhängenden Zweigen sie sich festhalten konnten. Während Ben sich an die Zweige klammerte, sprang Mara ins knietiefe Wasser und zog die Bugspitze auf den Schotter am Ufer.

Bis sie das Boot aus dem Kanal herausgezogen hatten, waren sie vom Regen durchnässt. Sie drehten das Boot um und legten sich darunter. Um aufrecht zu sitzen, war es zu niedrig. Da die Sonne hinter schwarzen Wolken verborgen war, drang kaum Licht durch den schmalen Spalt zwischen der Bootskante und dem Boden. Der Regen trommelte auf die Unterseite des Bootes.

„Erzählst du eine Geschichte?", bat Mara.

Ben schien eine Weile nachzudenken. Dann begann er.

Es dauerte nicht lange, bis Mara *Die Geschichte von dem Gespensterschiff* erkannte. Zuerst wollte sie Ben bitten, doch lieber etwas anderes zu erzählen. Aber obwohl sie sich schon jetzt vor den in ihrem Blut liegenden Matrosen und dem an den Mast genagelten Kapitän fürchtete, wollte sie die Geschichte doch hören.

„Auf einmal schwebte ein Schiff, das wir vorher nicht gesehen hatten, dicht an dem unsrigen vorbei", erzählte Ben. *„Wildes Jauchzen und Geschrei erscholl aus dem Verdeck herüber, worüber ich mich in dieser angstvollen Stunde, vor einem Sturm, nicht wenig wunderte."*

In diesem Moment hörten sie etwas auf dem Kanal. Eine Art Brummen. Es übertönte das Prasseln des Regens und schien näher zu kommen.

Ben unterbrach seine Erzählung. „Was ist das?", fragte er.

Mara drehte sich auf die Seite und spähte unter der Bootskante hindurch. Der dichte Vorhang des Regens machte es unmöglich, mehr als nur Umrisse zu erkennen. Doch was sich da näherte, war eindeutig ein Boot, größer als ihres und mit Scheinwerfern ausgestattet.

So etwas hatte Mara seit Jahren nicht gesehen. Was sie hörten, war das Geräusch eines Motors. Es gab also noch Leute, die solch eine Maschine am Laufen halten konnten. Sofort musste Mara an Noah denken. Das Boot, das dort von Westen her den Kanal entlangfuhr, nährte ihre Hoffnung, mit einem größeren Schiff aus dieser Gegend fortgebracht zu werden. Gleichzeitig scheute sie davor zurück, unter ihrem Ruderboot hervorzukriechen und sich den Leuten auf dem Motorboot zu zeigen – ihnen gar Zeichen zu geben, um mitgenommen zu werden. Vielmehr hoffte sie, dass ihr umgedrehtes Boot am Ufer der Besatzung des anderen Bootes nicht auffallen würde. Für den Moment hatte sie genug von spontanen Bekanntschaften.

Sie spürte, wie Ben sich noch näher an sie drängte, um auch etwas zu sehen. „Was ist das?", wiederholte er.

„Ein Motorboot", sagte sie. „Erspart das Rudern."

Jetzt fuhr das Boot direkt vor ihnen vorbei. Es besaß eine Kabine, in der die Besatzung es trocken hatte. Mara glaubte, hinter den Fenstern drei Gestalten unterscheiden zu können. Aber der Regen fiel zu dicht, um das genau zu erkennen. Wahrscheinlich war der Regen auch der Grund, warum keine dieser Gestalten das Ruderboot am Ufer sah.

Dann war das Boot vorüber. Das Brummen des Motors wurde leiser.

„Erzähl weiter!", bat Mara.

Ben schien ein paar Augenblicke zu brauchen, um sich zu sammeln. Aber schließlich setzte er die Erzählung fort.

Doch so spannend die Geschichte vom Gespensterschiff auch war, Mara konnte sich nicht mehr darauf konzentrieren. Erst jetzt spürte sie, wie müde sie vom Rudern war.

„So waren wir mehrere Tage auf dem Schiffe", hörte sie Bens Stimme, *„es ging immer nach Osten, wohin zu, nach meiner Berechnung, Land liegen musste."*

Mara hörte schon mehr den Regentropfen zu als ihm.

„Aber wenn es auch bei Tag viele Meilen zurückgelegt hatte, bei Nacht schien es immer wieder zurückzukehren, denn wir befanden uns immer wieder am nämlichen Fleck, wenn die Sonne aufging."

*

Ben weckte sie. „Die Sonne geht bald unter", sagte er.

Mara streckte sich, spürte den Schotter unter ihrem Rücken und lugte unter der Bootskante hervor. Es regnete nicht mehr. Aber ein grauer Schleier schien über allem zu liegen. Mara spürte die nasse Kleidung. „Wir sollten ein Feuer machen, um unsere Sachen zu trocknen", sagte sie.

„Hast du noch die Streichhölzer?"

„Ich hoffe nur, sie sind nicht zu feucht."

„Aber Feuer machen doch nicht hier am Ufer?"

„Ganz bestimmt nicht." Sie kletterte unter dem Boot hervor. „Für die Nacht brauchen wir sowieso einen besseren Platz. Ein paar Bäume, zwischen denen wir die Plane aufspannen können."

Ben beeilte sich, ihr zu folgen. „Aber geh nicht wieder allein!", sagte er.

Mara warf einen Blick auf ihn und auf das Boot. Alles, was sie besaßen, lag darunter. „Okay, komm mit", sagte sie. „Aber wir müssen bald wiederkommen."

Sie brauchten nicht lange, um zu entscheiden, dass es besser wäre, noch ein Stück weiterzurudern. Die wenigen Bäume am Ufer boten keinen Schutz, weder vor Wind noch vor Blicken. Hier ein Feuer anzuzünden, das wäre, wie jedermann herzlich einzuladen, bei ihnen vorbeizuschauen und sich an ihren Vorräten zu bedienen. Also kehrten sie bereits nach wenigen Minuten um. Doch sie waren schon nicht mehr allein. Jemand kniete vor ihrem Boot und war gerade dabei, einen der Rucksäcke darunter hervorzuziehen.

Mara bedeutete Ben, still zu sein. Sie sah sich um. Aber außer dem Fremden, der sich an ihren Sachen zu schaffen machte, war niemand zu sehen. Jetzt richtete er sich auf. Es war ein Junge, ungefähr in Bens Alter.

„Finger weg!", brüllte Mara.

Der Junge fuhr zusammen und drehte sich zu ihnen um. Sein hellblondes Haar hing ihm ins Gesicht. Er war blass und dünn. Den Rucksack hielt er noch in der Hand.

„Lass ihn fallen!", sagte Mara.

Er gehorchte.

Sie gingen über den Schotter auf ihn zu. Der Junge öffnete den Mund, aber er brachte kein Wort heraus. Mara fielen seine schlechten Zähne auf. Sie kannte niemanden mit wirklich guten Zähnen, aber was dieser Junge im Mund hatte, verdiente kaum den Namen Gebiss. Die wenigen Zähne, die er noch besaß, waren braun, das Zahnfleisch sah entzündet aus.

Mara griff nach dem Rucksack. „Hast du irgendwas genommen?"

Der Junge schüttelte kurz den Kopf und zeigte seine leeren Handflächen.

„Dann hau ab!"

„Nehmt mich mit!", sagte der Junge.

„Du spinnst wohl!"

„Mara ...", sagte Ben.

„Was?"

„Er ist ganz allein."

Sie sah Ben an. „Auf keinen Fall."

„Bitte!", sagte der Junge.

Mara schüttelte nur den Kopf.

Da nahm Ben ihr so schnell den Rucksack aus der Hand, dass sie gar nicht reagieren konnte. Er öffnete die Klappe, holte ein paar Äpfel und eine Flasche Wasser heraus und gab dem Jungen die Sachen. „Viel Glück", sagte er.

Während Mara und Ben das Boot umdrehten und es in den Kanal zogen, blieb der Junge an derselben Stelle stehen. Er stand noch immer da und sah ihnen hinterher, als sie davonruderten. Die ganze Zeit sprachen sie kein Wort. Als Mara zur Seite sah, bemerkte sie Tränen auf Bens Wangen.

*

Bald war es zu dunkel, um weiterzurudern. Sie hatten das Boot gerade ans Ufer gezogen, als sie wieder das Brummen hörten. Kurz darauf sahen sie die Scheinwerfer. Dieses Mal näherte sich das Motorboot von Osten. Als würde es patrouillieren, dachte Mara. „In die Büsche, mit dem Boot – schnell!", sagte sie.

Die Vegetation war hier dichter als an ihrem letzten Lagerplatz. Als das Licht der Scheinwerfer die Stelle, an der sie an Land gegangen waren, erreichte, hatten sie sich gerade zwischen den Sträuchern versteckt.

„Vielleicht war der Kanal doch nicht die beste Idee", sagte Mara, nachdem das Motorboot vorbeigefahren war.

Ein Feuer wollte sie nun nicht mehr anzünden. Zwischen ein paar Bäumen spannten sie die Plane auf und holten ihre Decken heraus. Als sie sich fest darin eingerollt hatten, sagte Ben: „Ich muss immer noch an den Jungen denken."

Mara spürte Ärger in sich hochsteigen. Warum machte er es ihr so schwer? Sie hatte ja selbst ein schlechtes Gewissen.

„Du hast ihm doch was gegeben", sagte sie.

„Er war so dünn."

„Bist du doch auch."

„Und du glaubst, er kommt allein zurecht?"

Sie seufzte. „Hör jetzt auf!"

„Glaubst du das echt?"

Sie antwortete nicht mehr.

‖ 16 ‖

Am nächsten Morgen sprachen sie nicht viel. Während Ben die Plane einrollte und ihre Sachen im Boot verstaute, saß Mara am Ufer und betrachtete abwechselnd die Umgebung und die Landkarte auf ihrem Schoß.

Sie hatten die Nacht in einem kleinen Gehölz verbracht. Gestern Abend war Mara noch froh über all die Bäume und Sträucher gewesen, weil sie sich zwischen ihnen vor den Scheinwerfern des Motorboots verbergen konnten. Heute machte all das Grün es schwierig, sich zu orientieren. Auch das gegenüberliegende Ufer war von hohen Bäumen bewachsen. Sie versperrten den Blick auf sämtliche Orientierungspunkte.

Mara erinnerte sich an eine große Brücke, die sie unterquert hatten, kurz bevor sie hier an Land gegangen waren – die größte Brücke, seitdem sie in Oberhausen das Boot in den Kanal gesetzt hatten. Nur wenige Schritte von ihrem Lagerplatz entfernt führte das künstliche Betonbett des Kanals wie eine Wasserbrücke über ein anderes Gewässer. So etwas hatte Mara noch nie gesehen.

Auf der Karte fuhr sie mit dem Finger den Verlauf des Kanals von Oberhausen in östlicher Richtung entlang. Die nächste größere Brücke verband Essen über den Kanal mit Bottrop. Da war auch ein Bach eingezeichnet, der den Kanal zu kreuzen schien, die Berne. War das der Bach, der dort drüben unter dem Kanal hindurchfloss? Dann befänden sie sich auf einer Landzunge kurz vor dem Essener Stadthafen.

Mara klappte die Landkarte weiter auseinander und maß mit den Fingern ab. Mehr als ein Drittel der Strecke bis Dortmund hatten sie schon geschafft. Sie war fast ein wenig stolz auf Ben und sich selbst. Da fiel ihr Blick auf einen Begriff, der ein Stück weiter östlich auf der Karte notiert war: *Schleuse Gelsenkirchen.*

Daran hatte sie überhaupt nicht gedacht. Natürlich besaß der Kanal Schleusen. Aber wie sollten sie dort mit ihrem Ruderboot durchkommen? Falls überhaupt noch Leute die Schleusentore bedienten, was würden diese Schleusenwärter von ihnen verlangen? Und dann dieses Motorboot … Nein, sie wollte den Kanal lieber bald wieder verlassen.

Sollten sie stattdessen auf der Berne rudern? Auf der Karte folgte sie dem Verlauf des Bachs mit dem Finger bis in die Essener Innenstadt. Sie hatte keine Ahnung, wie sehr die Flut Essen zerstört hatte. Aber in den Ruinen einer so großen Stadt würden sie vermutlich wieder öfter anderen Menschen begegnen.

Ihr Blick wanderte zurück zum Stadthafen. Wenn sie die Karte richtig gelesen hatte, lag er nur ein paar Hundert Meter weiter östlich. Vielleicht konnten sie in den alten Lagerhäusern etwas Brauchbares für ihre Reise finden. Noch weiter östlich kreuzte die Autobahn den Kanal. Dahinter schien eine große Halde zu liegen, die Schurenbachhalde. Wie sehr die Umgebung auch überflutet sein mochte, auf der Halde könnten sie lagern. Und dann würden sie den Kanal hinter sich lassen und lieber südlich davon auf überfluteten Straßen rudern. Die Zentren der großen Städte aber würden sie meiden.

„Ben!", rief sie. „Wie weit bist du?"

„Alles verstaut", hörte sie ihn hinter sich sagen.

„Ein Stück weiter ist der Essener Hafen", sagte sie. „Da schauen wir uns mal um."

*

Sie mussten nur wenige Minuten rudern, dann endete das Gehölz zu ihrer Rechten. Kurz darauf sahen sie am Ufer Container, übereinandergestapelt, rostig und teilweise aufgebrochen, wie einige offenstehende Türen verrieten. Am gegenüberliegenden Ufer verrottete ein Frachtschiff im Wasser. Geradeaus sahen sie die Autobahnbrücke über den Kanal führen. Es war dieselbe Autobahn, der sie in Duisburg nicht weiter hatten folgen können, weil diese dort eingestürzt war. Vor der Autobahnbrücke zweigte rechts das Hafenbecken ab. Auch hier rosteten Frachtschiffe und Kräne vor sich hin.

Mara und Ben ruderten bis zum Ende des Beckens. Mit einem langen Stück Schnur befestigten sie das Boot hinter einem der alten Frachter an einem Treppengeländer. Dann schulterten sie ihre Rucksäcke.

So ganz wohl war Mara nicht dabei, das Boot und die Plane zurückzulassen. Aber eingekeilt zwischen dem Heck des Frachters und der Hafenmauer war das kleine Ruderboot kaum zu sehen. Und sie würden sich beeilen. Nur ein kleiner Erkundungsgang, um vielleicht etwas Nützliches zu finden – ein bisschen Metall oder Feuerholz, das sie eintauschen oder selbst gebrauchen konnten.

Der Wasser stand hoch. Sie mussten nur wenige Stufen an der Hafenmauer hinaufsteigen. Oben angekommen, standen sie vor einem blassgrünen Gebäude mit einem grauen, fensterlosen Turm an der linken Seite. *Hafenmühle* war an der Fassade gerade noch zu lesen. Stufen führten zu einer Rampe hinauf, auf der Holzpaletten vermoderten. Zwischen den Paletten befand sich die Eingangstür.

„Komm!", sagte Mara.

„Ich weiß nicht", erwiderte Ben. Er sah zu den zerschlagenen Fensterscheiben hinauf.

„Was denn?", fragte sie und begann zur Rampe hinaufzusteigen. „Sieht auch nicht schlimmer aus als in Duisburg."

Nur widerwillig folgte er ihr.

Es war absolut still, nichts deutete auf unangenehme Überraschungen hin. Aber als Mara die Hand zur Tür ausstreckte, zog sich ihr Magen zusammen. Kurz zögerte sie. Doch dann riss sie sich zusammen und öffnete die Tür.

Ihre Augen mussten sich erst an das schwache Licht in dem Gebäude gewöhnen. Sie machte drei Schritte hinein und hörte Bens Schritte hinter sich. Dann schlug die Tür zu. Ben schrie auf.

Mara fuhr herum. Zwei Männer hatten ihren Bruder gepackt. Ein dritter stürzte auf Mara zu. Er hatte eine Glatze und grinste sie an.

Mara rannte los. Sie hörte den Mann hinter sich. Sie rannte durch einen Flur, rüttelte an einer verschlossenen Tür und rannte weiter. Die nächste Tür war unverschlossen. Sie fand sich in einer staubigen Halle wieder. Kurz spürte sie die Hand des Mannes an ihrem Rucksack. Doch dann gewann sie wieder einen Vorsprung. An der Wand gegenüber schimmerte das Sonnenlicht unter einer Tür hindurch. Sie rannte darauf zu. Weitere Türen sah sie nicht. Wenn diese verschlossen war, saß sie in der Falle.

Sie riss an der Klinke. Die Tür öffnete sich. Mara stürzte ins Freie. Rechts musste es zurück zum Hafenbecken gehen. Sie wandte sich nach links. Ein Blick über die Schulter – gerade stürmte der Kahlkopf aus der Tür. Jetzt war sie sich sicher, dass es derselbe Mann war, der im Dickicht das Boot bewacht hatte. Dem sie das Ruder über den Schädel gezogen hatte. Wie hatten die Männer es ohne ihr Boot so schnell hierher geschafft? Mit dem Motorboot?

Mara rannte links um die nächste Ecke. Sie war nun auf der Rückseite des Gebäudes, in dem die anderen Männer Ben festhielten. Oder brachten sie ihn schon woanders hin? Etwas pfiff haarscharf an ihrem Kopf vorbei. Ihr Verfolger warf mit Steinen nach ihr.

Sie rannte nach rechts über die Straße und auf den nächsten Hof. Vorbei an einer Halle gelangte sie auf einen Schrottplatz. Sie fluchte. Das war kein guter Ort zum Verstecken. Schrott war wertvoll, also trieb sich hier wahrscheinlich jemand herum, der die Kostbarkeiten bewachte. Jetzt spürte sie auch ihr Knie immer stärker. Lange würde sie diese Verfolgungsjagd nicht mehr durchhalten.

Mara duckte sich hinter ein ausgeschlachtetes Auto, gerade als der Kahlköpfige um die Ecke der Halle bog. Er schaute sich suchend um. Sie hob einen Stein vom Boden auf und schleuderte ihn so weit von der Halle weg, wie sie nur konnte. Im nächsten Moment scheppterte es in einem Haufen Blech auf der anderen Seite des Hofs.

Mara spähte an dem verrosteten Kotflügel des Autowracks vorbei und sah den Glatzkopf dort hinrennen. Als er den Blechhaufen gerade erreicht hatte, richtete sie sich leise auf und schlich zu einer Seitentür der Halle hinüber. Die Tür ließ sich öffnen.

Drinnen empfing sie beißender Geruch. Sehen konnte sie kaum etwas. Nur wenige Fenster befanden sich knapp unterhalb der Dachkante, und sie waren klein und verschmiert. Mara tastete sich durch das Dämmerlicht zur Vorderseite der Halle. Jetzt erkannte sie, dass hier Metallfässer und Kunststoffkanister lagerten. Zu Hunderten standen sie auf Holzpaletten. Von ihnen ging der Geruch aus. Ein wenig wurde ihr schwindlig. Sie stieß gegen eine der Paletten, und ein Kanister fiel zu Boden. Der Kunststoff musste über die Jahre brüchig geworden sein, oder jemand hatte den Kanister nicht ordentlich verschlossen. Jedenfalls sprang der Deckel ab, und der Inhalt des Kanisters ergoss sich über den Boden. Das Zeug roch genauso wie die Flüssigkeit in den Kanistern, die sie unter der Treppe gefunden hatte. Benzin, Diesel oder Heizöl.

Sie gelangte zur Eingangstür und schob sie einen Spalt weit auf. Genau gegenüber standen ein flaches Seitengebäude der Hafenmühle und ein altmodisches Backsteinhaus mit Spitzdach. Niemand war auf der Straße zu sehen.

Sie schlüpfte hinaus und rannte zu dem Backsteingebäude hinüber. Daneben, unter einem alten Baum mit weitverzweigter Krone, stand ein verbeulter Container mit Fenstern und einer Tür. Eine Leuchtreklame hing schräg daran: *Blitz-Imbiss*. Mara wollte eben durch das Gebüsch zwischen Container und Backsteinhaus auf den Hinterhof der Hafenmühle schleichen, als sie die beiden Männer aus dem Hauptgebäude in den Hof treten sah. Sie zerrten Ben mit sich.

Mara kauerte sich zwischen die Sträucher. Die Männer brachten Ben in das Backsteinhaus.

17

Sie hatten ihm die Hände hinterm Rücken gefesselt. Jetzt stießen sie ihn durch einen Korridor, der nach alten Teppichen und nassen Hunden roch. Dann schubsten sie ihn ein genauso muffiges Treppenhaus hinauf. In einem dunkelbraun getäfelten Raum musste er sich auf den Boden setzen – neben einen anderen Jungen. Die beiden musterten einander. Der andere öffnete vor Erstaunen den Mund und entblößte seine braunen Zahnstumpen.

„Du auch?", fragte er.

Einer der Männer – es war der Holzsammler aus dem Dickicht, wie Ben längst erkannt hatte – horchte auf. „Ihr kennt euch?"

„Kaum", sagte Ben.

„Na, dann lernt euch doch noch ein bisschen näher kennen!", sagte der zweite Mann lachend und klatschte Ben so hart auf die Schulter, dass es weh tat.

Der Holzsammler stimmte in das Lachen ein, als hätte sein Kumpel den besten Witz seit langem gemacht. „Ja, aber beeilt euch", sagte er. „Wir wollen euch nämlich bald wieder loswerden."

Dann verließen sie das Zimmer. Ben hörte sie die Treppe hinuntergehen.

„Was meinte der damit?", flüsterte er dem anderen Jungen zu.

„Ich schätze, die wollen uns verkaufen", sagte der.

„Wie ... verkaufen?"

Ben starrte seinen Mitgefangenen an. Er wirkte jetzt noch erbärmlicher als gestern am Ufer des Kanals. Das dünne blonde Haar klebte ihm auf der Stirn, sein linkes Auge war geschwollen, und aus dem Mund roch er, als würde etwas in ihm verfaulen.

„Na ja, als Sklaven", sagte er.

„Was?!" Ben wurde plötzlich sehr kalt.

„Was dachtest du denn, warum die Piraten Kinder entführen?" Der Junge runzelte die Stirn, als sei Ben schwer von Begriff.

Ben sah sich um. Der Raum war nicht besonders groß. Links von ihnen lagen drei schimmelnde Matratzen auf dem nackten Boden. Sonst gab es kein Mobiliar. An einigen Stellen schälte sich die Holzvertäfelung von den Wänden. An der Wand gegenüber gab es ein Fenster.

Ben stand auf und ging hinüber. Sicher würden die Männer jeden Moment wiederkommen. Auf der anderen Straßenseite stand eine große Halle, daneben lag ein Schrottplatz. Die Straße war leer. Wo mochte Mara sein? Würden die Männer sie gleich ebenfalls hereinbringen? Ben drehte dem Fenster den Rücken zu und versuchte, seine gefesselten Hände bis zum Griff hochzuheben. Aber er war zu klein.

„Ist eh zu hoch zum Springen", sagte sein Mitgefangener. „Und dann noch mit den Fesseln …"

„Willst du denn einfach abwarten, was sie mit uns anstellen?" Ben sprach jetzt lauter.

Der Junge zuckte mit den Schultern. „Ich glaub, ich kann einfach nicht mehr."

„Hab ich auch schon manchmal gedacht", sagte Ben und fragte sich, warum sie nicht zur Tür hinausspazierten. War es nicht ziemlich überheblich von den Piraten, sie nur an den Händen zu fesseln und die Tür nicht einmal abzuschließen? Okay, wahrscheinlich stand mindestens einer von ihnen unten an der Treppe und passte auf. Aber es nicht wenigstens zu versuchen …

„Wenn man Glück hat, kriegt man als Sklave immerhin genug zu essen", sagte der Blonde.

„Das kann doch nicht dein Ernst sein!" Der Typ machte Ben wütend. „Komm, lass uns einfach rausgehen. Was haben wir denn zu verlieren?"

Der Blonde lachte leise und zeigte dabei seine braunen Zähne. Am liebsten hätte Ben ihm eine gescheuert.

Er ging zur Tür, drehte sich herum, drückte mit den gefesselten Händen die Klinke herunter, zog die Tür auf und wollte gerade rausgehen, als eine Hand ihn mit Wucht zurück in den Raum stieß. Er landete rücklings auf dem Boden und schlug mit dem Hinterkopf auf.

„Wer hat gesagt, dass du rauskommen sollst?"

Ben sah in das Gesicht des Mannes mit dem Mal unter dem linken Auge. Jetzt erkannte er, dass es etwas Krankhaftes war, irgendeine Art Ekzem. Ben richtete sich halb auf.

„Freut mich übrigens, dass wir uns wiedersehen", sagte der Mann. Dann drosch er Ben seine Faust ins Gesicht.

Wieder schlug er mit dem Hinterkopf auf den Boden, dieses Mal viel härter. Der Mann hatte ihn direkt unterm linken Auge getroffen, dort, wo er selbst von dem entzündeten Ausschlag entstellt war.

Für einen Moment hörte sich alles so an, als befände sich Bens Kopf unter Wasser. Der Mann beugte sich über ihn und bewegte die Lippen, aber Ben verstand nichts. Erst dann setzte der Schmerz ein – ein dumpfer Schmerz, der nicht nur unter dem Auge pulsierte, sondern den ganzen Schädel einhüllte.

„Ob du dich nicht auch freust, hab ich gefragt", sagte der Mann jetzt.

Immerhin konnte Ben wieder hören. Er beeilte sich zu nicken „Freu mich riesig", sagte er.

„Bist 'n Spaßvogel, was?" Der Mann gab ihm eine Ohrfeige. Aber die war im Vergleich zu dem Faustschlag fast ein Streicheln.

„Wenn Sie meinen."

„Ich sag dir, was ich meine..." Der Mann richtete sich auf und blieb breitbeinig über Ben stehen. „Ich meine, dass wir für das Mädchen einen guten Preis bekommen werden."

Hatten sie Mara also schon erwischt?

„Wer ist sie? Deine Schwester?"

Ben schwieg.

Der Mann spuckte aus. „Ist mir eigentlich scheißegal. Aber weißt du, was mir gar nicht egal ist?" Er beugte sich wieder ein wenig herunter, und Ben wich unwillkürlich ein Stück zurück. Der Mann lächelte voller Genugtuung. „Wenn mich jemand beklaut. Und weißt du, was ich mit Leuten mache, die mich beklauen?" Er trat Ben in die Rippen. „Ich hab dich was gefragt."

„K-K-Keine Ahnung", stotterte Ben.

Er rechnete damit, dass der Pirat ihm jetzt beschrieb, wie er ihn quälen würde. Aber der Mann überraschte ihn, indem er seinen Mund weit öffnete, zwei vollständige und recht gesund aussehende Zahnreihen entblößte, eine spitze Zunge hervorstieß und damit einmal rundherum über Lippen und Zähne leckte. „Ich esse sie", sagte er und griff nach Bens Wade. „So zartes Fleisch ist schwer zu finden."

Ben starrte dem Mann in die Augen. Sie waren weit aufgerissen. Das entzündete Ekzem war von Lachfalten durchzogen. Vielleicht war er wahnsinnig, vielleicht ein Sadist, aber Ben zweifelte nicht daran, dass er ernst meinte, was er gerade gesagt hatte. Ben konnte ihm nicht länger in die Augen sehen und drehte den Kopf zur Seite. Der andere Junge hatte die Beine zum Oberkörper gezogen und zitterte. Der Mann lachte.

In diesem Moment hörte Ben einen Knall, lauter als alles, was er jemals gehört hatte. Er spürte eine Erschütterung durch das Haus gehen. Die Fensterscheiben barsten. Glassplitter regneten auf ihn herunter. Eine der Latten fiel aus der Holzvertäfelung und landete zwischen ihm und dem anderen Jungen.

Der Mann ließ Bens Wade los, sprang auf und stürzte zum zersplitterten Fenster. Dann rannte er zur Tür.

„Das Diesellager!", hörte Ben einen der anderen Männer von unten schreien.

Er kam mühsam auf die Füße. Von dem Fausthieb brummte ihm noch immer der Schädel. Er taumelte zum Fenster. Gegenüber stand die Halle in Flammen. Schwarzer Rauch quoll aus dem Dach.

Er drehte sich zu dem anderen Jungen um. Der saß wie versteinert und starrte zum Fenster. Ben ging in die Knie, hob eine der Glasscherben auf, ging zu dem Blonden hinüber und ließ sich neben ihn sinken.

„Deine Fesseln!", sagte er.

Da hörte er Maras Stimme: „Lasst mich das machen!"

*

Sie redeten kaum, sie rannten nur. Fort von dem Feuer, zu dem die Männer eilten und das auf die anderen Gebäude überzugreifen drohte. Den blonden Jungen nahmen sie mit.

Am Hafenbecken sahen sie, dass ihr Boot nicht mehr da war. „Da lang!", kommandierte Mara und zeigte nach Süden.

„Mein Rucksack ist noch irgendwo da drinnen", sagte Ben.

„Egal, komm jetzt!"

Nach ein paar Hundert Metern bogen sie links ab. Mara leitete sie in einem weiten Bogen, der allmählich wieder nach Norden führte, um das Feuer herum, vorbei an einstigen Speditionen, Baustoffhandlungen und Autohäusern. Wenn sie in Richtung Hafen schauten, sahen sie, wie sich die schwarze Wolke immer weiter am Himmel ausbreitete.

Mara trieb sie an weiterzurennen. Sie schien ein Ziel zu haben. Und auch wenn Ben dieses Ziel nicht kannte – heute wäre er ihr überall hin gefolgt. Er konnte sich noch immer nicht erklären, wie sie das hinbekommen hatte. Denn er zweifelte nicht daran, dass Mara für das Feuer verantwortlich war.

Bald erschütterte eine zweite Explosion das Viertel. Es sah ganz so aus, als bekämen die Männer den Brand nicht unter Kontrolle. Ben war stolz auf seine Schwester.

Mara führte sie zur Autobahn. Auf der Fahrbahn gönnte sie ihnen endlich eine Pause. Von hier oben sah das Spektakel noch beeindruckender aus. Der halbe Hafen schien in Flammen zu stehen.

Bei diesem Anblick fing der Blonde plötzlich an zu lachen. Es schüttelte ihn richtig, und er konnte gar nicht mehr aufhören. Zuerst fand Ben es unheimlich. Mit seinen verfaulten Zähnen sah der dürre Typ sowieso schon ziemlich gruselig aus. Und wenn er dann noch so irre lachte … Er zeigte immer wieder auf die schwarze Wolke, die in südwestlicher Richtung an ihnen vorbeizog, tanzte dabei auf und ab, als würde er sich gleich in die Hose pinkeln, und schnappte wie wild nach Luft.

Und dann konnte auch Ben sich nicht mehr beherrschen. War das nicht wirklich zum Totlachen? Mara hatte diesen Scheißpiraten die Bude ausgeräuchert!

Eine Weile sah Mara den beiden Jungs nur zu und schüttelte den Kopf. Dann fing auch sie an zu lachen. Schließlich lachte sie am lautesten, und irgendwann sanken sie alle drei vor Lachen und vor Erschöpfung auf den Asphalt.

„So was sollte ich vielleicht öfter machen", sagte Mara, als sie sich ein wenig beruhigt hatten. „Aber … ich hab jetzt nur noch ein Streichholz."

Darüber mussten sie schon wieder lachen.

*

Sie liefen auf der Autobahn nach Osten, bis eine mächtige Halde vor ihnen auftauchte. Mara erklärte, dass sie dort übernachten sollten. Beim Aufstieg fragte sie den Blonden, wie er eigentlich heiße.

„Nikolai", antwortete er.

„Tut mir leid, dass wir dich gestern am Ufer stehengelassen haben", sagte Mara.

„Schon okay. Dafür nehmt ihr mich jetzt mit."

„Ja", sagte Ben, „nur haben wir jetzt kein Boot mehr."

„Ist doch egal. Hauptsache, ich bin nicht allein."

Ben dachte an das, was Nikolai über die Versklavung gesagt hatte – dass man dann wenigstens etwas zu essen bekäme. Vorhin hatte er sich darüber geärgert. Jetzt tat Nikolai ihm nur noch leid.

Mara meinte, sie sollten auf der Nordseite der Halde übernachten. Von dort könnten sie den Kanal sehen. Sie fürchtete, die Piraten würden sich an ihre Fersen heften „Falls sie uns suchen, werden sie über den Kanal kommen", sagte sie.

„Meinst du nicht, sie haben erst mal Wichtigeres zu tun?", fragte Ben.

„So, wie du ihnen Feuer unterm Hintern gemacht hast", ergänzte Nikolai und kicherte schon wieder.

Aber Mara bestand darauf, dass sie bis zur Nordseite liefen. Sie suchte ein dichtes Gebüsch aus, in dem sie sich niederließen.

Sie waren müde, obwohl es noch früh war. Decken besaßen sie nicht mehr, die waren in Bens Rucksack gewesen. Die Plane hatten sie im Boot gelassen. Also legten sie sich einfach eng nebeneinander und hofften, dass die Nacht trocken bleiben würde.

‖ 18 ‖

Kälte weckte Ben. Seine Kleidung war klamm vom Morgentau. Er richtete sich auf und lugte durch die Zweige. Im Osten wurde es langsam heller. Aber noch standen Sterne am wolkenlosen Himmel. Für die nächsten Stunden mussten sie keinen Regen fürchten.

Ben erkannte die Venus, den Morgenstern. Darüber sah er den Großen Wagen. Er ließ seinen Blick von der Deichsel des Wagens weiterwandern und fand so Arktur, den hellsten Stern am Himmel.

Einer der letzten Einträge, die er in dem Lexikon gelesen hatte, handelte von diesem Stern. Darin hieß es, Arkturs Durchmesser betrage das Fünfundzwanzigfache des Durchmessers der Sonne. Sein Name bedeute Bärenhüter, was auch der Name eines Sternbilds war. Im Lexikon war eine Abbildung des Sternbilds abgedruckt, und Ben hatte versucht, sich die Form einzuprägen. Aber jetzt konnte er es am Himmel nicht finden. Im Lexikon hatte auch gestanden, Arktur sei ein Roter Riese. Was das bedeutete, wusste Ben nicht. Und er hatte es nicht nachschlagen können, weil das Lexikon mit dem Artikel über Artenschutz endete.

Jetzt konnte er gar nichts mehr nachschlagen. Auch das Lexikon war in seinem Rucksack bei den Piraten geblieben. Ben fragte sich, was er alles nie gelernt hatte und auch nicht mehr lernen würde. Mara war ein paar Jahre zur Schule gegangen, er überhaupt nicht. Manchmal kam er sich einfach nur dumm vor.

Diese Halde zum Beispiel – Mara hatte ihm erzählt, dass die Halden künstliche Hügel seien. Vor langer Zeit hätten die Menschen hier tief in der Erde nach Kohle gegraben. Und was sie außer Kohle aus der Tiefe holten, hätten sie zu solchen Halden aufgeschüttet. Das war aber auch schon alles, was Mara ihm darüber hatte erzählen können. Über manchen Lichtjahre entfernten Stern glaubte Ben mehr zu wissen als über die Gegend, in der er lebte und schon immer gelebt hatte.

Mara schien irgendwie besser damit zurechtzukommen, so vieles nicht zu wissen. Vielleicht irrte Ben sich, aber es kam ihm so vor, als wäre sie so sehr damit beschäftigt, für sie beide zu sorgen, dass daneben alles andere nicht nur zweitrangig, sondern unwichtig wurde. Er selbst aber hatte so viele Fragen. Und jetzt war auch noch das Lexikon weg.

Mara hatte gesagt, die Welt des Lexikons gebe es sowieso nicht mehr. Aber das stimmte nicht. Ein Blick zum Sternenhimmel genügte, um ihn vom Gegenteil zu überzeugen. Mara würde jetzt vielleicht einwenden, dass sie aber nun einmal auf der Erde lebten, in einer überfluteten Welt – und nicht auf einem dieser fernen Planeten, die da oben so schön aussahen. Und dass sich, falls auf einem dieser Planeten intelligentes Leben existierte und diese Lebensformen von der Erde wussten, sie sich wahrscheinlich einen Dreck für Maras und Bens Probleme interessierten – weshalb umgekehrt diese Planeten und alles übrige, was in dem Lexikon beschrieben wurde, Ben ebenfalls egal sein könne.

Ben konnte Mara beinahe hören, wie sie schimpfte. Sie konnte sich so in Wut reden, wenn etwas nicht wie geplant lief. Er wusste, dass sie höchstens die Hälfte davon ernst meinte. Aber manchmal sprang er dann trotzdem auf ihre hinkenden Argumente an und stritt mit ihr. In diesem Fall hätte er vielleicht erwidert, dass das Lexikon ihm immerhin als Waffe einen guten Dienst erwiesen hatte.

Das war auch so eine offene Frage. Ben musste immer wieder darüber nachdenken, ob sie Roland umgebracht hatten. Warum ihm nicht wohl bei dem Gedanken war, konnte er sich nicht erklären.

Roland war nicht besser gewesen als der Pirat mit dem Ekzem. Ben versuchte den Gedanken an dessen aufgerissenen

Mund zu verdrängen. Wie er sich genüsslich mit der Zunge über Lippen und Zähne geleckt hatte. Wie gesund seine Zähne ausgesehen hatten. Und wie scharf. Er hatte Mara von der Drohung des Piraten erzählt – dass er Bens Fleisch essen werde. Mara hatte gemeint, der Mann habe ihm nur Angst machen wollen. Aber Nikolai hatte den Mann genauso ernst genommen wie Ben.

Nikolai ... Ben schaute zu ihrem neuen Gefährten. Er lag auf der Seite, hatte die Beine angezogen und nuckelte am Handballen. Viel wussten sie noch nicht über ihn. Seine Mutter sei gestorben. „An einem schlimmen Husten", hatte Nikolai gesagt. „Sie hat Blut gespuckt und Fieber bekommen." Das sei im vergangenen Winter passiert. Seitdem sei er allein unterwegs. Jetzt zuckte Nikolai im Schlaf zusammen. Er murmelte etwas, aber Ben konnte es nicht verstehen.

Da hörte er das Brummen. Es kam vom Kanal. Ben spähte durch die Büsche. Im Osten begann der Himmel sich rot zu färben. Das Brummen kam von Westen. Begleitet wurde es von einem Licht.

Er rüttelte Mara an der Schulter. Sie schlug die Augen auf. „Das Motorboot", flüsterte Ben.

Sofort war sie hellwach. Sie sah durch die Zweige zum Ufer. Dann weckte sie Nikolai. „Wir müssen vielleicht abhauen", sagte sie und zeigte ihm das sich nähernde Scheinwerferlicht. „Aber erst mal halten wir uns einfach flach am Boden. Bewegt euch nicht. Und seid leise."

Das Feuer hatte bis zum Abend gebrannt. Noch immer konnte Ben den Rauch in der Luft riechen. Wenn auf dem Boot die Piraten waren, so suchten sie nach ihnen. Daran bestand für Ben kein Zweifel. Ebenso wenig daran, dass sie es nicht überleben würden, wenn die Männer sie fänden.

Das Boot erreichte die Halde. Das Brummen wurde tiefer und leiser, dann brach es stotternd ab. Am Ufer wuchsen Bäume, dahinter verschwand das Boot nun aus Bens Sicht.

Doch der Scheinwerfer leuchtete durch die Bäume bis auf den unbewachsenen Streifen zwischen jener Baumreihe und dem Gehölz, in dem sie hockten.

Im Lichtkegel erschienen jetzt die Silhouetten mehrerer Männer. Sie waren vielleicht hundert Meter entfernt. Sie trugen Fackeln und lange Stäbe, größer als sie selbst. Als sie näherkamen, erkannte Ben, dass die Stäbe oben angespitzt waren. Es waren neun Männer. Drei für jeden von ihnen. Sie bildeten eine Kette, der Abstand von einem zum anderen betrug vielleicht zehn Meter. So näherten sie sich dem Gehölz.

Ben wurde an der Schulter angestoßen. Mara machte Nikolai und ihm Zeichen. Sie deutete nach oben. Über ihnen breitete eine alte Esche ihre Äste aus.

„Schnell!", flüsterte Mara.

Die Männer sprachen miteinander. Einer gab Kommandos, wie sie sich verteilen sollten. Ansonsten würden sie unser Geraschel vielleicht bemerken, dachte Ben. Er war als Erster oben, legte sich bäuchlings auf einen der dicksten Äste und streckte die Arme nach unten, um Nikolai heraufzuhelfen. Dann nahm er von Mara den Rucksack entgegen.

Mara gestikulierte hektisch, sie sollten weiter hinaufklettern. Ben setzte sich den Rucksack auf und kletterte Nikolai voraus, bis er auf etwa halber Höhe des Baumes eine Astgabel erreichte, auf der sie alle bequem würden sitzen können. Wenn die anderen beiden es nur rechtzeitig schafften. Er sah nach unten. Nikolai war schon fast bei ihm. Aber Mara kletterte gerade erst auf einen der untersten Äste. Vielleicht hatte sie noch Spuren ihres Nachtlagers beseitigt.

Ben konnte die Männer nicht sehen, da die Baumkronen dicht belaubt waren und die Sonne noch immer nicht aufgegangen war. Aber hier und dort sah er Fackeln aufflackern. Sie waren nicht mehr weit.

Gerade als Mara sich neben ihn setzte, tauchte einer der Männer zwischen den Sträuchern direkt unter ihnen auf.

Die Spitze seines langen Stabes hatte er schräg nach unten gerichtet. Damit stach er immer wieder ins Unterholz. Jetzt erreichte er die Stelle, an der sie geschlafen hatten. Er blieb stehen. Untersuchte den Boden. Schwenkte die Fackel von einer Seite zur anderen. Drehte sich einmal im Kreis. Stach mit dem Stab in die Büsche, die sie nachts vor dem Wind geschützt hatten. Und ging endlich weiter.

Da knurrte Bens Magen. Das Rascheln am Boden unter ihnen hörte auf. Ben erstarrte und hielt die Luft an. Dabei konnte sein Atmen kaum so laut sein wie das Magenknurren. Entschuldigend sah er Mara an. Sie verdrehte die Augen. Ben widerstand dem Drang, nach unten zu schauen. Er fürchtete, wenn der Mann in derselben Sekunde nach oben sähe, würden ihre Blicke sich treffen. Stattdessen presste er sich mit dem Rücken gegen den Stamm. Er wünschte, er könnte eins werden mit dem Baum und sich in ihm auflösen.

Ben lauschte. Nichts war zu hören. Die Männer hatten aufgehört, sich Signale oder Anweisungen zuzurufen. Und der Mann unter ihnen schien sich nicht von der Stelle zu bewegen. Wahrscheinlich lauschte er genauso wie sie.

Ben spürte, dass er dringend pinkeln musste. Warum nur hatte er seine drückende Blase nach dem Aufwachen ignoriert? Ging es Mara und Nikolai nicht genauso, fragte er sich. Und ob sein Magen sich entschließen würde, noch ein weiteres Mal zu knurren. Er sah Nikolai an. Der hielt sich die Hand vor den Mund. In unregelmäßigen Abständen zuckte er zusammen. Unterdrückte er etwa einen Hustenanfall?

Da begann es unter ihnen wieder zu rascheln. Zweige brachen. Und endlich wurden die Geräusche, die der Mann verursachte, leiser.

*

Als die Männer zum Boot zurückkehrten, stand die Sonne schon hoch. Ben, Mara und Nikolai hörten, wie der Motor angelassen wurde. Dann sahen sie das Boot hinter der Baumreihe am Ufer auftauchen und weiter nach Osten fahren. Ben glaubte, an Deck den Anführer mit dem Ekzem zu erkennen.

Er wollte so schnell wie möglich hinunterklettern, um seine Blase zu entleeren. Aber Mara hielt ihn am Arm fest. „Sie könnten jemanden zurückgelassen haben", flüsterte sie.

Ben brach der Schweiß aus. „Ich muss mal!"

Wieder verdrehte sie die Augen. „Halt noch ein bisschen aus."

Erst als die Sonne ihren Mittagspunkt erreicht hatte, erlaubte sie ihnen, leise hinunterzuklettern und sich zu erleichtern. Doch gleich danach bestand sie darauf, dass sie wieder hinaufstiegen. Den gesamten Tag verbrachten sie in der Baumkrone.

Kurz vor Sonnenuntergang tauchte, von Osten kommend, wieder das Boot auf. Erneut hielt es an der Halde. Und Ben sah einen der Männer aus dem Gehölz treten und über den unbewachsenen Streifen zum Ufer gehen. Erst jetzt nahmen die Männer ihren Kumpan mit.

„Lasst uns aufbrechen", sagte Mara.

„Wohin?", fragte Nikolai.

„Richtung Südosten. Weg von denen. Weg vom Kanal."

„Aber es wird schon dunkel", wandte Ben ein.

„Eben deshalb", sagte Mara. „Vielleicht suchen sie nachts nicht weiter nach uns."

Ben sah zum Himmel. Heute war es trocken geblieben. Und noch waren keine Wolken zu sehen. Er hoffte, das Licht des Mondes und der Sterne würde sie durch die Nacht leiten.

19

Auf der Autobahn wanderten sie in Richtung Osten. Aber Mara fühlte sich dabei nicht wohl. Zwar gingen sie hier trockenen Fußes, aber viel zu nah am Kanal. Und nirgendwo konnten sie Deckung finden. Je dunkler es wurde, desto mehr fürchtete sie einen Überfall. Wenn die Männer ihnen irgendwo auflauerten, dann am ehesten hier, wo hinter den Leitplanken Sträucher und Bäume einen steil abfallenden Wall bewucherten. Als Mara einen abgeknickten schwarz-weißen Markierungspfosten am Boden liegen sah, hob sie ihn auf. „Der ist hohl", sagte sie.

„Na und?", fragte Ben.

„Die Dinger schwimmen. Wir brauchen mehr davon."

Die Jungen begriffen. Bald hatten sie zwei weitere Pfosten gefunden. Einen vierten mussten sie mühsam aus seiner Verankerung lösen.

„Und jetzt?", fragte Nikolai.

„Sammelt Holz", sagte Mara.

Sie kletterten die Böschung hinab. Unter einem bewölkten Himmel wären sie vielleicht ins Stolpern geraten und den Wall hinab ins Wasser gestürzt. Aber die Nacht war sternenklar. Hier und da lasen sie armdicke Äste auf, die der letzte Sturm von den Bäumen gerissen hatte.

Am Fuß des Walls holte Mara die aufgerollte Schnur aus ihrem Rucksack. Sie brauchten mehrere Versuche. Aber schließlich gelang es ihnen, das Holz so mit den Pfosten zu verbinden, dass sich eine Fläche ergab. Darauf konnten alle drei sitzen. Mara zog die Konstruktion ins Wasser.

Nikolai warf einen skeptischen Blick darauf. „Und du glaubst, das trägt uns?"

„Probieren wir es aus", antwortete Ben an Maras Stelle. Er watete ins Wasser und setzte sich vorsichtig auf das Floß. „Hängt in der Mitte ein bisschen durch."

„Dann kriegen wir halt einen nassen Hintern", sagte Mara und schulterte ihren Rucksack. Dann folgte sie ihrem Bruder. „Komm schon!", forderte sie Nikolai auf. Der sah immer noch zweifelnd aus. Aber schließlich kletterte auch er aufs Floß.

Mit Hilfe langer Äste stakten sie vorwärts. Es war eng auf dem Floß, sie saßen Bauch an Rücken. Mara saß hinten. Nikolai hatten sie in die Mitte genommen. Mara spürte ihn zittern. Die Nacht ohne Decke war ihm nicht gut bekommen. Und jetzt saß er beinahe im Wasser. Ohne Decken würden sie alle irgendwann krank werden. Die wolkenlose Nacht war kalt. Sie sah Ben zu den Sternen hinaufschauen. Er gab acht, dass sie die Richtung einhielten: Südost.

Zunächst kamen sie durch eine wenig bebaute Gegend mit verlassen wirkenden Einfamilienhäusern. Höfe oder Gärten waren nur wegen der aus dem Wasser ragenden Baumkronen zu erahnen. Danach gelangten sie auf einen weiten See. Früher hatten hier wahrscheinlich Felder gelegen. Der Mond spiegelte sich im Wasser.

Schon länger hatte niemand mehr gesprochen. Außer dem regelmäßigen Plätschern, das sie beim Staken verursachten, war nichts zu hören.

Mara war müde. Sie fror, denn ihre Hose hatte sich mit Wasser vollgesaugt. Sie wusste nicht, wie weit sie heute Nacht kommen würden. Aber in diesem Moment – einen sternübersäten Himmel über sich und ein durchhängendes, jedoch mit ihren eigenen Händen gebautes Floß unter sich – glaubte sie, alles erreichen zu können.

Als sie den langen Ast zum nächsten Mal ins Wasser tauchte, fand sie mit der Spitze keinen Grund mehr. Nikolai stocherte mit seinem Ast und sah ängstlich aus, als er Mara sein Gesicht zuwandte. „Tief!", war alles, was er sagte.

„Paddeln wir!" Sie legte den Ast neben sich, beugte sich zur Seite und streckte die Hände ins Wasser. „Du auf der anderen Seite", sagte sie zu Nikolai. „Ben, du versuchst, uns auf Kurs zu halten."

„Aye aye, Sir!"

Mara schmunzelte. Ihrem Bruder schien die nächtliche Floßfahrt Spaß zu machen.

Da fiel Nikolai ins Wasser. Wahrscheinlich hatte er bei dem Versuch, mit den Händen zu paddeln, das Gleichgewicht verloren. Er tauchte unter. Es dauerte ein paar Sekunden, bis er mit dem Kopf wieder über Wasser war, nach Luft schnappte und mit den Armen fuchtelte. Konnte er überhaupt schwimmen?

Ben reagierte schneller als Mara. Er streckte einen der langen Äste in Nikolais Richtung. Der griff zu, zog jedoch so heftig an dem Ast, dass auch Ben beinahe ins Wasser fiel. Mara bekam ihn gerade noch zu fassen.

Für einen Moment schaukelte das Floß so bedenklich, dass Mara schon alle drei im Wasser liegen sah. Dann fanden sie ihre Balance wieder und zogen Nikolai zurück an Bord. Er prustete und zitterte.

Mara spähte in die Ferne. Aber in der Dunkelheit fand sie keinen Anhaltspunkt dafür, wie weit sie paddeln mussten, um wieder trockenen Boden zu betreten.

*

„Findet mal jemanden, der dafür weniger will!" Mit ihrem linken Auge sah die Frau sie herausfordernd an. Ihr rechtes Auge war von einem milchigen Film überzogen und starrte immer nur geradeaus. Vor ihrem dicken Bauch hielt die Frau drei Wolldecken.

Mara prüfte zum wiederholten Mal die Dicke der Decken. Ben und Nikolai standen neben ihr und versuchten, nicht auf der Stelle einzuschlafen. Dabei zitterte Nikolai die ganze Zeit.

Sie hatten die Nacht auf dem Floß verbracht. Nachdem sie den See hinter sich gebracht hatten, wurde das Wasser seichter, so dass sie wieder die Äste benutzen konnten, um vorwärts zu staken.

Im Morgengrauen war der riesige Förderturm eines ehemaligen Bergwerks vor ihnen aufgetaucht. Dort waren sie zum ersten Mal wieder anderen Menschen begegnet. Von dem roten Stahlgerüst hatten sie misstrauisch zu ihnen hinuntergeschaut. Hielten sie dort oben Wache? Jedenfalls hatten sie die drei passieren lassen.

Jenseits des Zechengeländes war das Wasser noch flacher geworden. Am Fuß einer Anhöhe war das Floß schließlich über Asphalt geschleift. Sie hatten es unter ein paar Sträuchern versteckt. Aber Mara hatte sich dabei keine Mühe gegeben. Sie glaubte nicht, dass sie es noch einmal benutzen würden. Dabei war sie noch gestern Abend so stolz darauf gewesen. Aber seitdem Nikolai ins Wasser gefallen war, hustete er fast ununterbrochen. Und auch Ben und Mara waren bis zur Hüfte durchnässt.

Nachdem sie die Straße ein Stück bergauf gegangen waren, hatten sie ein weitläufiges eingezäuntes Gelände erreicht.

„Was sind das für Steine?", hatte Ben gefragt und über den Zaun gedeutet.

„Grabsteine", hatte Mara geantwortet.

Und dann hatten sie Stimmen gehört. Auf dem Friedhof fand ein Markt statt. Mara zählte etwa ein Dutzend Leute. Sie boten den üblichen Metallschrott, Feuerholz, Werkzeug, Gemüse und Kleidung zum Tausch an. Die Frau mit dem blinden rechten Auge hatte ihre Decken und Kleider über ein paar Grabsteinen ausgebreitet.

„Was ist jetzt?", fragte sie Mara. „Gibst du mir die Konserven? Sonst nimm deine schmutzigen Finger von meiner Ware!"

Mara seufzte. „Gib ihr die Dosen, Ben."

Ben öffnete den Rucksack und reichte der Frau ihre letzten Konserven. Jetzt besaßen sie nur noch ein paar Äpfel.

Mara nahm die Decken und berührte dabei den dicken Bauch der Frau. Wie konnte sich heutzutage jemand eine solche Speckschicht anfressen?

Anstatt der Frau diese Frage zu stellen, fragte Mara sie nach den Kindern, die sich in Bochum zusammengetan haben sollten.

Die Frau zuckte mit den Schultern. Von denen habe sie noch nie gehört. Dabei sah ihr linkes Auge an Mara vorbei, als suche es nach neuen Kunden.

„Warum hilfst du den Kindern nicht weiter?", fragte ein Mann. Ein paar Schritte weiter verkaufte er mickrigen Kohlrabi und schrumplige Radieschen.

Mara fiel auf, wie gut das zu seiner eigenen Erscheinung passte: Er war ziemlich klein geraten und seine Haut runzlig. Weißes Haar fiel ihm strähnig über die Ohren und in den Nacken. Auf dem Scheitel war er fast kahl.

„Warum mischst du dich in mein Gespräch ein?" Die Frau stemmte ihre Fäuste in die Hüften.

„Weil du eine alte Hexe bist."

Die Frau holte Luft. Bevor sie etwas sagen konnte, redete der Mann weiter. „Du meinst die Gemeinschaft der Kinder", sagte er zu Mara. Aber die sei nicht in Bochum, sondern südlich davon, auf der anderen Seite der Ruhr. „Schwierig, dort hinzukommen", sagte er.

„Warum?"

„Erstens: Ihr bräuchtet ein Boot."

„Haben wir", sagte Ben.

„Na ja ...", sagte Nikolai.

„Seid ihr doch mal eben ruhig!", fuhr Mara die beiden an. „Und zweitens?", fragte sie den Mann.

„Es ist ziemlich weit bis dorthin. Habt ihr nicht gerade dieser Halsabschneiderin eure letzten Konserven gegeben?"

„Wie nennst du mich, du Giftzwerg?" Die Frau hob einen ihrer speckigen Arme und ballte die Faust.

Der Mann ignorierte sie und kam ein paar Schritte näher. Er war eine Handbreit kleiner als Mara.

„Was hat der Junge?", fragte er und wies mit dem Kinn auf Nikolai, der schon wieder hustete.

„Letzte Nacht ins Wasser gefallen", sagte Mara.

„Er darf keine Lungenentzündung bekommen."

„Schon klar. Wir haben ja jetzt die Decken."

„Die Gemeinschaft der Kinder ist keine schlechte Idee. Da würdet ihr mit dem Nötigsten versorgt."

„Wenn sie euch überhaupt aufnehmen", redete die Frau dazwischen. „Ihr braucht Geschenke."

„Ich dachte, Sie wüssten nichts darüber", sagte Mara.

Die Frau ging nicht darauf ein. „Die Kinder haben elektrische Geräte", sagte sie und begann, in der Tasche ihres weiten Kleides zu wühlen. Die Tasche musste ziemlich tief sein, denn ihr halber Arm verschwand darin.

„Ich hab da was …", sagte sie geheimnisvoll, als wollte sie im nächsten Augenblick ein Zauberkunststück vorführen. Als sie den Arm wieder hervorzog, lagen auf ihrer Handfläche vier Batterien.

Mara sah fragend den Mann an.

„Mit den Geräten könnte sie recht haben", sagte er. „Und mit den Geschenken auch. Angeblich wird nicht jeder einfach so in die Gemeinschaft aufgenommen."

Mara hatte seit Jahren keine elektrischen Geräte in Betrieb gesehen. Ob die Batterien überhaupt noch voll waren?

„Die Dinger sind richtig wertvoll!", behauptete die Frau. „Andere Energiequellen sind so gefährlich … Ihr habt doch vorgestern auch die schwarze Rauchwolke gesehen?"

Mara, Ben und Nikolai sahen einander an und schwiegen.

„Angeblich ist am Hafen ein Treibstofflager explodiert."

„Echt?", fragte Mara. „So was gibt's noch?"

„Bei den Piraten schon", sagte der Mann. „Die haben am Kanal ihr Hauptquartier."

„Hatten", korrigierte die Frau. „Hoffentlich sind sie alle dabei draufgegangen."

Der Mann warf ihr einen Seitenblick zu. „Solche Leute wird es immer geben. Und hast du nicht gute Geschäfte mit ihnen gemacht? Was soll das scheinheilige Getue?"

Die Frau erwiderte nichts. Nur das Lid über dem milchigen Auge zwinkerte nervös.

Mara war kurz davor gewesen, den beiden zu erzählen, dass sie das Diesellager angezündet hatte. Als sie hörte, die Frau habe mit den Piraten Geschäfte gemacht, biss sie sich jedoch auf die Zunge.

„Können Sie uns den Weg zur Gemeinschaft der Kinder erklären?", fragte Mara den Mann.

„Nach Süden, bis zur Ruhr", sagte er, „und dann stromaufwärts. Die Gemeinschaft lebt vorm Kemnader See am rechten Ufer."

„Klingt, als wären Sie schon mal dort gewesen."

„Ich fahre regelmäßig vorbei. Mit meinem Boot." Er betonte das letzte Wort und nickte in Nikolais Richtung. „Lasst euren Freund nicht noch mal ins Wasser fallen."

Witterte er ein einträglicheres Geschäft, als sein schrumpliges Gemüse zu tauschen?

Mara musterte den Mann. Dass er so klein war, lag an einem Buckel, der Schultern und Kopf nach vorn und zugleich nach unten schob.

„Ist das ein Angebot?", fragte Mara.

Er nickte.

Mara nahm Ben den Rucksack ab, öffnete den Deckel und hielt ihn dem Mann unter die Nase. „Das ist alles, was wir haben. Das Wasser und die Äpfel brauchen wir selbst. Die Landkarte gebe ich nicht her. Und die Schnur ..."

„... nehme ich für die Batterien!"

Die Frau hatte sich über den Buckel des Mannes gebeugt und einen gierigen Blick in den Rucksack geworfen.

„Ich will nichts dafür", sagte der Mann.

Worauf hatte er es abgesehen? Mara musterte ihn erneut. Falls er zudringlich werden würde, könnten die drei ihn mit Leichtigkeit über Bord seines eigenen Bootes werfen.

„Warum nicht?", fragte Mara.

„Weil ihr das allein nicht schafft. Und ihr sollt nicht den falschen Leuten in die Hände fallen."

„Jakob will immer noch die Welt retten", sagte die Frau und verdrehte ihr linkes Auge.

Mara sah zu Ben und Nikolai. Ben schob die Unterlippe vor. Nikolai wurde von Husten geschüttelt.

„Warum sollten wir denn ausgerechnet Ihnen trauen?", fragte Mara den Mann.

„Gute Frage!", sagte die Frau und lachte. „Diesem hässlichen Gnom!"

Jakob zuckte mit den Schultern. „Das kann ich dir auch nicht sagen."

„Was ist jetzt mit den Batterien?" Die Frau streckte ihre Hand aus.

Mara warf einen Blick auf die Batterien. „Sind die überhaupt noch voll?"

„Sehe ich aus wie eine Betrügerin?"

„Ja", sagte Mara und wandte sich wieder dem Mann zu. „Wann wollen Sie aufbrechen?"

„Sobald ich etwas für mein Gemüse bekommen habe."

Mara nahm die Schnur aus dem Rucksack und reichte sie der Frau.

20

Jakob besaß einen Hund. „Er heißt Lazarus", stellte der Alte den Kindern seinen Begleiter vor, als sie das Segelboot erreichten.

Lazarus war fast so groß wie sein Besitzer, hatte schwarzes, kurzes Fell und ein beeindruckendes Gebiss. Letzteres stellte er knurrend zur Schau, sobald sich die Fremden näherten. Jakob nahm seinen Kopf in die Hände, wofür er sich kaum bücken musste, und schien dem Hund etwas ins Ohr zu flüstern. Fortan war Lazarus freundlich und verspielt. Allerdings hatte Mara zu großen Respekt vor seinen Zähnen, um mit ihm herumzutoben. Ben und Nikolai hingegen warfen ihm während der Bootsfahrt einen aus einem Lumpen geformten Ball zu, den Lazarus in der Luft fing und ihnen schwanzwedelnd zurückbrachte.

„Ohne Lazarus hätte man mir das Boot längst gestohlen", sagte Jakob, nachdem sie auf der jenseitigen Seite des Friedhofshügels abgelegt hatten. Er erklärte ihnen, dass er die meiste Zeit auf seinem Boot und an den Ufern der Ruhr verbringe, wo er Tauschhandel betreibe, um Lazarus und sich mit dem Nötigsten zu versorgen. Im Süden, wo das Land ansteige, werde Obst und Gemüse angebaut. Dieses bringe er in die überschwemmten Gegenden, um es vor allem gegen Metallschrott einzutauschen. Aus diesem wiederum fertigten die Leute im Süden ihre Werkzeuge, mit denen sie den Boden bearbeiteten.

„Auch mit den Kindern der Gemeinschaft habe ich schon gehandelt", sagte er. „Sie beackern ein paar kleine Felder neben ihrer Burg."

„Ihrer Burg?", fragte Mara.

„Ja, sie leben in einer alten Burg über der Ruhr. Leicht zu verteidigen. Anderswo hätten sie sich wahrscheinlich nicht halten können."

Bevor sie den Fluss erreichten, kam ein Sturm auf. Jakob holte das Segel ein und machte das Boot am Pfahl einer Ampel fest. Lazarus sprang über Bord und schwamm zu einem schräg aus dem Wasser führenden asphaltierten Weg. „Dem Hund hinterher", kommandierte Jakob. „Oben ist ein alter S-Bahnhof. Da stellen wir uns unter."

Mara wies auf eine Unterführung. Mit eingeklapptem Mast hätte das Boot darunter noch genügend Platz gehabt. Und sie hätten nicht – wenn auch nur für wenige Schritte – durchs Wasser waten müssen. „Warum denn nicht dort?", fragte sie.

„Das wäre lebensgefährlich", sagte Jakob und sprang vom Boot ins knietiefe Wasser. Er war beweglicher, als Mara vermutet hatte.

Kurz darauf begann der Regen. Hinter einem Schaukasten, in dem früher die Fahrpläne gehangen hatten, suchten sie Deckung vor dem Sturm. Beinahe waagerecht peitschten die Böen den Regen über den Bahnsteig. Mara zog Ben und Nikolai in ihre Arme. Jakob legte ein weites Cape um sie. Sich selbst und Lazarus hüllte er in eine schmutzig-weiße Plane.

Gemeinsam beobachteten sie, wie die Straße, über die sie noch Minuten zuvor auf seichtem Wasser gesegelt waren, sich in einen reißenden Strom verwandelte. Binnen Minuten stieg der Pegel bis zur Decke der Unterführung. Dankbar sah Mara zu dem buckligen alten Mann hinüber.

*

Es stürmte bis in die Nacht. Erst am nächsten Morgen hörte der Regen auf.

Gegen Mittag war der Wasserpegel so weit gesunken, hatte die Strömung so weit nachgelassen, dass Jakob die Weiterfahrt wagte.

Treibgut führte ihnen die Macht des Sturms vor Augen. Neben allerlei Abfall segelten sie an zerbrochenen Möbelstücken, fleckigen Matratzen, hölzernen Kisten, abgebrochenen Ästen, entwurzelten Bäumen und einem zerstörten Floß vorbei. Die Bauweise des Floßes erinnerte Mara an jenes der Familie, der sie zu Beginn ihrer Reise begegnet waren.

In manchen der Häuser sahen sie Menschen hinter den Fensteröffnungen. Einige von ihnen entsorgten Abfall und zerstörte Einrichtungsgegenstände, indem sie alles kurzerhand in das vorbeiströmende Wasser warfen. Andere saßen einfach nur da und starrten hinaus. Ein kleines Mädchen winkte ihnen zu. Mara fragte sich, ob es ganz allein in der Wohnung war. Aber bevor sie mehr erkennen konnte, hatte das Boot sie schon weitergetragen.

Kurz darauf vollführte Jakob ein hastiges Manöver, das sie alle von den Sitzen rutschen ließ. Er lenkte das Boot um einen Bus herum, der fast bis zum Dach im Wasser stand. Im Vorbeifahren glaubte Mara, mehrere leblose Gestalten hinter den Scheiben im trüben Wasser treiben zu sehen.

Sie sprachen erst wieder, als sie die Ruhr erreichten. Jakob erklärte ihnen, der über seine Ufer getretene Fluss sei hier fast einen Kilometer breit. Sie befänden sich am Scheitelpunkt einer seiner zahlreichen Schleifen. Diese Schleife konnte Mara jedoch nur vage erahnen, so weit dehnte sich das Wasser vor ihr und zu beiden Seiten aus.

„Was ist das?", fragte Ben. Mit ausgestrecktem Arm zeigte er auf ein graues, flaches Gebilde, das sich vor ihnen, vielleicht hundert Meter entfernt, aus dem Wasser erhob. Ein Stück weiter versank es wieder darin – wie eine in der Bewegung erstarrte Wasserschlange.

„Eine Brücke", sagte Jakob. „Ungefähr dort, wo sie wieder ins Wasser taucht, war früher das andere Ufer.

„Wie lange brauchen wir von hier bis zu der Burg?", fragte Mara.

Jakobs Blick folgte dem Zug der Wolken am Himmel. „Der Wind steht günstig. Mit etwas Glück kommen wir heute noch an."

*

Als die Sonne schon tief stand, fiel Mara auf, wie Jakobs Blick das rechte Ufer absuchte. Kurz zuvor hatte er ihnen gezeigt, wo der Ruhrdeich gebrochen war, und das Boot über das Gelände eines ehemaligen Stahlwerks gelenkt.

Nachdem sie eine Brücke unterquert hatten, wofür sie den Mast einklappen mussten, veränderte sich die Landschaft. Bewaldete Hügel säumten jetzt das Ufer, und Jakob schien nach etwas Ausschau zu halten, das sich in dem dichten Grün verbarg. Schließlich lenkte er das Boot zwischen den Bäumen, die hier bis zur Krone im Wasser standen, hindurch, bis der feste Boden nur noch wenige Schritte entfernt war.

Er hatte das Boot kaum an einem der Baumstämme festgebunden, als sie eine Stimme hörten: „Halt den Hund fest!"

Lazarus knurrte, als hätte er verstanden, dass es um ihn ging. Jakob gehorchte und griff nach dem Halstuch, das er Lazarus umgebunden hatte.

Mara sah in die Richtung, aus der die Stimme gekommen war. Aber es dauerte eine Weile, bis sie im Unterholz eine Bewegung wahrnahm.

Drei Kinder erhoben sich aus den Sträuchern, zwischen denen sie offensichtlich gekauert und das Ankommen des Bootes beobachtet hatten. Ihre Gesichter hatten sie mit Erde beschmiert. In den Händen hielten sie Bogen. Pfeile lagen auf gespannten Sehnen und wiesen in Richtung der Ankömmlinge. Das kleinste der drei Kinder, ein Junge mit schwarzem Haar, musste jünger als Ben und Nikolai sein. Das größte hatte sein Haar so kurz rasiert, dass Mara es zuerst auch für einen Jungen hielt. Erst als es erneut sprach, erkannte Mara, dass es sich um ein Mädchen in ihrem Alter handelte.

„Was wollt ihr hier?"

„Kennst du mich nicht? Ich bin Jakob, der Händler."

„Dich kenne ich. Aber wer sind die anderen?"

„Sie wollen bei euch bleiben."

„Gleich drei?"

„Sie haben viel durchgemacht."

„Das haben wir alle", sagte das Mädchen. Immerhin ließ es jetzt den Bogen sinken. Die anderen beiden taten es ihr gleich.

„Eben", sagte Jakob. „Ihr wisst, wie das ist – ohne Eltern, ohne irgendjemand anderen."

„Sie haben doch dich."

„Ich sterbe bald."

Mara zuckte zusammen. Was redete Jakob? Letzte Nacht, während des Sturms, hatten seine Kraft und Vitalität sie beeindruckt.

Das Mitleid des Mädchens schien er auf diese Weise jedenfalls nicht zu wecken. „Du wirst noch hundert Jahre alt", sagte es und ließ den Blick über Jakobs Schützlinge schweifen. „Könnt ihr eigentlich auch selbst sprechen?"

Mara fühlte Wut in sich aufsteigen. Was bildete die sich eigentlich ein? Am liebsten hätte sie ihr gesagt, sie hätten es sich anders überlegt. Sollten die doch allein Indianer spielen! Aber ein Blick auf Ben und Nikolai brachte sie dazu, ihre Wut herunterzuschlucken.

„Das ist Ben, mein Bruder. Und das ist unser Freund Nikolai", sagte sie. „Mein Name ist Mara. Wir haben uns von Duisburg bis hierher durchgeschlagen. Wir wurden bestohlen, verletzt, entführt und beinahe umgebracht. Wir haben selbst gestohlen, andere verletzt und vielleicht auch jemanden getötet. Wir haben das Treibstofflager der Flusspiraten in die Luft gejagt."

An dieser Stelle bemerkte Mara, wie alle – die fremden Kinder, die Jungen neben ihr und am deutlichsten Jakob – kurz die Luft anhielten.

„Aber jetzt", fuhr sie fort, „können wir nicht mehr. Unsere Vorräte sind verbraucht. Und Nikolai ist krank. Bitte ..." Sie zögerte kurz, weil es ihr schwerfiel, dem anderen Mädchen, das sich hier so aufspielte, das zu sagen. „Bitte, lasst uns bei euch bleiben!"

Für ein paar Sekunden sagte niemand etwas. Mara fragte sich, ob sie den Bogen überspannt hatte. Die Wortführerin der anderen machte nicht den Eindruck, als ob sie für Sentimentalität etwas übrig hätte. Und als sie endlich reagierte, bestätigte sie diese Einschätzung. „Schöne Rede", sagte sie. „Hast du bestimmt lange geübt, oder?" Dazu lächelte sie – ein Lächeln ohne Freundlichkeit.

Am liebsten wäre Mara ihr an die Gurgel gegangen.

Doch dann sagte das Mädchen: „Ob ihr bleiben dürft, darüber muss der Rat entscheiden. Kommt mit! Aber du, alter Mann", wandte sie sich an Jakob, „fährst jetzt ganz schnell weiter."

Sie ließ ihnen nur wenig Zeit, sich voneinander zu verabschieden. Mara wollte Jakob und Lazarus noch hinterhersehen, wie sie in ihrem Boot über die Ruhr segelten. Aber das dreckbeschmierte Mädchen scheuchte sie den Hügel hinauf.

21

Sie mussten warten. Während das Mädchen mit dem kurzgeschorenen Haar in einem Nebengebäude verschwand, stand Ben mit Mara und Nikolai im Burghof. Die beiden jüngeren Kinder hatten ihre Bogen über die Schultern gehängt und die Pfeile in Köcher gesteckt. Trotzdem fühlte Ben sich von ihnen bewacht.

Auf dem Weg in die Burg waren sie an anderen Dreiergruppen vorbeigekommen. Auch sie hatten Bogen getragen. Das ältere Mädchen hatte komplizierte Handzeichen gemacht, geheime Signale, wie Ben vermutete. Erst dann hatten die Wachposten sie passieren lassen. Ein wenig außer Atem von dem Anstieg waren sie schließlich unter den Bäumen hervorgetreten.

Seit Jahren erblickte Ben zum ersten Mal einen Ort, der nicht die geringsten Spuren von Überschwemmungen zeigte. Fachwerkhäuser standen neben Gebäuden aus Bruchstein und modernen Häusern. Nur wenige Fensterscheiben waren zerbrochen. Die meisten Gebäude besaßen Türen. Und über allem erhob sich eine Burg, wie Ben sie bisher nur in Märchenbüchern gesehen hatte. Ein Rundbogentor, ein Turm mit Kegeldach, eine Ringmauer mit Schießscharten und als imposantester Teil des Ganzen ein quadratischer, alle anderen Gebäude überragender Turm mit wenigen zugemauerten Fenstern und flachem Dach. Ein gepflasterter Weg führte zur Burg hinauf.

Am Tor hatte das Mädchen einer Wache ein weiteres Mal eine der geheimen Gesten zeigen müssen. Erst dann hatten sie den Hof betreten dürfen. Dabei müssten sie einander doch kennen, dachte Ben, als er, immer noch wartend, die Kinder betrachtete, die im Hof herumliefen.

Jedes Kind schien einer Aufgabe nachzugehen, denn alle wirkten geschäftig. Manchen neugierigen Blick auf die drei

Ankömmlinge registrierte Ben zwar. Aber die meisten Kinder, die hier lebten, schienen sich kaum für sie zu interessieren. Ben sah eine dreiköpfige Gruppe einen Handwagen voller Feuerholz durch das Tor schieben. Andere Kinder hängten Wäsche auf lange Leinen. Diese waren an einer Seite des Burghofs über seine gesamte Breite gespannt. Damit sie nicht durchhingen, wurden sie von mehreren langen Holzstelzen gestützt. Kleinere Kinder nahmen die Wäschestücke aus Körben, schüttelten sie auf und reichten sie an größere Kinder weiter. Diese hängten sie auf die Leinen, während wiederum andere die Stelzen justierten, leere Körbe wegtrugen und mit gefüllten zurückkehrten.

Am größten Gebäude, unterhalb des großen Turms, wurden Fensterläden gestrichen. Hier gab es diejenigen, die auf Leitern standen und pinselten, und andere, die Farbe in Eimer nachfüllten, beim Verschieben der Leitern halfen und die Leitern sicherten, wenn jemand besonders hoch hinaufsteigen musste.

Nie zuvor hatte Ben solch eine gut organisierte Zusammenarbeit erlebt. Abgesehen davon, dass er noch nie gesehen hatte, wie jemand Fensterläden neu anstrich. Woher hatten sie überhaupt die Farbe?

Alle Kinder trugen ihr Haar kurz, jedoch waren nur wenige so geschoren wie das Mädchen, das sie hierhergeführt hatte. Ihre Kleidung war bunt gemischt: Neben selbstgenähten Überwürfen, gestrickten Pullovern und Röcken, die nicht mehr waren als um die Hüften geschlungene Tücher, gab es Jeans, Sporthosen und Sweatshirts. Auffällig war jedoch, dass Ben kein einziges kaputtes Kleidungsstück sah. Zwar wurden die meisten offensichtlich seit vielen Jahren getragen, aber alle Löcher waren gestopft, alle Risse genäht, nirgendwo fehlte ein Knopf.

Ben sah Mara und Nikolai an und blickte dann an sich selbst hinunter. Was sie trugen, schien an manchen Stellen nur noch von Schmutz zusammengehalten zu werden. Von demselben Schmutz, der in ihren Haaren hing und unter ihren Fingernägeln klebte. Zum ersten Mal fragte Ben sich, ob er stank.

Mara schien langsam ungeduldig zu werden. „Wie lange wollen die uns noch hier herumstehen lassen?", fragte sie.

Nikolai setzte sich auf den Boden. Der Anstieg zur Burg war für ihn anstrengender gewesen als für Ben und Mara. Er atmete flach und wischte sich Schweiß von der Stirn. Mara zog eine Wasserflasche aus dem Rucksack und gab ihm zu trinken. Er verschluckte sich und bekam einen Hustenanfall.

Ben beugte sich zu Nikolai hinunter und legte ihm eine Hand auf die Stirn. „Ich glaub, du hast Fieber", sagte er.

„Ist hoffentlich nichts Ansteckendes", hörte er eine Stimme. Ben drehte sich um. Das Mädchen war zurück. Stirnrunzelnd sah es auf Nikolai hinab. „Der Rat hat jetzt Zeit für euch", sagte es.

*

Für die Batterien ernteten sie nur Spott. Mara hatte sie den Mitgliedern des Rates zu Füßen gelegt. In einem Halbkreis saßen drei Jungen und vier Mädchen auf dem Steinboden.

„Ihr hättet besser ein bisschen Diesel mitgebracht", sagte einer der Jungen. Er saß ganz am Rand, hatte schwarzes Haar und fast ebenso dunkle Augen. „Diana sagt, ihr habt das Lager der Piraten angezündet?" Er zog die Augenbrauen hoch.

„Behaupten sie jedenfalls", sagte das Mädchen, das sie am Ufer aufgegriffen hatte. Es war im Raum geblieben und stand hinter Ben, Mara und Nikolai.

Einige der Ratsmitglieder warfen einander Blicke zu. Sie glaubten die Geschichte wahrscheinlich nicht. „Ziemlich dumm", sagte ein Mädchen. Ben schätzte es auf siebzehn, allerhöchstens achtzehn. Ältere hatte er hier bisher nicht gesehen

„Ja", pflichtete ihr der Dunkeläugige bei. „Gibt kaum etwas Wertvolleres heutzutage. Konntet ihr nicht wenigstens ein paar Kanister retten?"

„Wir mussten uns retten", sagte Mara.

„Wenn ihr drei es sogar mit den Piraten aufnehmt, warum braucht ihr dann uns, um über die Runden zu kommen?", fragte ein Mädchen, dessen abstehende Ohren durch das kurzgeschnittene Haar besonders ins Auge stachen.

Ben sah Mara von der Seite an. Ihr schien keine gute Antwort einzufallen.

Da mischte sich der Junge ein, der genau in der Mitte der Sieben saß. Als Einziger trug er das Haar ein wenig länger. Es war hellblond und glatt, und er hatte es hinter die Ohren gekämmt. „Die Frage kannst du dir selbst beantworten, Anna", sagte er. „Guck dir die drei doch an!" Er sah Nikolai an. „Was ist mit dir?"

Aus Nikolais Versuch einer Antwort wurde nur ein weiterer Hustenanfall.

„Vorletzte Nacht ist er ins Wasser gefallen", sagte Mara. „Und wir hatten keine Decken."

„Vielleicht hat er Fieber", ergänzte Ben.

„Das hier ist kein Krankenhaus", sagte der Junge mit den dunklen Augen.

„Ihr wärt nicht die Ersten, die sich hier lediglich erholen wollen", erklärte diejenige, die der blonde Junge Anna genannt hatte. „Die nicht bereit sind, sich an unsere Regeln zu halten."

„Und welche Regeln sind das?", fragte Mara.

Von beiden Seiten des Halbkreises sahen die Ratsmitglieder den in der Mitte sitzenden Jungen an.

„Als Mitglieder unserer Gemeinschaft", sagte der Blonde, „verpflichtet ihr euch, für die Gemeinschaft zu arbeiten.

Jeden Tag. Was ihr jetzt noch besitzt, gehört dann der Gemeinschaft. Dafür bekommt ihr einen trockenen Schlafplatz und ausreichend zu essen und zu trinken."

Nach ein paar Sekunden des Schweigens fragte Mara: „Und die Arbeit, die wir zu erledigen hätten?"

„Wird euch zugeteilt. Je nach Bedarf. Es sei denn, ihr besitzt besondere Talente."

„Wer es mit den Piraten aufnimmt, käme vielleicht für den Wachdienst infrage", sagte der Junge, der zuerst gesprochen hatte. Doch das ironische Lächeln, mit dem er sie dabei musterte, zeigte, dass er ihnen die Geschichte nicht glaubte.

„Vorerst würdet ihr auf den Feldern arbeiten, wie die meisten von uns", sagte das Mädchen, das Ben für das älteste Ratsmitglied hielt. „Dabei kann man am wenigsten falsch machen."

„Und was ist mit Nikolai?", fragte Ben. „So kann er doch nicht arbeiten."

Der Junge in der Mitte des Rates lächelte. Anders als bei dem dunkeläugigen Jungen zeigte sein Lächeln keine Spur von Falschheit oder Ironie. „Natürlich dürftest du dich erst erholen", sagte er, zu Nikolai gewandt. „Wir sind schließlich keine Sklavenhalter."

Wieder blieb es sekundenlang still.

„Ich weiß nicht, David ...", sagte ein Junge, der bisher noch gar nicht gesprochen hatte, zu dem Blonden. Im Oberkiefer fehlten ihm sämtliche Schneidezähne. „Sie zögern mir zu lange."

„Genau!", fand auch der Dunkeläugige. „Was sollen diese Nachfragen?"

„Ich bin dagegen, sie aufzunehmen", sagte ein Mädchen, das bisher ebenfalls geschwiegen hatte. Eine hektische Röte überzog ihr rundes Gesicht, sobald sie zu sprechen begann. „Wir haben eine Grenze erreicht. Wenn wir jeden reinlassen, können wir bald nicht mehr für alle sorgen."

„Sehe ich genauso", sagte der Junge ohne Schneidezähne.
David, der Blonde, sah von einem Ratsmitglied zum anderen. Das Mädchen neben ihm schüttelte den Kopf. Ebenso der Junge mit den dunklen Augen. Die übrigen beiden sahen unentschlossen aus.

„Wärt ihr denn bereit, nach unseren Regeln zu leben?", fragte David.

Mara sah von Ben zu Nikolai und dann wieder zu David. „Klingt ziemlich fair", sagte sie.

„Ziemlich fair?" Der Dunkeläugige stieß verächtlich Luft aus und sah zur Seite.

Das war's dann wohl, dachte Ben.

David stand auf. „Diana, du bringst sie erst mal ins Waschhaus", sagte er. Dann ging er auf die drei zu und schüttelte zuerst Nikolai, dann Ben und zum Schluss Mara die Hand. „Willkommen in unserer Gemeinschaft!"

*

Das Waschhaus war ein Bretterverschlag. Die Gemeinschaft hatte ihn auf den Ruinen des ehemaligen Haupthauses errichtet. In der Mitte lag ein Raum mit Feuerstelle, zu beiden Seiten je ein Waschraum, einer für Mädchen und einer für Jungen.

Diana beauftragte die beiden Kinder, die schon mit ihr unten am Fluss gewesen waren, über der Feuerstelle Wasser zu erwärmen und es den Neuankömmlingen in die Waschräume zu bringen. „Am Fuß der Außenmauer findet ihr ein Loch", erklärte sie, „da leert ihr am Ende die Schüsseln aus. Eure Sachen lasst ihr hier draußen liegen." Nachdem sie den beiden Jüngeren weitere Anweisungen gegeben hatte, verschwand Diana grußlos.

Warmes Wasser! Ben wollte gar nicht aufhören, sich mithilfe eines Schwamms abzureiben. Wie nötig das war, erkannte er an der braunen Färbung des Wassers, das an seinen Beinen hinabrann.

Der Waschraum besaß einen Holzfußboden. Zwischen den Bohlen hatte man fingerdicke Lücken gelassen, durch die das Wasser ablief.

Ben schaute in das Loch an der Außenmauer und sah, dass sämtliches Schmutzwasser hierhin geleitet wurde. Durch ein schräg nach unten führendes Rohr floss es zur Außenseite der Mauer und daran hinunter. Eine einfache, aber zweckmäßige Konstruktion.

Als Nikolai nackt in den Waschraum trat, erschrak Ben. Er selbst war mager. Aber als er Nikolais hervortretende Rippen sah, fragte er sich, ob da überhaupt Fleisch zwischen den Knochen und der blassen Haut war. In den Armbeugen, Kniekehlen und Leisten war Nikolais Haut entzündet. Er verzog das Gesicht, wenn er mit dem Schwamm darüberrieb. Seinen Atemwegen schien der Wasserdampf gut zu tun. „Ich kann wieder viel besser durchatmen", sagte er lächelnd.

Sie baten den Jungen, der ihnen das Wasser gebracht hatte, um zwei weitere gefüllte Schüsseln. Zum Abschluss gossen sie sich das Wasser gegenseitig über den Kopf.

Dann reichte der Junge ihnen Tücher zum Abtrocknen und frische Kleidung: Baumwollunterwäsche, Leinenhosen und gestrickte Pullover. „Eure Schuhe behaltet ihr erst mal", sagte er.

Ben vermutete, dass es sich bei den Kleidern um Handarbeit von Mitgliedern der Gemeinschaft handelte. Besondere Talente, dachte er. Aber brauchbare Schuhe waren bestimmt schwierig herzustellen.

Als Ben zurück in den Raum mit der Feuerstelle trat, saß dort ein Mädchen in ebensolchen Kleidern auf einem Holzstuhl. Das Mädchen hatte eine Glatze, und hinter ihm stand Diana mit einem Rasiermesser in der Hand. Auf dem Boden, rund um den Stuhl verteilt, sah Ben dunkle Locken.

„Du kommst genau zur richtigen Zeit", sagte Diana. „Ich schätze, du bist genauso verlaust wie deine Schwester."

Nach der Kopfrasur bewirtete man sie mit Haferbrei. Nikolai bekam einen Kräutersud zu trinken.

„David hat ihn zubereitet", sagte Diana. „Hilft gegen den Husten."

Nikolai trank und verzog das Gesicht.

„Austrinken", sagte Diana.

Er gehorchte.

*

Die Sonne ging bereits unter, als sie einen Saal im Erdgeschoss des größten Gebäudes betraten. Hier reihte sich eine Matratze an die nächste. Auf den meisten hatten sich schon Kinder in ihre Decken gehüllt. Manche flüsterten miteinander. Viele schienen bereits zu schlafen.

Diana führte sie zu drei frisch bereiteten Schlafstellen nahe der Außenmauer.

„Schlafen alle hier?", fragte Ben.

„Fast alle", antwortete Diana.

Zufrieden betrachtete Ben die massive Mauer und die intakte Fensterscheibe. Das Fenster ging nach Nordwesten. Am Horizont war der Himmel violett. Er ließ sich auf seine Matratze sinken. Wahrscheinlich war sie ebenfalls in Handarbeit entstanden. Unter dem Baumwollstoff spürte Ben Stroh. Aber obwohl die Strohschicht nur dünn war, erschien ihm die Matratze weicher als jene, die sie in Duisburg zurückgelassen hatten.

Die Decken, die sie erst am Vortag gegen ihre letzten Konserven eingetauscht hatten, hatten sie abgeben müssen. „Flöhe", hatte Diana erklärt.

Auf den Matratzen lagen bezogene Wolldecken. Ben roch an ihnen. Sie waren frisch gewaschen.

„Versucht jetzt zu schlafen", sagte Diana. „Ihr werdet früh geweckt." Ohne ihnen eine gute Nacht zu wünschen, drehte sie sich um und verließ den Saal.

Ben kratzte sich die Glatze. Mochte ja sein, dass er vorher Läuse gehabt hatte. Aber nach der Rasur juckte es viel stärker. Und ihm war kalt. Er vermisste die Kapuze seines Pullovers und zog die Decke bis über den Kopf.

„Hey!", hörte er Mara sagen. Im nächsten Moment zog sie seine Decke herunter und beugte sich über ihn. Ein wenig erschrak er bei ihrem Anblick. Es würde noch ein Weile dauern, bis er sich an ihr neues Aussehen gewöhnt hätte. Ohne Haare besaß sie eine gewisse Ähnlichkeit mit Diana. Allerdings hatte er Diana bisher nicht ein einziges Mal lächeln sehen. Mara hingegen lächelte ihn jetzt so offen an, wie sie es schon lange nicht mehr getan hatte.

„Haben wir das nicht gut hingekriegt?", fragte sie.

Ben nickte. „Danke, Mara."

„Wofür?"

„Dafür, dass du dich mit mir auf den Weg gemacht hast. Ich wollte doch gar nicht weg."

„Na ja ... ein paar mal wär's ja fast schiefgegangen", sagte sie. „Wie geht's eigentlich unserem Sorgenkind?"

Maras Schlafstelle befand sich rechts von Bens Matratze, Nikolais auf seiner linken Seite. Die beiden schauten zu ihm hinüber.

„Nikolai?", sagte Ben.

Keine Antwort. Nikolai hatte sich auf die Seite gedreht und wandte ihnen den Rücken zu. Ben streckte den Arm aus und rüttelte an Nikolais Schulter. Der stöhnte einmal leise.

„Schon eingeschlafen", sagte Ben.

Mara rollte sich zurück auf ihre Matratze und schaute nach rechts. Auch das dort liegende Mädchen hatte schon die Augen geschlossen. Genauso wie die anderen Kinder in ihrer Nähe.

„Erzählst du uns eine Geschichte?", fragte Mara.

Ben zog die Decke bis zum Kinn und schloss die Augen. *„Brüderchen nahm sein Schwesterchen an der Hand"*, begann Ben, *„und sprach: ‚Seit die Mutter tot ist, haben wir keine gute Stunde mehr; die Stiefmutter …'"*

„Ruhe dahinten!", raunte jemand.

22

Mara schlug die Augen auf. Draußen war es noch dunkel. Am Himmel sah sie den Vollmond. Sein Licht fiel durchs Fenster auf die Schlafstellen.

Sie sah zur Seite. Nikolai keuchte und schien um Luft zu ringen. Auch Ben war davon aufgewacht. Er kniete über Nikolai und versuchte ihn zu beruhigen. Andere Kinder regten sich unter ihren Decken.

„Hat jemand Wasser?", fragte Mara.

„Gibt's erst zum Frühstück", sagte das Mädchen neben ihr.

„Er braucht aber jetzt was zu trinken!"

Mara kroch über Bens Matratze zu Nikolai hinüber und fühlte seine Stirn. „Er ist ganz heiß", sagte sie zu Ben. Der nickte nur.

Im fahlen Mondlicht sahen Nikolais vom Husten verzerrte Gesichtszüge unheimlich aus. Durch die Rasur wirkte sein Schädel noch kantiger als vorher. „Ich gehe Wasser besorgen", sagte sie.

Im Vorraum des Saals saßen ein Junge und ein Mädchen in Maras Alter auf Holzstühlen. Neben ihnen lehnten Bogen und Köcher mit Pfeilen an der Wand.

Bevor Mara etwas sagen konnte, stand der Junge auf und kam einen Schritt auf sie zu. „Was ist?"

„Unser Freund braucht Wasser.

„Der da so hustet?"

„Ja. Er hat Fieber."

Der Junge sah die andere Wache an.

Mara fragte sich, was es da noch zu überlegen gab. Sie hörten doch, dass Nikolai kaum Luft bekam.

Das Mädchen griff in einen Beutel, den es über seiner Schulter trug, und zog eine Plastikflasche heraus. Der Junge sah sie mit großen Augen an. Er öffnete den Mund, als wollte er etwas sagen, blieb aber stumm.

Mara nahm die Flasche, bedankte sich und war im nächsten Moment wieder im Schlafsaal.

Nachdem er getrunken hatte, beruhigte Nikolai sich. Bald fielen ihm die Augen zu.

Die Geschwister legten sich wieder unter ihre Decken. Aber einschlafen konnte Mara nicht mehr. Sie beobachtete, wie der Mond hinabsank und die Farbe des Himmels sich von Schwarz zu einem immer helleren Grau wandelte.

Noch bevor es richtig hell war, hörte sie, wie die Tür des Saals geöffnet wurde. Jemand schlug eine Glocke. Mara wandte den Kopf zum Eingang. Das Mädchen, das ihr die Wasserflasche gegeben hatte, schlug ein zweites Mal mit einem kurzen Schlägel gegen eine an der Wand befestigte Glocke. Überall raschelten nun Decken.

Mara beobachtete mit Erstaunen, wie die meisten Kinder ohne zu murren aufstanden. Viele eilten direkt zur Tür, und auch Mara spürte, dass sie pinkeln musste. Dafür gab es neben dem Waschhaus einen weiteren Bretterverschlag, in dem man sich auf einen langen Balken setzte. Unter dem Balken fiel der Boden schräg zu einer Vertiefung an der Außenmauer ab. Mara stellte sich vor, wie viele dort jetzt darauf warteten, an die Reihe zu kommen. Sie entschied, den Drang so lange wie möglich auszuhalten.

Das Mädchen am Eingang schlug ein drittes Mal die Glocke. Gleichzeitig erschien der Junge, der gemeinsam mit ihr Nachtwache gehalten hatte. Er ging durch die Reihen der Schlafstellen und knuffte diejenigen, die noch nicht aufgestanden waren, mit der Schuhspitze in die Seite.

Mara rüttelte Ben, der vom Klingen der Glocke nicht aufgewacht war. Dann brachte sie dem Mädchen an der Tür die Wasserflasche zurück.

„Wie geht's eurem Freund?"

„Er schläft. Das Wasser hat ihm geholfen. Aber er braucht Medizin."

„Jemand wird sich um ihn kümmern", sagte das Mädchen. „Ich soll deinen Bruder und dich zu den Feldern bringen."

Mara erinnerte sich. Dort könne man am wenigsten falsch machen, hatte eines der Mädchen aus dem Rat gesagt. „Und wann bekommen wir etwas zu essen?", fragte sie.

„Es gibt eine Frühstückspause. Jetzt beeilt euch!"

*

Die Sonne stand schon ziemlich hoch, als sie ihre Arbeit zum ersten Mal unterbrechen durften. Bis dahin hatten sie Unkraut gehackt.

Unterhalb der Burg lag ein ehemaliger Park, in dem die Gemeinschaft Gemüse und Obst anbaute. Mara hatte eine Gedenktafel entdeckt. Darauf hieß es, der Park sei im Jahr 1808 zur Freude und Erholung aller Besucher angelegt worden. Dieser ursprüngliche Zweck der Anlage ließ sich heute nur noch schwer erahnen. Allenfalls ein paar halbverrottete Holzbänke, eine malerische Steinbrücke und ein zugewachsener Aussichtspunkt über der Ruhr zeugten davon. Zwischen alten Bäumen und geschwungenen Wegen lagen nun kleine Felder. Arbeitstrupps aus je einem guten Dutzend Kindern und Jugendlichen bearbeiteten hier den Boden.

Mara tat der Rücken weh. Der Stiel ihrer Hacke war für sie zu kurz, so dass sie die ganze Zeit gebückt stand. Längere Hacken gab es nur wenige, und die waren schnell vergeben gewesen. Die anderen hatten Mara und Ben gezeigt, worauf es bei dieser Arbeit ankam – bei welchen Pflanzen es sich um junge Möhren handelte und bei welchen um unerwünschtes Kraut. Das hatten sie mehr mit Gesten als mit Worten erklärt. Es wurde sowieso wenig gesprochen.

Mara nannte allen, mit denen sie zu tun hatte, ihren Namen. Aber nicht alle sagten ihr daraufhin, wie sie selbst hießen. Lediglich ein Mädchen war etwas gesprächiger.

Rosa bearbeitete die Reihe neben Maras. Sie hatte helle Haut und Sommersprossen, ihr rötliches Haar kräuselte sich, obwohl es kaum länger als das von Diana war. Beim Frühstück – es gab wieder Haferbrei aus Tonschüsseln, dazu einen Becher Wasser – erzählte sie, sie lebe nun seit fast zwei Jahren in der Gemeinschaft.

„War es schwierig, sich einzugewöhnen", fragte Mara.

„Vorher war alles noch schwieriger", antwortete Rosa.

„Arbeitest du immer auf dem Feld?"

„Meistens. Ist nicht der schlechteste Job."

„Mein Rücken ist da anderer Meinung", sagte Mara.

„Meine Hände auch", ergänzte Ben und hielt ihnen seine Handflächen hin. Dort hatten sich schon mehrere Blasen gebildet. Eine war aufgescheuert.

Rosa trug einen Beutel ähnlich dem des Mädchens, das Nachtwache gehalten hatte. Daraus holte sie eine kleine Dose hervor, schraubte den Deckel ab und schmierte Ben eine gelblich-braune Salbe auf die Blasen. „Die hat David gemacht." Sie hob vielsagend die Augenbrauen.

„Ist er so was wie ein Medizinmann?", fragte Ben.

„Medizinmann?" Rosa lachte. „David interessiert sich einfach für alles. Er hat die Gebäude entworfen, die wir selbst gebaut haben. Er weiß, wie wir die Burg verteidigen können, wenn uns jemand zu nahe kommt. Er erkennt die richtige Zeit, um zu säen und zu ernten."

„Also ist er hier der Boss", sagte Mara.

„Nein!" Rosa schüttelte vehement den Kopf. „Es gibt doch den Rat."

Mara erinnerte sich, wie David gestern entschieden hatte, dass sie bleiben durften. Die Mehrheit des Rates war dagegen gewesen. Aber das wollte sie lieber nicht erzählen

„Und David beschäftigt sich auch mit Heilpflanzen und stellt Arzneien her", sagte Rosa und steckte die Dose mit der Salbe zurück in ihren Beutel.

„Ich hoffe nur, es kümmert sich gerade jemand um Nikolai", sagte Ben.

„Um euern Freund?", fragte Rosa. „Der heute Morgen so schlimm gehustet hat?"

Ben nickte und kratzte mit dem Löffel den letzten Haferbrei aus seiner Schüssel. „Nichts gegen David und seine Arzneien", sagte er, „aber ein paar Tabletten zum Fiebersenken wären mir lieber. Manchmal kriegt man doch noch welche auf den Tauschmärkten."

Rosa setzte den Becher, aus dem sie gerade trinken wollte, wieder ab. Sie legte die Stirn in Falten, als müsste sie über etwas nachdenken. „Im vergangenen Winter wäre Diana fast gestorben", sagte sie.

„Die uns unten am Fluss empfangen hat?", fragte Mara.

„Und die uns diese schicken Frisuren verpasst hat?", ergänzte Ben.

„Genau die", sagte Rosa. „Sie ist von einem verwilderten Hund gebissen worden. Die Wunde hat sich entzündet, wurde ganz eitrig …" Bei der Erinnerung daran schüttelte sich Rosa vor Ekel. „Ich hatte damals die Schlafstelle neben ihrer. Wahrscheinlich hatte der Hund sie mit irgendwas angesteckt. Diana bekam hohes Fieber und Krämpfe. Wir dachten, sie würde sterben. Da hat David ihr Tabletten gegeben." Rosa trank einen Schluck Wasser. „Es war das einzige Mal, dass ich hier überhaupt Tabletten gesehen habe."

Jemand schlug eine Glocke.

„Die Pause ist vorbei", sagte Rosa.

*

Bis die Sonne am höchsten stand, hatten sie das Möhrenbeet von Unkraut befreit. Mara hoffte, sie bekämen nun eine andere Aufgabe zugeteilt. Aber sie wurden nur auf ein anderes Feld geschickt. Hier ging es genauso weiter.

Nach dem Mittagessen legte sie sich unter einen der alten Bäume. Es hatte Gemüseeintopf gegeben. Mara hätte gern zwei Portionen gegessen, so hungrig war sie von der Arbeit. Ben ging es genauso. Aber eine zweite Portion stehe niemandem zu, erklärte Rosa ihnen.

Trotzdem war Mara mehr als zufrieden mit ihrer neuen Situation. Die Essensrationen waren zwar klein, aber immerhin gab es regelmäßig etwas Gesundes und Nahrhaftes. Und sie freute sich schon jetzt auf die weiche Matratze im Schlafsaal.

Während sie daran dachte und dabei eine Spinne beobachtete, die in den Zweigen über ihr ein Netz spann, fielen ihr die Augen zu. Sie träumte von David. Er rieb ihr den frisch geschorenen Schädel mit einer seiner Salben ein. Sie spürte, wie ihr Kopf immer wärmer wurde, und wollte die Salbe abwischen. Aber David nahm ihre Hände und hielt sie fest. „Du musst es einwirken lassen", sagte er.

Als die Glocke sie weckte, fühlte sie sich matt und verwirrt. Sie griff nach ihrem Kopf. Ein Vogel hatte ihr auf die Glatze gekackt. Mit Gras und ein paar Blättern säuberte sie sich.

*

Bis zum späten Nachmittag hackten sie weiter Unkraut. Dann zogen Wolken auf. Als die ersten Tropfen fielen, erlaubten ihnen die Vorarbeiter, die auch die Glocke geschlagen und das Essen verteilt hatten, ihr Werkzeug zu schultern und in die Burg zurückzukehren.

Selten hatte sich Mara so über Regen gefreut. Auch sie hatte jetzt Blasen an den Händen. Rosa gab ihr von der Salbe. Sie brannte ein wenig auf der Haut. Für einen Augenblick tauchten wieder die Bilder aus dem Traum vor ihrem innerem Auge auf. Ihr wurde ein bisschen schwindlig. Kurz musste sie sich bei Ben aufstützen.

Er sah sie besorgt an. „Ist dir nicht gut?"

„Alles okay", sagte sie.

Als sie in den Schlafsaal kamen, verabreichte gerade jemand Nikolai den Kräutersud, den er schon am Vorabend zu trinken bekommen hatte. Sein Husten klang immer noch schlimm. Aber er sagte, es habe ihm gutgetan, die meiste Zeit zu schlafen. Er habe viel Wasser zu trinken bekommen und zwei Teller Gemüseeintopf gegessen.

„Zwei Portionen?", fragte Mara.

„Ja, wieso?"

„Morgen mache ich krank", sagte Ben.

Zu Abend aßen sie im Obergeschoss. Sie mussten sich auf mehrere Räume verteilen. Offenbar gab es außer dem Schlafsaal keinen Raum, in den alle hineingepasst hätten. Mara hatte von Rosa erfahren, dass die Gemeinschaft über hundert Mitglieder zählte.

Auch beim Abendessen hätte sie gern bei Rosa gesessen. Aber die musste wohl in einem der anderen Räume einen Platz gefunden haben, denn Mara sah sie erst wieder, als sie in den Schlafsaal zurückkehrten. Leider befand sich Rosas Schlafstelle auf der anderen Seite des Saals, an der Wand zum Innenhof. Über die dazwischen liegenden Reihen von Matratzen winkten sie einander zu, um sich eine gute Nacht zu wünschen.

Heute verstand Mara, warum gestern Abend so viele bereits vor Sonnenuntergang geschlafen hatten. Sie spürte die Feldarbeit in jedem Muskel. Kaum hatte sie die Decke über sich gezogen, als ihr schon die Augen zufielen.

‖ 23 ‖

Im Morgengrauen wurde sie von Ben geweckt. „Hast du die Glocke nicht gehört?"

Mara schüttelte den Kopf und rieb sich den Schlaf aus den Augen.

„Nikolai wacht gar nicht auf", sagte Ben.

„Lass ihn doch schlafen. Das tut ihm gut."

„Aber er ist wieder ganz heiß."

Mara las in Bens Gesicht, wie besorgt er war. Sie stand auf, ging zu Nikolai hinüber und fühlte seine Stirn. Ben hatte recht, sie glühte förmlich. Mara legte eine Hand auf Nikolais Brust. Kleider und Decke waren durchgeschwitzt, er atmete flach. Sie rüttelte an seinen Schultern.

„Nikolai ..."

Keine Regung.

„Nikolai!"

Ben beugte sich über ihre Schulter. „Ich sag doch, er wacht nicht auf."

Sie sah zur Tür, wo dasselbe Mädchen wie gestern die Glocke schlug. Der Junge begann gerade damit, durch die Reihen zu gehen und die Langschläfer mit seinen leichten, aber wohlplatzierten Fußtritten zu wecken. Mara stieg über zwei Matratzen und fasste den Jungen an der Schulter. Er stolperte und fiel beinahe hin.

Irritiert sah er Mara an. „Was ist?"

Hatte er nicht gestern Morgen genau dasselbe gesagt? Mit demselben Gesichtsausdruck?

„Wo finde ich David?"

Der Junge runzelte die Stirn, als hätte er Mara nicht verstanden.

Mara spürte, wie sich ihr Nacken verkrampfte, wie immer, wenn sie die Geduld verlor. „Bist du schwer von Begriff, oder was? David, euren Indianerhäuptling!"

Einige der Langschläfer wandten sich den Geschwistern zu. Plötzlich war es sehr still im Schlafsaal.

„Wie nennst du David?", fragte der Junge.

„Das ist jetzt doch egal! Unser Freund braucht Hilfe." Mara wies über ihre Schulter in Nikolais Richtung. „Du weißt, dass er krank ist."

Der Junge machte sich gar nicht die Mühe, zu Nikolai hinüberzusehen. Er starrte weiterhin Mara an und lächelte, als hätte sie einen Witz gemacht. „Du kannst jetzt nicht zu David."

Für einen kurzen Moment war Mara sprachlos. „Braucht er seinen Schönheitsschlaf, oder was?", fauchte sie.

„Hey, beruhig dich!" Das Mädchen, das ihr das Wasser gegeben hatte, stand auf einmal neben Mara. „Ich bring dich zu ihm."

*

Wie nach ihrer Ankunft musste Mara im Burghof warten. Die ersten Arbeitstrupps machten sich schon auf den Weg zu den Feldern.

Sie sah Rosa aufs Burgtor zugehen. Ihre Blicke trafen sich. Aber als Mara ein paar Schritte in ihre Richtung ging und ihren Namen rief, wandte Rosa den Blick ab und ging ein bisschen schneller.

Jemand tippte Mara auf die Schulter. „Sie lassen mich nicht bei Nikolai bleiben", sagte Ben.

Dann stand auch der einsilbige Junge, der zur Nachtwache und zum Wecken eingeteilt war, neben Mara. „Es kümmert sich jemand um euren Freund", sagte er. „Die Aufgaben sind verteilt. Und du …" Er bohrte Ben einen Finger in die Seite. „… du musst jetzt aufs Feld."

„Flossen weg von meinem Bruder!" Mara schlug die Hand des Jungen nach unten.

Wieder sah er sie irritiert an. Und wieder ging dieser Gesichtsausdruck in ein Lächeln über. Mara hätte nicht sagen können, ob er dadurch eher belustigt oder dümmlich wirkte.

In diesem Moment hörte sie, wie jemand von der anderen Seite des Burghofs ihren Namen rief. Das Mädchen, das versprochen hatte, sie zu David zu bringen, stand in der Tür des Gebäudes, in dem der Rat sie empfangen hatte. Mara strich Ben über den kahlen Kopf. Dann eilte sie über den Hof.

Das Mädchen führte sie eine Treppe hinauf.

David saß im Obergeschoss an einem ausladenden Tisch. Bücher häuften sich darauf. „Wie du siehst, halte ich keinen Schönheitsschlaf", sagte er.

Mara warf dem anderen Mädchen einen Blick zu. Hatte es David Wort für Wort berichtet, was Mara im Schlafsaal gesagt hatte? Das Wort *Indianerhäuptling* kam ihr in den Sinn. Das Mädchen erwiderte Maras Blick ohne eine Spur von Scham.

„Danke", sagte David, „du darfst jetzt gehen."

Als das Mädchen die Tür hinter sich geschlossen hatte, fragte David: „Willst du wissen, was ich hier lese?"

„Ehrlich gesagt, nein", erwiderte Mara. „Nikolai braucht dringend Medikamente!"

„Als ob ich das nicht wüsste!"

Er stand auf. Zum ersten Mal sah Mara einen Anflug von Zorn in seinen Zügen.

David kam um den Tisch herum auf sie zu und fasste eine ihrer Hände. Sie musste an ihren Traum denken. Er führte sie zum Tisch und drehte mit der freien Hand das aufgeschlagene Buch so herum, dass Mara darin lesen konnte. Sie sah die farbige Zeichnung einer Pflanze. Irgendein Kraut, nicht unähnlich den Kräutern, die sie gestern zu Hunderten ausgerissen hatte.

David blätterte um. Auf der nächsten Seite befanden sich weitere Zeichnungen: Wurzeln, Blätter, Blütenkelche und die darin befindlichen Staubgefäße. Daneben, auf der rechten Seite, kleingedruckte Erläuterungen.

Mara glaubte zu verstehen, warum er ihr das zeigte. „Ich hab schon gehört, dass du dich mit Heilkräutern beschäftigst."

„Es gibt nichts, womit ich mehr Zeit verbringe."

Mara entwand ihre Hand seinem Griff. „Aber dein Kräutersud ..."

„Hat er nicht geholfen?"

Sie zuckte mit den Schultern. „Schwer zu sagen. Vielleicht ginge es Nikolai ohne ihn noch schlechter. Aber gut geht's ihm jedenfalls nicht."

„Und was soll ich deiner Meinung nach jetzt tun?" David stemmte die Hände in die Seiten.

„Habt ihr nicht auch andere Mittel? Ich meine ... versteh mich bitte nicht falsch ... richtige Medikamente. So wie früher."

Er schüttelte den Kopf.

„Wirklich gar nichts? Ich hab gehört ..." Sie brach den Satz ab. Würde sie Rosa in Schwierigkeiten bringen, wenn sie erzählte, was diese ihr anvertraut hatte?

David hob die Augenbrauen. „Was?"

„Dass du schon mal jemandem Tabletten gegeben hast."

„Ach, ja?"

Er wandte ihr den Rücken zu und ging um den Tisch herum zum Fenster. Die Strahlen der noch tief stehenden Sonne fielen beinahe waagerecht ins Zimmer.

Als David sich wieder umdrehte, konnte Mara seine Gesichtszüge im Gegenlicht nicht erkennen.

„Das ist lange her."

„Ich dachte, im vergangenen Winter."

Er zögerte mit seiner Antwort. „Ist das nicht lange her?", sagte er. „Wenn man über hundert Leute gesund zu halten versucht? Die Vorräte sind aufgebraucht."

Mara versuchte sich vorzustellen, wie eine Grippe in der Gemeinschaft grassierte. Wie all die klug organisierte Arbeit, die es ihnen überhaupt ermöglichte, selbstständig über die Runden zu kommen, durch eine Epidemie zum Erliegen kam. Sie begann zu ahnen, welche Leistung David und der Rat vollbrachten. Ein wenig schämte sie sich.

„Entschuldige, bitte", sagte sie. „Ich mache mir eben Sorgen um Nikolai. Gerade war er gar nicht ansprechbar."

David entfernte sich vom Fenster und kam zurück auf ihre Seite des Tisches. Als sie sein Gesicht wieder sehen konnte, lächelte er. So gutmütig hatte er nach ihrer Ankunft auch Nikolai angelächelt und sich nach seinem Befinden erkundigt. Wieder griff er nach Maras Händen.

„Glaub mir, dass ich alles tue, damit hier niemand stirbt", sagte er. „Und trotzdem passiert es manchmal."

„Aber nicht Nikolai!", sagte Mara.

Er drückte Maras Hände. „Du musst heute nicht auf dem Feld arbeiten", sagte er. „Kümmere dich um ihn. Ich schicke dir jemanden zur Unterstützung. Ihr bekommt alles, was die Gemeinschaft geben kann."

Es klopfte an der Tür.

„Ja?", sagte David.

Es war Diana. Stirnrunzelnd betrachtete sie Mara, als fragte sie sich, was die hier zu suchen habe. Dann zog sie ein Mädchen am Arm herein. Die Kleine war vielleicht neun oder zehn Jahre alt. Mara sah ihr an, dass sie geweint hatte.

„Sie muss dir was erzählen", sagte Diana und schob das Mädchen ein paar Schritte vorwärts.

„Wir waren sowieso fertig", sagte David und ließ Maras Hände los.

„Danke", sagte Mara und ging an Diana und dem kleinen Mädchen vorbei zur Tür.

*

Mara verbrachte den ganzen Tag an Nikolais Seite. Sie half ihm, trockene Kleidung anzuziehen, machte ihm Wadenwickel, begleitete ihn zur Toilette und erzählte ihm eine Geschichte, die sie von Ben kannte.

Ben hätte das besser gekonnt. Trotzdem schlief Nikolai bei der Geschichte ein.

Ein anderer Junge, Luka, half Mara. Er brachte frische Kleider, wechselte das durchgeschwitzte Bettzeug, stellte Wasser und Tücher für die Wadenwickel bereit und verabreichte Nikolai in regelmäßigen Abständen den Kräutersud. Luka gehörte zu den älteren Mitgliedern der Gemeinschaft. Auf seiner Oberlippe wuchs dunkler Bartflaum. Sein Gesicht war mit Pickeln übersät.

Mara fragte ihn, seit wann er hier lebe.

„Von Anfang an."

Wie gut, dachte Mara, dass ausgerechnet er ihr half. Sie hatte so viele Fragen. „Seit wann gibt es die Gemeinschaft eigentlich?"

„Die ersten von uns waren schon vor der Flut zusammen. Wir lebten in einem Kinderheim, unten in der Stadt. Davon ist nichts mehr übrig."

Seit ihrer Ankunft fragte Mara sich, warum es hier keine Erwachsenen gab. Auch außerhalb der Burgmauer, im Dorf, hatte sie niemanden gesehen, der älter als Luka aussah. „Und was ist aus euren Erziehern geworden?", fragte sie.

Luka schwieg für einen Augenblick. Er wischte Nikolais schweißnasse Stirn mit einem kühlen, feuchten Tuch ab. Nikolai schlief schon wieder. „Die waren nicht gut zu uns", sagte Luka.

Mara entschied, sich damit zufriedenzugeben, obwohl Luka ihre Frage eigentlich nicht beantwortet hatte. „Und David war damals auch schon dabei?"

„Der gesamte Rat und ein paar andere."

„Warum gehörst du nicht zum Rat?"

Luka tauchte das Tuch in die Wasserschale und wrang es aus. „Ich kann nicht so gut …" Er schien nach dem passenden Wort zu suchen. „… entscheiden. Und David macht das gut."

David, dachte sie. Luka hatte nicht gesagt: *Der Rat macht das gut.* Sie erinnerte sich, wie Rosa ihr erzählt hatte, wie viel die Gemeinschaft David schulde.

„Entscheiden die anderen Ratsmitglieder denn auch etwas?", fragte sie.

Luka sah sie an. Sein Mund stand ein wenig offen. Wieder schien er nach den richtigen Worten zu suchen. „Sonst bräuchten wir doch keinen Rat", sagte er und lächelte, als hätte Mara eine ziemlich dumme Frage gestellt. Dann nahm er die Schüssel und stand auf. „Es ist bald Zeit zum Essen."

Mara hätte sich gern weiter mit Luka unterhalten. Aber ein Mädchen in Bens Alter brachte das Mittagessen und half ihr nachmittags bei Nikolais Pflege.

*

Die anderen kamen erst kurz vor Sonnenuntergang zurück. Rosa, die wieder mit Ben im selben Trupp gearbeitet hatte, begleitete ihn und erkundigte sich bei Mara nach Nikolais Zustand. Mara überlegte kurz, ob sie Rosa fragen sollte, warum diese sich heute Morgen von ihr abgewandt hatte. Aber da Rosa jetzt wieder mit ihr sprach, als sei nichts gewesen, ließ Mara es auf sich beruhen. Vielleicht hatte sie es sich ja nur eingebildet.

„Heute Morgen", sagte Ben, „hat jemand was geklaut." Er erzählte von einem Mädchen, dem ein Apfel aus seinem Beutel gefallen sei.

Gleich bei ihrer ersten Mahlzeit hatte Diana den Neuen erklärt, dass jeder genug zu essen bekomme – aber nur zu den gemeinsamen Mahlzeiten. Essen mitzunehmen, war nicht erlaubt. Die Vorräte seien begrenzt. „Wer sich Extraportionen für zwischendurch einpackt, der bestiehlt die Gemeinschaft", hatte Diana gesagt.

„Sie muss bestraft werden", sagte Rosa, nachdem Ben seinen Bericht beendet hatte.

„Aber das Mädchen hat doch nur einen Apfel genommen", sagte Mara.

„Du hast echt noch nichts verstanden", sagte Rosa. „Wenn jeder von uns einen Apfel stibitzt, besitzt die Gemeinschaft auf einen Schlag über hundert Äpfel weniger."

„Rechnen kann ich selber", sagte Mara.

Rosa riss die Augen auf, als hätte Mara ihr eine Ohrfeige verpasst. „Manchmal bist du so ... unbeherrscht!", sagte sie kopfschüttelnd. Dann drehte sie sich um und ging zu ihrer Schlafstelle.

„Gute Nacht!", rief Mara ihr hinterher.

Aber Rosa blickte nicht mehr zurück.

|| 24 ||

Als Ben sich nach dem Aufwachen auf die linke Seite drehte, erlebte er eine Überraschung. Nikolai saß auf seiner Matratze und sah aus dem Fenster. Er war nicht mehr ganz so blass wie am Abend. Und er lächelte.

„Die Sonne scheint", sagte er. „Ich würde so gerne rausgehen."

„Genieß die Zeit, in der du noch nicht aufs Feld musst", sagte Ben. „Ich hab solchen Muskelkater!"

„Ach, was!" Nikolai schüttelte den Kopf. „So was wollte ich schon immer machen."

Er erzählte von seiner Mutter, die früher einen Garten besessen habe. Er könne sich noch daran erinnern, wie er als Kleinkind zugesehen habe, wenn sie den Boden umgegraben, Sämlinge eingepflanzt, Obstbäume geschnitten und Tomaten geerntet habe.

Ben hörte, wie Mara seinen Namen rief. Sie stand an der Tür und winkte ihn zu sich.

„Guck dir das an!", sagte sie, als sie den Hof betraten. Einige Mitglieder der Gemeinschaft hatten sich neben dem Toilettengebäude versammelt. Aus ihrer Mitte ragte ein Pfahl empor.

Mara führte Ben über den Hof und drängelte sich mit ihm durch die Menge, damit er sehen konnte, was die anderen begafften. An dem Pfahl war ein Mädchen festgebunden. Ben erkannte es. Ans obere Ende des Pfahls hatte man ein Schild genagelt.

Ich bin eine DIEBIN, stand darauf. *Spuckt mich an!*

„Die ticken doch nicht mehr richtig!", sagte Mara.

Ein paar Kinder drehten sich zu ihr um. Ein Junge löste sich aus der Menge und trat in die Mitte des Kreises. Er stellte sich neben das Mädchen am Pfahl. Ben erkannte das Ratsmitglied mit den fehlenden Schneidezähnen.

„Aurelia hat die Gemeinschaft bestohlen", verkündete der Junge. „Wir sind sicher, dass sie ihren Fehler bereut. Aber sollte sie noch einmal gegen unsere Regeln verstoßen, wird sie die Gemeinschaft verlassen."

Ben sah dem Mädchen ins Gesicht. Ihre Blicke trafen sich. Aurelia sah trotzig aus. Ben zwinkerte ihr aufmunternd zu. Da traf etwas ihr Gesicht. Der Junge aus dem Rat hatte sie angespuckt. Ben spürte, wie Mara sich regte. Er fasste nach ihrem Arm und hielt sie zurück. Im nächsten Augenblick ging der Junge, der auf Bens anderer Seite gestanden hatte, auf den Pfahl zu und spuckte das Mädchen an. Ohne es noch eines weiteren Blickes zu würdigen, ging er weiter zum Toilettengebäude. Andere taten es ihm gleich.

„Ich guck mir das nicht länger an!", sagte Mara und drehte sich um.

Vor der Tür zum Schlafsaal begegneten sie einem pickligen Jugendlichen mit Flaum auf der Oberlippe.

„Luka!", sagte Mara. „Hat David sich das da draußen ausgedacht? Ich hab das Mädchen gestern bei ihm gesehen."

„Der Rat entscheidet über Bestrafungen", sagte Luka.

„Das ist barbarisch!"

Luka atmete einmal ein und wieder aus. „Ihr müsst zur Arbeit."

„Mara nicht", sagte Ben. „Die sorgt für unseren Freund."

„Nikolai geht es besser", sagte Luka. „Ich kümmere mich heute um ihn. Du bist für die Feldarbeit eingeteilt, Mara."

„Aber ...", setzte Mara an, doch Luka fiel ihr ins Wort: „Die Saatkartoffeln müssen in die Erde."

*

Während er die Kartoffeln in Furchen legte, versuchte Ben, das Bild des an den Pfahl gefesselten Mädchens zu verdrängen. Er spürte die Sonne auf dem Rücken. Es war zwar noch früh, aber schon angenehm warm. Ein leichter Wind sorgte dafür, dass er nicht zu sehr ins Schwitzen kam. So tief über den Boden gebeugt, konnte Ben die feuchte Erde riechen. Er hörte den Flügelschlag eines Vogels, der sich neben dem Feld aus einem Gebüsch erhob.

An seinem dritten Tag auf dem Feld bekam er eine Ahnung davon, was Nikolai heute Morgen gemeint hatte. Diese Arbeit war zwar anstrengend, gleichzeitig machte sie ihn aber merkwürdig ruhig. Es fühlte sich gut an, das Saatgut in die Erde zu legen und diese mit den Füßen festzutreten. War er mit einer Reihe fertig, blickte er stolz auf sein Werk zurück. Er freute sich darauf, irgendwann die Früchte dieser selbst gesäten Pflanzen zu essen. Die Blasen an seinen Händen waren noch nicht verschwunden, und der Muskelkater hatte sich noch verschlimmert – aber wie viel lieber war ihm das als eine Erkältung, verursacht von einer feuchten Matratze oder einer fehlenden Decke.

Mara schien es weniger gut zu gelingen, Aurelias Bestrafung auszublenden. In der Frühstückspause fragte sie Rosa, ob sie jetzt zufrieden sei. „Du wolltest doch, dass sie bestraft wird." Maras Augen blitzten Rosa herausfordernd an.

Die blieb gelassen. „Ich glaub jedenfalls nicht, dass Aurelia noch einmal etwas stiehlt."

„Aber reicht es nicht, ihr mit dem Ausschluss aus der Gemeinschaft zu drohen?", fragte Mara. „Muss man sie denn auch noch anspucken?"

Rosa zuckte mit den Schultern. „Ihr selbst würde die Drohung vielleicht reichen. Aber dem Rat geht's bestimmt auch um uns."

„Was meinst du denn damit?"

„Manche müssen das vielleicht mit eigenen Augen sehen: Wie es denen ergeht, die gegen die Regeln verstoßen."

„Musste denn schon mal jemand die Gemeinschaft verlassen?", fragte Ben.

„Ist schon vorgekommen", antwortete Rosa.

„Nur weil er zweimal gegen die Regeln verstoßen hat?"

Rosa nickte. „Dabei sollte man doch denken, dass niemand so dumm wäre! Ich meine, wer will schon wieder da runter?" Sie wies mit dem Kopf den Hügel hinab Richtung Ruhr.

„Gab's denn noch niemanden, der freiwillig wieder gegangen ist?", fragte Mara.

Rosa sah sie an und kniff die Augen zusammen. „Soll das ein Witz sein?"

*

Am späten Nachmittag schlug das Wetter plötzlich um. In aller Eile packten sie die Werkzeuge und das Saatgut zusammen und verließen die Felder.

Noch bevor sie den Burghof erreichten, begann der Regen. So schnell sie konnten, rannten sie den zur Ringmauer führenden Weg hinauf. Trotzdem waren sie bis auf die Haut durchnässt, als sie am Hauptgebäude ankamen.

Diana versperrte den Feldarbeitern den Weg in den Schlafsaal. „So kommt hier keiner rein!" Sie wies in Richtung des großen Turms am Tor. In dem fast fensterlosen Bauwerk befanden sich die Lagerräume der Gemeinschaft. „Nebenan kriegt ihr trockene Kleider."

Der Vorraum des Schlafsaals grenzte an den Turm. Eine zweiflügelige Eichentür verband die Gebäude miteinander, so dass niemand noch einmal in den Regen hinaus musste. Ben war erneut dankbar für die gute Organisation der Gemeinschaft. Früher hätten sie in einer solchen Situation Stunden in ihren nassen Sachen verbracht, bestenfalls in einem Gebäude mit intaktem Dach, vielleicht aber auch nur unter einem Baum. Oder sie hätten nackt vor einem Feuer gekauert und darauf gehofft, dass ihre Kleider vor Einbruch der Nacht trockneten.

Als Ben in frischen Sachen den Schlafsaal betrat, sah er, dass Nikolai nicht auf seiner Matratze lag. Ben sah sich um. Aber Nikolai stand an keinem der Fenster oder unterhielt sich an einem anderen Schlafplatz mit jemandem. Und er würde wohl kaum draußen im Regen herumlaufen.

Mara betrat den Saal. Ben bemerkte, wie ihr Blick auf Nikolais Schlafstelle fiel und sie augenblicklich erstarrte. Wortlos sahen sie einander an. Dann spürte Ben eine fremde Hand auf seiner Schulter.

„Kommt bitte mit!", sagte Luka.

*

Sie rannten durch den Regen über den Hof. In dem Raum, in dem der Rat Ben und Mara empfangen hatte, lag Nikolai in einem Bett. Es war das erste Bettgestell, das Ben hier sah. Dahinter stand David.

„Heute Nachmittag ist das Fieber wieder gestiegen", sagte er. „Ganz plötzlich und ungewöhnlich hoch."

Ben und Mara traten ans Bett heran. Nikolais Augen waren geschlossen. Seine Wangen sahen eingefallen aus. Sein Mund stand ein wenig offen – als wäre da ein Wort gewesen, das er noch hatte sagen wollen. Aber dann hatte das Wort nicht mehr aus seinem Mund gefunden, weil kein Atem mehr dagewesen war.

„Luka hat mir sofort Bescheid geben lassen", sagte David.

Ben spürte, wie er zu zittern begann. Mara legte einen Arm um ihn.

„Wir haben wirklich alles versucht."

Davids Worte klangen für Ben plötzlich so, als kämen sie aus großer Entfernung. Auch das Prasseln der Regentropfen schien auf einmal weit weg zu sein.

„Heute Morgen ging es ihm doch so gut", hörte er Mara sagen.

„Ich kann das auch nicht erklären", sagte David. Aber seine Worte erreichten Ben kaum noch.

*

Das Unwetter dauerte bis zum nächsten Morgen. Als sie gegen Mittag Nikolais Grab aushoben, brach Bens Spaten in der regenschweren Erde ab. Mara und er hatten darauf bestanden, diese Arbeit selbst zu erledigen. Aber jetzt war Ben froh, dass David das Graben mit dem kaputten Spaten übernahm.

David hatte die Stelle für das Grab bestimmt. Hier, jenseits der Felder, erklärte er ihnen, habe die Gemeinschaft schon andere Mitglieder beerdigt.

Es gab keinen Sarg. Sie hatten Nikolai in eine Decke gewickelt. Außer Ben, Mara und David war nur Luka mitgekommen. Alle anderen waren damit beschäftigt, Sturmschäden zu reparieren.

Niemand sagte etwas, nachdem sie ihn in die Grube gelegt hatten. Alles, was Ben einfiel, erschien ihm unpassend. Was wussten wir denn von ihm?, dachte er.

Es begann schon wieder zu regnen. Sie beeilten sich, das Grab zuzuschaufeln.

‖ 25 ‖

Der Regen zwang die Gemeinschaft, den Tag im Hauptgebäude zu verbringen. Nach dem Mittagessen verteilte sie sich auf die Räume im Obergeschoss. Von den Ratsmitgliedern bekam Mara niemanden zu Gesicht.

Diana gab bekannt, wer welche Aufgaben zu erledigen hatte. Manche besserten Kleidung aus, einige andere schnitten Konservendosen klein, um das Blech zu Pfeilspitzen zu verarbeiten. Mara und Ben sollten Essgeschirr aus Ton formen. Rosa zeigte ihnen, wie das ging.

Aber in Maras Händen wollte der Ton einfach keine Form annehmen, die auch nur entfernt an Schüsseln, Teller oder Becher erinnerte. Die meiste Zeit verbrachte sie damit, den Ton zwischen ihren Händen zu Kugeln zu rollen und diese wieder zu zerdrücken, so dass die weiche Masse zwischen ihren Fingern hervorquoll.

Als Diana in ihre Nähe kam, schob Rosa schnell ein paar der Schüsseln, die sie selbst geformt hatte, an Maras Platz. Dann nahm sie das unförmige Etwas aus Maras Händen und gab ihr stattdessen eine runde Tonscheibe, aus der mit Hilfe weniger weiterer Handgriffe ein Teller werden konnte.

Diana warf im Vorbeigehen einen Blick auf das ungebrannte Geschirr vor Mara und nickte anerkennend. Ben klopfte sie sogar auf die Schulter.

Tatsächlich bewies Ben beim Töpfern ziemliches Geschick. Seine Becher verjüngten sich nach unten, standen aber trotzdem stabil und waren gleichmäßig rund.

Seit Nikolais Begräbnis hatte Ben nicht mehr gesprochen. Auf dem Rückweg vom Grab schien er die immer dichter fallenden Regentropfen gar nicht zu spüren. Beim Mittagessen musste Mara ihm erst den Löffel in die Hand geben, damit er etwas zu sich nahm. Deshalb beruhigte es sie ein wenig, ihn jetzt so konzentriert mit dem Ton arbeiten zu sehen.

Sie sah zu Rosa hinüber, die Bens Becher bereits gelobt hatte. „Danke", flüsterte Mara und wies mit dem Kopf in Dianas Richtung. Rosa lächelte aufmunternd.

Mara fragte sich, ob Rosa und sie noch Freundinnen werden könnten. Seit ihrer Ankunft hier hatte sie oft an Cleo gedacht, das Mädchen, das sie bei Sophie kennengelernt hatte. Und das eines Tages einfach mit ihren Eltern abgehauen war. Rosa würde niemals abhauen, soviel war sicher.

Aber wie konnte sie gutheißen, was der Rat Aurelia angetan hatte? Jemanden wegen eines gestohlenen Apfels so zu demütigen! Ja, Rosa hatte es ihr erklärt. Für sie machte das alles Sinn. Wenige, aber klare, unumstößliche Regeln. Abschreckende Strafen, wenn jemand dagegen verstieß. Nur so funktionierte die Gemeinschaft – glaubte Rosa.

Und das glaubte wahrscheinlich auch Luka. Als er begonnen hatte, Mara bei Nikolais Pflege zu helfen, war er ihr so sympathisch gewesen. Wie behutsam, fast zärtlich, er Nikolai den Schweiß von der Stirn gewischt hatte. Aber dann seine Antworten. Als sie gefragt hatte, warum er als einer der Ältesten nicht Mitglied des Rates sei. Diese freiwillige Unterordnung! Und wie auffällig schnell er das Gespräch beendet hatte, als Mara Davids herausragende Position zur Sprache gebracht hatte. Am nächsten Morgen war Luka dann ziemlich einsilbig gewesen, als er sie aufs Feld geschickt hatte, ohne Widerspruch zu dulden. Hinter seiner pickligen Stirn musste doch mehr vorgehen, als Luka sich zu sagen traute! Es mochte ja stimmen, dass er nicht gut im Entscheiden war. Aber wie konnte jemand sich nur zum bloßen Übermittler von Entscheidungen anderer degradieren, ohne wenigstens seine eigene Meinung darüber zu äußern? Erlaubten die einfachen Mitglieder der Gemeinschaft sich selbst nicht, über die Entscheidungen des Rates – oder die Entscheidungen Davids – nachzudenken? Mara schlug mit der Faust auf den Ton.

Mit aufgerissenen Augen betrachtete Rosa die von ihr vorher sorgfältig zu einem gleichmäßigen Kreis geformte Scheibe, die nun deformiert an Maras Handballen klebte.

„Entschuldige", sagte Mara. Sie pulte den Ton von ihrer Hand und rollte ihn zu einer Wurst. „Sag mal, Rosa, fühlst du dich eigentlich frei?"

Rosa sah Mara mit derselben Mischung aus Überraschung, Unverständnis und Entsetzen an, mit der sie gerade eben die Zerstörung der Tonscheibe beobachtet hatte. „Wie meinst du das denn?"

Mara seufzte. „Was ist an der Frage so schwer zu verstehen?"

Rosa zögerte. „Bevor ich hierherkam, wusste ich oft nicht, was ich am nächsten Tag essen würde", sagte sie. „Ich musste nehmen, was ich irgendwie auftreiben konnte. Ich musste schlafen, wo man mich in Ruhe ließ. Ich konnte mir das alles nicht aussuchen. Das war keine Freiheit."

„Ging uns genauso", sagte Mara, „aber danach hab ich nicht gefragt. Vergleich doch nicht immer alles mit dem Leben da draußen!"

„Anders kann ich nicht!" Rosa ließ die halbfertige Schüssel sinken, die sie gerade formte. „Ich bin so froh, dass ich das hinter mir habe! Du etwa nicht?"

„Doch, natürlich! Aber ..." Mara bemerkte, wie die Kinder vom Nebentisch zu ihnen hinübersahen. „Ich verstehe nicht, dass ihr alles einfach so hinnehmt!"

„Sprich doch nicht so laut!", zischte Rosa.

Doch Mara konnte sich nicht mehr zurückhalten. „Wenn der Rat es sagt, spuckt ihr ein armes Mädchen an?! Ich frag mich, was ihr noch tun würdet, nur weil die es verlangen."

Rosa sah sich ängstlich um. Die anderen Gespräche waren verstummt. Alle schauten sie an.

„Dem Rat geht es nur um das Wohl der Gemeinschaft", sagte Rosa nachdrücklich.

„Schöne Gemeinschaft, in der die einen Tabletten bekommen und die anderen an Fieber krepieren müssen!"

Jetzt war es raus, was Mara sich selbst bisher nicht eingestanden hatte: Sie glaubte David nicht. Er hatte zu lange gezögert, als sie ihn vorgestern auf „richtige Medikamente" angesprochen hatte. Natürlich hatte er Diana mit Tabletten versorgt, als sie welche brauchte. Es war offensichtlich, dass die beiden etwas miteinander verband. Aber wer war schon Nikolai?!

„Mara!"

Sie sah zur Seite. Diana stand neben ihr.

„Du kommst besser mal mit."

*

Diana brauchte nicht lange, um David Bericht zu erstatten. Als sie die Tür öffnete, lag ein überlegenes Lächeln auf ihrem Gesicht. „Bitte, komm rein", sagte sie. „David hat Zeit für dich."

Er saß wieder hinter dem Tisch über geöffneten Büchern. Rechts und links von ihm brannten Kerzen. Der Regen prasselte gegen das Fenster. Mit einer Kopfbewegung schickte er Diana hinaus.

Nachdem sie die Tür geschlossen hatte, sah er Mara eine Weile an, ohne ein Wort zu sagen. Wartete er darauf, dass sie das Gespräch begann? Oder wollte er sie verunsichern? Den Gefallen würde sie ihm nicht tun. Sie war viel zu wütend, um sich von ihm einschüchtern zu lassen.

„Nikolais Tod hat dich natürlich ziemlich durcheinandergebracht", stellte er unvermittelt fest. „Das kann ich gut verstehen." Er stand auf und kam und den Tisch herum. „Wir haben ihn ja erst heute Morgen begraben."

David streckte die Hände aus, um sie auf Maras Schultern zu legen. Sie schüttelte sie ab.

Er verschränkte die Arme. „Aber wenn du solche Sachen sagst wie eben beim Töpfern …" Er schmunzelte, als hätte Diana ihm einen guten Witz von Mara weitererzählt. „… dann bringst du auch die anderen durcheinander."

„Vielleicht bringe ich sie ja zum Nachdenken", sagte Mara. „Aber wahrscheinlich passt dir das nicht."

Eine Falte erschien auf Davids glatter Stirn. Nicht zum ersten Mal fragte Mara sich, wie alt er eigentlich war. Sechzehn oder siebzehn? Höchstens achtzehn, schätzte sie.

„Warum sollte mir das nicht passen?", sagte er. „Gute Gedanken kann die Gemeinschaft immer gebrauchen."

„Aber welche Gedanken gut sind, entscheidest du?"

Er lachte. „Ich kann doch wohl niemandem vorschreiben, was er denken soll!"

„Mir kommt's vor, als hätten hier die meisten irgendwann aufgehört, allzu viel nachzudenken."

„Wie kommst du darauf?"

Mara konnte nicht verhindern, dass sie plötzlich viel lauter sprach. „Ein gefesseltes Mädchen anzuspucken!"

„Du brauchst einfach noch ein bisschen Zeit, um das Leben in unserer Gemeinschaft zu verstehen."

Mara schüttelte den Kopf. „Ich glaub, das Wichtigste hab ich gerade verstanden."

„Und das wäre?"

„Dir geht es gar nicht um die Gemeinschaft. Dir geht es nur um dich."

Mara bemerkte, wie die Freundlichkeit aus Davids Zügen wich. Im Zorn sah er viel älter aus. Merkwürdigerweise ließ ihn das zugleich weniger selbstsicher wirken. Mit der Gelassenheit verlor er auch an Autorität. „Wie kannst du so was behaupten!", sagte er. „Du hast keine Ahnung, wie schwierig es war, diese Gemeinschaft aufzubauen. Wir haben hier ein funktionierendes System. Und das wirst du vor den anderen gefälligst nicht mehr infrage stellen!"

Mara machte einen Schritt auf ihn zu. „Damit beweist du doch nur, was ich gerade gesagt habe: Du würdest alles dafür tun, deine Position zu sichern. Der Rat ... lächerlich! Du triffst alle Entscheidungen! Um das zu begreifen, muss man nur drei Tage hier verbringen!"

Er schien etwas erwidern zu wollen, aber Mara ließ ihn nicht zu Wort kommen. „Wahrscheinlich ist das auch der Grund, weshalb es hier keine Erwachsenen gibt", sagte sie. „Du würdest niemanden neben oder gar über dir dulden!"

Mara hatte das kaum gesagt, als vor ihrem inneren Auge die leer stehenden Häuser im Dorf auftauchten. Wo waren eigentlich die Leute, die früher dort, weit über dem Wasserspiegel, gewohnt hatten? Im selben Augenblick hörte sie Luka über die Erzieher im Kinderheim sagen: *Die waren nicht gut zu uns.*

Was hatte die Gemeinschaft mit all diesen Leuten angestellt? Sie sah Diana bei ihrer Ankunft vor sich, den Bogen im Anschlag, den Pfeil auf Maras Brust gerichtet, das Gesicht zur Tarnung mit Erde beschmiert. Augenblicklich verließ Mara der Mut, David noch weitere Vorwürfe zu machen.

Er schien die Unsicherheit, die von ihr Besitz ergriff, zu spüren. „Ich kann dir nur raten, noch einmal gut über all das nachzudenken", sagte David. Dabei griff er nach ihren Oberarmen und zog sie ein Stück zu sich heran. Und dieses Mal ließ er seine Hände nicht abschütteln. „Du kannst weiterhin zusammen mit deinem Bruder die Annehmlichkeiten unserer Gemeinschaft genießen. Vorausgesetzt, du verbreitest nicht solche Lügen und hältst dich an unsere Regeln. Ansonsten ..."

In diesem Moment ließ er Mara so überraschend los, dass sie einen Schritt rückwärts stolperte. Sie erwartete, dass er nun sagen würde, sie müssten andernfalls die Gemeinschaft verlassen. Aber David ließ das Ende seines letzten Satzes offen.

‖ 26 ‖

Wieder träumte Ben von gesichtslosen Gestalten. Aber dieses Mal waren es nicht seine Eltern, sondern die Mitglieder der Gemeinschaft. Sie arbeiteten auf dem Feld. Ben ging durch ihre Reihen und tippte ihnen auf die Schultern, damit sie sich zu ihm umdrehten. Er suchte jemanden. Wen, hätte er nicht sagen können. Aber jedes Mal, wenn ein Mitglied der Gemeinschaft sich ihm zuwandte, war dort, wo das Gesicht sein sollte, nur eine ebene Fläche. Mit der und den kahlgeschorenen Schädeln sahen sie aus wie Spielfiguren. Ben wollte sie etwas fragen, aber er bekam keinen Laut heraus. Er spürte, dass er die Lippen nicht öffnen konnte, und tastete nach seinem Mund. Aber da war kein Mund. Da waren auch keine Nase, keine Augen und keine Ohren. Ben wollte schreien, aber wie sollte er?

In diesem Moment spürte er eine Hand auf seiner Brust. Er schlug die Augen auf. Es musste noch vor Sonnenaufgang sein. Vor dem vom Mondlicht erhellten Fenster sah er nur den Umriss eines kahlen Schädels. Wie in seinem Traum war kein Gesicht zu erkennen. Ben zuckte zusammen.

Die Gestalt nahm ihre Hand von seiner Brust und legte sie auf seine Lippen, bevor er schreien konnte. „Schhhhh …!", hörte er. Die Person wandte ihren Kopf von einer Seite zur anderen, wohl um zu schauen, ob jemand von den anderen aufgewacht war. Ben erkannte Maras Profil. Er atmete aus.

„Ben", flüsterte Mara. „Wir sollten gehen." Sie habe nicht geschlafen, erzählte sie. Die ganze Zeit habe sie abgewogen, was für sie beide das Beste sei. „Aber am Ende muss ich immer wieder an das Mädchen am Pfahl denken."

„Die anderen sind unheimlich", flüsterte Ben. „Wie Gespenster. Ich will nicht so werden."

*

Sobald die Glocke zum Wecken geläutet wurde, baten sie darum, mit David sprechen zu dürfen. Das werde ja langsam zur Gewohnheit, sagte der einsilbige Junge von der Nachtwache. Was sie sich einbildeten?

„Wird nicht wieder vorkommen", erwiderte Mara. „Versprochen."

David schien ihre Entscheidung zu bedauern. Ben fragte sich, ob er es als persönliches Versagen auffasste, wenn jemand freiwillig der Gemeinschaft den Rücken kehrte.

Wohin sie denn wollten, fragte David.

Mara erzählte von Noah.

Auch David hatte von diesem Kapitän und seiner Mission gehört. „Klingt für mich wie ein Märchen", sagte er.

Sie gingen nicht darauf ein. Mara bat David, ihnen den Rucksack, die Decken und die Landkarte zurückzugeben. Ben fürchtete, David würde das ablehnen, weil die Sachen nun der Gemeinschaft gehörten. Aber David zögerte keinen Augenblick, sie ihnen holen zu lassen. Und dann überraschte er die Geschwister, indem er ihren Rucksack mit Gemüse, Brot und Wasser füllen ließ. „Die Kleider dürft ihr auch behalten", sagte er.

Ben fühlte sich genötigt, „Danke" zu sagen.

Auch Mara schien das nicht leicht zu fallen. Als sie sich schließlich dazu durchrang, bemerkte Ben ein zufriedenes Lächeln in Davids Gesicht.

Es war dieses Lächeln, das Ben von der Richtigkeit ihrer Entscheidung überzeugte. Davids selbstzufriedenes Lächeln entlarvte ihn. Er half Ben und Mara nicht etwa, weil er sich um sie sorgte. Er wollte lediglich als Wohltäter dastehen. Wahrscheinlich hoffte er darauf, dass sich die Geschichte von seiner großzügigen Behandlung der Abtrünnigen in der Gemeinschaft verbreitete – als Beweis seiner großen Güte.

Und jetzt musste er ihnen auch noch Ratschläge geben. „Geht nicht ins Hinterland!", sagte David. Da sei es zwar trocken, aber sie ahnten nichts von den Zuständen, die dort herrschten, seitdem so viele Menschen aus den überschwemmten Gebieten eine neue Heimat suchten. „Ihr seid es gewohnt, am Ende der Welt zu leben. Bleibt dort!"

„Dann hätten wir uns gar nicht auf den Weg machen müssen", sagte Mara.

*

Mit Hilfe ihrer Karte gelangten sie auf eine Straße, die südlich der Burg in westöstlicher Richtung verlief.

Als sie den Hügel, auf dem die Gemeinschaft lebte, hinter sich gelassen hatten, näherte sich die Straße bis auf wenige Meter dem Ufer der Ruhr. Der Fluss hatte hier weitläufige Wiesen überschwemmt und sich mit einem parallel zur Straße verlaufenden Bach vereinigt.

Ben befürchtete, das Wasser würde ihnen schon bald den Weg versperren. Aber sie waren der Straße noch nicht lange gefolgt, als diese die Autobahn kreuzte. Sie kletterten hinauf und gingen weiter Richtung Nordosten.

Glaubte man der Karte, würde die Autobahn sie weiter an der Ruhr entlang und schließlich über den Fluss hinweg führen. Früher mochte das so gewesen sein. Heute führte die Autobahn schon nach wenigen Metern übers Wasser. Immerhin schien sie, soweit Ben sehen konnte, nicht eingestürzt zu sein.

Wenig später blieb Mara stehen und wies auf die Karte. „Hier muss der Kemnader See sein", sagte sie mit Blick auf die linke Seite der Autobahn.

Ben erinnerte sich, dass Jakob den See erwähnt hatte. Aber der See, der auf der Karte westlich der Autobahn lag, dehnte sich jetzt auf der östlichen Seite ebenso weit aus. Ben sah, dass die Straße, der sie zuerst gefolgt waren, ein Stück weiter im Wasser versank.

„Beim nächsten Autobahnkreuz sollten wir nach Osten abbiegen", sagte Mara.

„Warum?"

„Siehst du diese Linien mit den Zahlen?" Sie zeigte auf die Karte. „Ich glaub, das ist die Höhe des Geländes."

Ben versuchte das Liniennetz zu verstehen.

„Im Süden von Dortmund gibt's diesen Höhenzug. Wenn wir es bis heute Abend dahin schaffen, finden wir bestimmt einen trockenen Schlafplatz."

„Und wenn das Wetter vorher umschlägt?", fragte Ben.

„Ich sehe erst mal keinen Weg hier herunter."

Mara maß auf der Landkarte etwas mit den Fingern ab. „Ungefähr vier Kilometer bis zum Autobahnkreuz." Sie sah zum Himmel und befand: „Bis wir da sind, wird's nicht regnen. Und östlich davon steigt das Gelände bald an."

Und was, dachte Ben, wenn es nicht das Wetter wäre, das sie überraschte? Sollte ihnen auf den nächsten Kilometern jemand entgegenkommen, der es nicht gut mit ihnen meinte, blieb ihnen nur ein Sprung ins Wasser.

Ben sah über die Brüstung in die Tiefe. „Lass uns lieber schnell weitergehen", sagte er.

*

Schon am späten Vormittag überraschte sie ein Wolkenbruch. Das Land war gerade wieder so weit angestiegen, dass die beiden die Fahrbahn verlassen konnten. Kurz zuvor hatten sie die Autobahn gewechselt. Auf einer Anhöhe nördlich der Autobahn, von Feldern umgeben, befand sich eine Siedlung. Diese ländlichen Teile des Ruhrgebiets erschienen Ben so fremd. Im Zentrum von Duisburg hätte er sofort gewusst, wo er sich nach einem Unterschlupf umsehen könnte. Dort gab es zwar nur Ruinen, davon allerdings genug für die wenigen Leute, die nach der Flut geblieben waren. Hier aber standen nur ein paar Häuser am Straßenrand. Bestimmt lebten dort Leute, fürchtete Ben, die ihren Grund und Boden gegen jeden Neuankömmling verteidigen würden.

Die beiden rannten auf das am nächsten stehende Gebäude zu, eine Gartenlaube. Die Tür war verschlossen. Aber die Laube hatte ein Vordach, unter das der Regen nur gelangte, wenn eine besonders starke Böe von Westen blies. Ben und Mara kauerten sich an die Holzwand und packten ein paar ihrer Vorräte aus. Bisher hatten sie sich noch keine Essenspause erlaubt.

„Brot backen können sie, das muss man ihnen lassen." Ben biss von dem Fladen ab, den die Gemeinschaft ihnen mit auf den Weg gegeben hatte.

„Bereust du, dass wir nicht geblieben sind?", fragte Mara.

Ben erinnerte sich, wie sie heute Morgen Abschied genommen hatten. Die meisten Mitglieder der Gemeinschaft hatten gar nicht mitbekommen, dass Ben und Mara sie verließen. Sie waren schon wieder ihren täglichen Aufgaben zugeteilt und arbeiteten auf den Feldern oder in einer der Werkstätten im Obergeschoss des Hauptgebäudes. Die Wachen, die sie unter Dianas Führung den Hügel hinunter geleiteten, würden später den anderen davon erzählen, wie zum ersten Mal zwei Mitglieder die Gemeinschaft freiwillig verlassen hatten. Wie üppig David sie mit Proviant ausgestattet hatte. Und wie wenig Dankbarkeit die Abtrünnigen gezeigt hatten.

Ben hätte nicht sagen können, ob es dieselben Wachen waren, die am Tag ihrer Ankunft mit Diana im Wachtrupp gewesen waren. Außer Rosa hatte er kaum jemanden kennengelernt. Schon jetzt konnte er sich nur noch an wenige Gesichter erinnern. Er dachte an seinen Traum, in dem niemand aus der Gemeinschaft überhaupt ein Gesicht besessen hatte.

„Nein", sagte er.

*

Bis zum späten Nachmittag saßen sie unter dem Vordach der Laube und schauten in den Regen. Ben spürte, wie Maras Kopf auf seine Schulter sank. Dass er selbst eingeschlafen war, wurde ihm erst bewusst, als jemand ihn mit dem Finger antippte. Ben schlug die Augen auf.

Ein stämmiger Mann mit dunklem Bart, ebenso dunklem, vollem Haar und fast schwarzen Augen beugte sich über sie. Ben zuckte zusammen. Von dieser Bewegung wachte Mara auf. Sie sprang sofort auf die Beine.

Der Mann trat einen Schritt zurück und hob beruhigend die Hände. „Keine Angst!"

Hinter ihm stand noch jemand. Der massige Leib des Mannes hatte die andere Person bisher verdeckt. Ben erkannte ein Mädchen. Es war ungefähr so groß wie er selbst. Die dunklen Locken auf seinem Kopf erinnerten an Mara, bevor Diana sie geschoren hatte. Mit großen blauen Augen musterte das Mädchen sie.

„Vom Regen überrascht?", fragte der Mann.

Mara nickte. „Wir gehen gleich weiter."

Das Mädchen trat an die Seite des Mannes und nahm seine Hand. Die beiden waren unzweifelhaft Vater und Tochter. „Ihr seid ganz nass", stellte das Mädchen fest.

„Das ist Melis", sagte der Mann. „Mein Name ist Murat."

Mara nannte ihm ihre Namen. „Wir wollen nach Dortmund."

„Ihr seid fast da", sagte Murat. „Aber erst mal müssen eure Sachen trocknen."

Murat brachte sie in ein Haus, das er mit Melis und seiner Frau Elisa bewohnte. Elisa war groß und blond. Melis hatte die blauen Augen ihrer Mutter.

Elisa gab Ben und Mara frische Kleidung. „Eure nassen Sachen trockne ich am Feuer", sagte sie.

Dann führte Murat sie auf den höchsten Punkt der Anhöhe und drehte sie im Kreis. Ben erkannte, dass sie sich auf einer Insel befanden. Im Süden bildete die Autobahn eine Brücke zum Festland. Im Norden dehnten sich weite Wasserflächen aus. Weitere Inseln, einst höhergelegene Stadtteile, lagen darin. Vorm Horizont erhoben sich die Ruinen einer Großstadt.

„Das ist Dortmund", sagte Murat. „Was wollt ihr da?"

„Ein Schiff finden, das uns wegbringt."

Murat schien darüber nachzudenken, während er zuerst die Geschwister betrachtete und anschließend den Blick wieder der halbversunkenen Stadt zuwandte.

„Mit Noah, nehme ich an?"

„Kennst du ihn?"

Er schüttelte den Kopf. „Hab nur gehört, dass er irgendwo eine Kolonie gegründet hat."

„Wäre das nicht auch was für euch?" Mara sah sich noch einmal um. Die Insel maß im Durchmesser nur wenige Hundert Meter. „Ich hätte hier immer Angst vor der nächsten Überschwemmung."

„Da hast du schon recht", sagte Murat. „Nach der Schneeschmelze reichte das Wasser bis kurz vor unsere Haustür. Aber deshalb lässt man uns auch in Ruhe. Hier will sonst niemand leben."

Er erklärte ihnen, dass sie sich von dem Ertrag der Felder weitgehend selbst versorgen könnten. Hin und wieder fahre er mit dem Boot zu einem Tauschmarkt. Außerdem komme manchmal ein fahrender Händler vorbei. Als er diesen Händler und seinen Hund beschrieb, wurde Ben klar, dass Murat von Jakob sprach.

„Wir kommen hier ganz gut zurecht", sagte Murat. „Außer, dass Melis niemanden zum Spielen hat." Bei der letzten Bemerkung sah er Ben von der Seite an. Dann lud Murat sie zum Essen ein und fragte, ob sie die Nacht bei ihnen verbringen wollten. Um nach Dortmund aufzubrechen, sei der Tag doch schon viel zu weit vorangeschritten.

Ben sah, wie Mara mit einer Antwort zögerte. Dachte sie an Rolands vorgetäuschte Hilfsbereitschaft? Oder an Davids selbstverliebte Großzügigkeit?

„Okay", sagte sie schließlich. Dann schien sie zu bemerken, wie unangemessen diese Antwort war, und verbesserte sich: „Ich meine, ja, danke. Gern!"

*

Elisa machte Pfannkuchen. Dazu gab es Apfelmus. Ben konnte sich nicht erinnern, schon einmal so gut gegessen zu haben. Elisa freute sich über seinen Appetit und nötigte ihn, so viel zu essen, dass er Bauchschmerzen bekam.

Nach der Mahlzeit führte Melis die Geschwister in einen Stall mit angrenzender Weide. Hier hielt die Familie ein paar Hühner und eine Ziege. Auch einen Hund gab es, groß wie Lazarus, aber weiß wie Schnee. Schwanzwedelnd beschnüffelte er die Neuankömmlinge.

„Als Wachhund bist du eine Katastrophe, Daphne", sagte Melis mit einer Mischung aus Verzweiflung und Spott. „Sie freut sich einfach über jeden Fremden!"

Aber genauso neugierig wie ihre Hündin verhielt sich Melis selbst. Sie konnte gar nicht aufhören, Ben und Mara nach ihrer Reise auszufragen. Ben musste sich zusammenreißen, nicht zu dick aufzutragen. Als er von dem Brand im Treibstofflager erzählen wollte, bremste Mara ihn.

Ben genoss Melis' Aufmerksamkeit. Sie war in den letzten Jahren kaum von dieser Insel heruntergekommen. Für sie waren Ben und Mara Weltreisende. Später bestand Melis darauf, dass die beiden ihre Nachtlager in ihrem Zimmer aufschlugen.

Während er dem ruhigen Atmen der beiden schlafenden Mädchen zuhörte, fragte Ben sich, kurz bevor ihm selbst die Augen zufielen, ob sie nicht einfach hierbleiben konnten?

Murat hatte ihn fast so angesehen, als würde auch er sich das für Melis wünschen.

Aber Ben hatte auch Maras Blick bemerkt, als sie auf das nahe Dortmund hinuntergeschaut hatte. Sie waren beinahe am Ziel. Von Noah hatte ihnen Sophie kurz vor ihrem Tod erzählt. Nicht von einer einsamen Insel, die bei der nächsten Überschwemmung untergehen konnte.

‖ 27 ‖

Nach dem Frühstück bot Murat ihnen an, sie zum Dortmunder Hafen zu bringen. Ohne Boot kämen sie nicht dorthin. Außerdem sollten sie in dieser Stadt nicht allein unterwegs sein. Er selbst sei mehr als einmal bestohlen und bedroht worden, wenn er zu einem Tauschmarkt gefahren sei. Es liege wahrscheinlich am großen Hafen der Stadt, vermutete Murat. In großen Häfen habe es schon immer viel Elend und Verbrechen gegeben. Als würden die Schiffe, die dort anlegten, neben den Waren, die sie brachten, immer auch einen Haufen Müll abladen. Und während die Waren weiterversandt würden, bliebe der Abfall liegen.

„Murat", ermahnte Elisa ihren Mann. „Du sprichst über Menschen!"

Er sah sie entschuldigend an. „Jedenfalls sehen wir dann erst mal, ob Noahs Schiff überhaupt in Dortmund vor Anker liegt."

„Und wenn nicht, kommt ihr wieder zu uns!", sagte Elisa, als gäbe es darüber nichts zu diskutieren.

„Müsst ihr denn überhaupt gehen?", schaltete sich Melis ins Gespräch ein. Seitdem ihr Vater angeboten hatte, die Geschwister mit dem Boot zum Hafen zu bringen, hatte sie nur traurig geschwiegen.

„Wir wollten immer zu diesem Noah", erklärte Mara.

„Soll gar nicht so leicht sein, einen Platz auf seinem Schiff zu bekommen", sagte Elisa.

„Wen nimmt er denn nicht mit?", fragte Mara.

„Alte Leute wie mich", antwortete Murat lachend.

Ben fragte sich, ob die Familie doch schon einmal versucht hatte, auf Noahs Schiff zu kommen. Und ob sie abgewiesen worden waren. Dann hätte Murat sie gestern angelogen.

„Wir könnten leicht noch zwei weitere Kinder ernähren", sagte Elisa mit einem Seitenblick auf ihren Mann.

Der nickte. „Kein Problem."

Ben glaubte zu verstehen. Es ging ihnen um Melis. Murat hatte es schon gestern angedeutet. Und Ben mochte das Mädchen und seine Eltern wirklich gern. Noch wichtiger: Er vertraute ihnen. Aber Mara und er konnten doch nicht Melis zuliebe hier auf dieser winzigen Insel bleiben.

„Das ist ... sehr großzügig ... danke", sagte Ben. Er stotterte ein wenig, weil er sich nicht traute, das Wesentliche zu sagen.

Mara nahm ihm das ab. „Aber wir möchten doch lieber weiter", sagte sie.

*

Während Murat das Segelboot durch ein Netz von Wasserstraßen lenkte, versuchte Ben sich vorzustellen, wie es hier vor der Flut ausgesehen hatte.

Zunächst waren nur wenige Häuser zu sehen. Entweder waren hier früher Felder gewesen, oder die meisten Gebäude waren vollständig vom Wasser verschluckt worden. Ben glaubte eher an die erste Möglichkeit. Bis er einen Kirchturm aus dem Wasser ragen sah, das einzige noch sichtbare Gebäude eines ganzen Stadtteils.

Dann aber wurde das Wasser so flach, dass Murat achtgeben musste, nicht auf Grund zu laufen. Sie segelten zwischen gleichförmigen Betonbauten hindurch, Bürogebäuden und Gewerbehallen. Einige der über breite Treppen erreichbaren Eingangsbereiche lagen über dem Wasserspiegel.

Auf diesen Plateaus hielten sich Menschen auf. Manche kamen ans Ufer des schmalen Kanals, um Murat und den Geschwistern Tauschwaren anzubieten. Nachdem er ein paar Tage in der Gemeinschaft gelebt hatte, fiel Ben nun auf, wie schmutzig und krank diese Leute aussahen. Unwillkürlich strich er sich über die stoppelige Schädeldecke.

Wenigstens dafür, dass sie ihn von den Läusen befreit hatte, war er der Gemeinschaft dankbar.

Im nächsten Moment sah er, wie am Ufer eine Frau ihre Brust entblößte und Murat mit offenem Mund anlächelte. Im Unterkiefer fehlten ihr mehrere Zähne. Murat schaute an ihr vorbei, und die Frau schloss ihre Bluse wieder. Erst als sie schon fast vorüber waren, bemerkte Ben zwei Kinder, jünger als er selbst, die neben der Frau auf dem Boden hockten. Vor sich hatten sie Schrauben und andere Metallteile ausgebreitet.

Je weiter sie nach Norden segelten, desto näher rückten die Gebäude und desto stärker stank es nach Schimmel, Fäulnis und Ausscheidungen. Einmal gelang es Murat nur knapp, einem rostigen, verbeulten Fass auszuweichen, das direkt vor ihnen ins Wasser fiel. Hatte jemand aus einer der oberen Etagen nur seinen Abfall entsorgt? Oder wollte man sie zum Kentern bringen, um sich das Boot anzueignen? Sie wurden angebettelt. Weitere Frauen boten sich Murat an. Zwei Männer schlugen aufeinander ein, während andere sie anfeuerten.

„Jedes Mal, wenn ich hier war, denke ich, es könnte nicht schlimmer werden", sagte Murat. „Und dann komme ich wieder ..." Er beendete den Satz nicht.

„Gibt es hier keine Bürgerwehr?", fragte Mara.

„Nicht mehr", sagte Murat. „Nur die Hafenwache. Die sorgt am Hafen für ein wenig ... na ja, ich will es nicht Ordnung nennen ... sagen wir, sie sorgt für Ruhe. Sonst würde ich euch hier gar nicht vom Boot lassen."

„Wo genau bringst du uns eigentlich hin?", fragte Ben.

„Zum Hafenmeister. Der einzigen Person, die noch so etwas wie ein Amt besitzt. Mit seinen Leuten kontrolliert er den Schiffshandel. Und es heißt, er verdient an jedem Geschäft mit."

„Das nennst du ein Amt?", fragte Mara.

Murat lachte bitter. „Du hast recht. Eigentlich ist der Hafenmeister so was wie ein Bandenchef."

„Und da bringst du uns hin?"

„Dank seiner Leute muss ich nicht befürchten, dass ihr ausgeraubt werdet, sobald ich euch allein lasse."

Ben verstand. „Der Hafenmeister regiert sein eigenes kleines Königreich."

„Und darin herrscht Ruhe", ergänzte Mara, „weil die Palastwachen durchgreifen."

„So ungefähr", sagte Murat. „Aber das Wichtigste für euch: Der Hafenmeister ist der Einzige, der euch zu Noah bringen kann."

*

Immer häufiger begegneten sie anderen Booten. Es schien viele Händler wie Jakob zu geben, die von den bewirtschafteten Feldern im Süden in die überschwemmten Städte fuhren, um Waren zu tauschen. Die meisten waren zu zweit oder dritt und trugen gut sichtbare Waffen – vor allem Messer und Lanzen, aber auch eine Mistgabel und einen spitzen Zimmermannshammer sah Ben. Sie sollten wohl abschreckend wirken. Ben bewunderte Jakob dafür, dass er nur in Begleitung von Lazarus unterwegs war.

Murat hatte Bens Blicke auf die bewaffneten Händler bemerkt. „Im Hafen müssen alle ihre Waffen an die Wache abgeben", sagte er.

Nachdem sie eine Eisenbahnbrücke unterquert hatten, wurden sie gestoppt. Ein mit drei Männern besetztes Motorboot stellte sich ihnen in den Weg. Sofort fielen Ben die weißen Halstücher der Männer auf. Alle drei trugen sie in der gleichen Art gebunden, den Zipfel zur rechten Seite versetzt. Ihr Haar war kurz geschnitten, die Gesichter hatten sie sich vor nicht allzu langer Zeit rasiert.

„Wohin?", fragte einer der Männer, als die Boote nur noch eine Armlänge voneinander entfernt waren. Am Gürtel trug er einen Schlagstock.

Murat fragte, ob Noahs Schiff im Hafen liege.

Der Mann warf einen Blick auf Ben und Mara. „Deine Kinder?", fragte er.

Murat schüttelte den Kopf. „Ich helfe ihnen nur."

Der Mann verzog das Gesicht, und Ben hatte keine Ahnung, wie er diesen Blick deuten sollte.

„Es wollen so viele auf das Schiff", sagte der Mann. „Wer sich überhaupt bei Noah vorstellen darf, das entscheidet Nathan."

„Nathan?", fragte Ben.

„Der Hafenmeister", erklärte Murat. Dann wandte er sich wieder an die Männer von der Hafenwache. „Bringt ihr uns zu ihm?"

„Warum sollten wir?" Der Mann verschränkte die Arme.

Ben fürchtete schon, sie wären am Ende ihrer Reise. Kurz vorm Ziel versperrte man ihnen die Tür. Als er aber sah, wie Murat etwas aus einer Tasche zog und es den Männern hinüberreichte, begriff er, dass dies der übliche Ablauf solcher Gespräche war.

„Eier", sagte Murat, „von meinen eigenen Hühnern. Und Brot. Hat meine Frau gebacken. Ganz frisch."

Einer der Männer roch an dem Brot. Dann biss er ein Stück ab und kaute mit offenem Mund. „Ist das alles?"

Murat griff noch einmal in seine Tasche. „Das sind warme Socken", sagte er. „Für jeden ein Paar."

Die Socken wechselten den Besitzer, und fast hätte Ben laut gelacht. Am Ende sollten selbstgestrickte Socken darüber entscheiden, ob sie auf Noahs Schiff durften oder nicht?

Die Männer prüften die Socken so gründlich, als müssten sie dafür Noten vergeben. Endlich sah der Sprecher der Gruppe Ben und Mara an und sagte: „Klettert rüber!"

Mara ging zuerst. Als Ben von Murats Boot in das der Männer stieg, sah er kurz nach unten. Zwischen den beiden Bootsrümpfen starrte aus dem Wasser jemand zu ihm herauf. Ben erschrak und geriet ins Taumeln. Das Gesicht erinnerte ihn an Nikolai, die Wangen so schmal, die Augenhöhlen so tief. Dann erst erkannte er sein eigenes Spiegelbild. Eine Hand griff nach ihm und zog ihn ins Boot.

„Und was ist mit mir?", fragte Murat. „Kann ich sie bis zu Nathan begleiten?"

„Sind doch nicht deine Kinder", sagte der Anführer der Hafenwache. „Fahr zurück zu deinen Hühnern und deiner Frau!"

Ben drehte sich zu Murat um. Der schien kurz zu überlegen, ob er die Anweisung des Mannes befolgen sollte. Ein paar Sekunden lang sahen sie einander wortlos an.

„Danke!", sagte Mara. „Ohne euch hätten wir's am Ende vielleicht nicht mehr geschafft."

„Sag das auch Elisa", sagte Ben. „Und Melis."

Murat nickte. „Viel Glück!" Dann nahm er das Ruder, um sein Boot zu wenden.

‖ 28 ‖

Die Hafenwache durchsuchte sie nach Waffen. Einer der Männer betastete Mara ein wenig zu lange. Aber sie ließ es geschehen. Kein falsches Wort sollte sie jetzt noch aufhalten.

Als sie noch einmal in die Richtung sah, aus der sie gekommen waren, verschwand Murats Boot hinter einem Brückenpfeiler. Er hatte sich nicht mehr zu ihnen umgedreht.

Die Männer ließen den Motor an, und Mara dachte darüber nach, was Murat über den Hafenmeister erzählt hatte. Seine Geschäfte schienen gut zu laufen. Offenbar machten seine Leute sich nicht viele Gedanken um den Treibstoffverbrauch. Das Knattern des Motors machte ein Gespräch unmöglich. Aber Mara wollte jetzt gar nicht reden. Ihr blieb noch genug Zeit, um Fragen zu stellen. Sie genoss die schnelle Fahrt.

Auch Ben schien Spaß daran zu haben, wie der Fahrtwind seine Kleidung zum Zittern brachte. Er lächelte sie an. Ihn so zu sehen, vertrieb Maras letzte Zweifel. Es war richtig gewesen, die Gemeinschaft zu verlassen. So, wie es auch richtig war, jetzt den letzten Schritt zu gehen.

Zunächst sah es hier genauso aus wie in den anderen Städten, durch die ihre Reise sie geführt hatte. In einem Gewerbegebiet ragten lediglich die oberen Stockwerke der Gebäude aus dem Wasser. An manchen waren Boote festgemacht. Daneben, auf den Dächern, rasteten Leute.

Sie begegneten immer häufiger anderen Booten. Jedes zweite gehörte zur Hafenwache. Wenn die Männer – Frauen schienen nicht bei der Wache zu arbeiten – von einem Boot zum anderen grüßten, führten sie die linke Hand quer über die Brust zum Zipfel des weißen Halstuchs. Mara erinnerte sich an die komplizierten geheimen Gesten, die in der Gemeinschaft der Kinder üblich waren. Der Gruß der Hafenwache hingegen war weder kompliziert noch geheim.

Und wie der Unterarm dabei übers Herz gelegt wurde, erschien Mara erhaben.

Als ihr Boot eine große Brücke unterquert hatte, öffnete sich vor ihnen eines der Hafenbecken. Container reihten sich am Ufer. Sie sahen genauso rostig und seit langem unbenutzt aus wie die Container im Duisburger und im Essener Hafen. Doch Mara sah, wie einer der Container von einem Kran angehoben und auf einem Frachtschiff abgesetzt wurde. Neben diesem Schiff hatte ein Dampfer mit Kabinen festgemacht.

Sie erinnerte sich, als kleines Kind einmal eine Rundfahrt durch den Duisburger Hafen gemacht zu haben. Bilder tauchten vor ihrem inneren Auge auf, die sie seit Jahren nicht mehr gesehen hatte. Nur manchmal, nach dem Aufwachen, mit einem beklemmenden Gefühl im Magen, glaubte sie, von ihren Eltern geträumt zu haben. In wachem Zustand erlaubte sie sich meistens nicht, an die beiden zu denken. Aber jetzt, beim Anblick des Kabinendampfers, erinnerte Mara sich plötzlich an Details jenes fernen Nachmittags.

Sie spürte das kalte Metall der Reling, an der sie sich damals festgehalten hatte. Sie schmeckte das Himbeereis, das sie in der anderen Hand gehalten hatte. Das Eis war auf ihr T-Shirt getropft. Es war das gelbe Minnie-Maus-T-Shirt, und Minnie hatte jetzt einen Himbeermund. Mara sah, wie ihre Mutter sich herunterbeugte, um den Fleck mit einem Taschentuch wegzuwischen. Hinter ihr stand Maras Vater und beschirmte mit einer Hand seine Augen gegen die Sonne. Auf dem anderen Arm trug er Ben, noch ein Baby mit Speckfalten an Handgelenken und Hals. Die beiden sahen übers Wasser, und ihr Vater schien etwas zu erklären. Aber an seine Worte erinnerte sich Mara nicht mehr. Und im nächsten Moment rutschte die Erinnerung wieder hinab in den dunklen Bereich von Maras Bewusstsein, aus dem sie gekommen war.

Sie atmete ein und wieder aus. Dann konzentrierte sie sich auf das Gebäude, auf das ihr Boot zusteuerte. Wegen des Turms hätte man es fast für eine Kirche halten können. Aber anstelle eines Kreuzes krönte eine Kugel aus Metallgitter das rote Backsteingebäude. Die Zeiger der Turmuhr standen genau auf zwölf Uhr. Seit Jahren hatte Mara nicht erlebt, das jemand für die korrekte Zeitanzeige einer Uhr sorgte. Vielleicht war es ja nur Zufall, und die Uhr zeigte schon lange die Mittagsstunde an. Aber tatsächlich stand die Sonne an ihrem höchsten Punkt. Dass hier möglicherweise noch jemand den Lauf der Zeit überwachte, erfüllte Mara mit einer unbestimmten Hoffnung. Vielleicht war das Reich von Nathan, dem Hafenmeister, eine Insel der Ordnung inmitten des allgegenwärtigen Chaos.

„Aussteigen!", kommandierte einer der Männer.

Sie hatten das Boot neben einer Treppe festgemacht, die an der Mauer hinab ins Hafenbecken führte. Die Straßen lagen hier so hoch, dass sie trocken waren. Auch das rote Backsteingebäude mit dem Turm stand oberhalb des Wasserspiegels. Einer der Männer führte Mara und Ben dorthin. Die anderen beiden blieben beim Boot.

„Ihr werdet eine Weile warten müssen", sagte der Mann, als er ihnen die Tür aufhielt. „Nathan hat viel zu tun. Kurz vor der Abfahrt häufen sich immer die Anfragen."

Das konnte doch nur bedeuten, dass Noah schon bald wieder ablegen wollte. Mara spürte, wie sich die Härchen auf ihren Unterarmen aufstellten. Sie wollte Ben zuzwinkern, aber der war von irgendetwas auf dem Fußboden gefesselt. Sie folgte seinem Blick. Vor ihren Füßen erkannte Mara in dem Mosaikfußboden das Bild eines Schiffes. Es besaß einen bauchigen Rumpf und hatte die Segel gesetzt. Auf dem größten Segel war ein Adler abgebildet. Das konnte nur ein gutes Vorzeichen für den letzten Teil ihrer Reise bedeuten.

Der Mann führte sie eine Treppe hinauf. Vor einer Tür war ein Wachmann postiert. Gegenüber standen eine Frau und ein Junge. Leise wechselten die Männer ein paar Worte. Dann wies derjenige, der sie hierher gebracht hatte, sie an, neben der Frau und dem Jungen zu warten.

„Danke!", sagte Mara und sah dem Mann lächelnd ins Gesicht.

Der schien zu überlegen, ob er noch etwas sagen sollte. Dann wich er Maras Blick aus und ging wortlos zur Treppe.

Mara bemerkte, wie die Frau sie musterte. Sie nickte ihr freundlich zu, aber die Frau sah schnell zur Seite. Sie trug frisch gewaschene Kleidung und hatte ihr braunes Haar zu einem langen Zopf geflochten. Auch die Kleidung des Jungen an ihrer Seite war sauber, sein Haar ordentlich gescheitelt. Aber seine Haltung war schlecht. Er ließ die Schultern hängen, sein gesamter Oberkörper schien sich ein wenig nach vorn zu beugen. Außerdem lief ihm die Nase, und unter seinen Augen lagen Schatten. Er wirkte erschöpft und schwankte leicht. Aber jedes Mal, wenn er sich gegen die Wand lehnte, zog die Frau ihn wieder davon weg und warf einen Blick auf den Wachmann. Sollte man schon bei der Wache einen guten Eindruck machen?

„Wie lange warten Sie denn schon?", fragte Mara.

Die Frau schien einen Moment zu überlegen, ob sie antworten sollte. Dann sagte sie, ohne Mara dabei anzusehen: „Seit heute Morgen."

Mara fragte sich, ob die beiden vielleicht keinen Proviant dabeihatten. Die Frau trug einen zugeschnürten Beutel über der Schulter. Der Junge war ohne Gepäck.

„Möchten Sie Wasser trinken?", fragte Mara.

Die Frau schüttelte den Kopf. „Wir haben alles. Und sind bestimmt gleich dran."

Die will sich nicht helfen lassen, dachte Mara. Und auch keine Unterhaltung führen.

Aber eine Sache musste die Frau offenbar noch loswerden. „Noah nimmt ja fast nur noch Kinder mit", sagte sie unvermittelt. Dabei sah sie Mara weiterhin nicht an. Ihr Blick war auf die Tür hinter dem Wachmann gerichtet. „Aber wenigstens meinem Jungen soll's besser gehen. Vielleicht kann ich ja ... irgendwann nachkommen."

Mara dachte daran, was Murat gesagt hatte: Noah nähme keine alten Leute mit. Aber diese Frau sah aus, als sei sie kaum dreißig.

In diesem Moment strich die Frau sich mit beiden Händen ein paar lose Haarsträhnen aus dem Gesicht. Dabei rutschten die Ärmel ihres Oberteils hoch. Die Unterarme der Frau waren von einem entzündeten Ausschlag übersät. Auch in ihrem Halsausschnitt bemerkte Mara jetzt einen Ansatz des Ausschlags. Sie musste daran denken, wie sie in der Gemeinschaft der Kinder zuerst entlaust worden waren. Wenn Noah irgendwo eine Kolonie gegründet hatte, so wollte er sicher verhindern, dass Krankheiten dort eingeschleppt wurden.

Da wurde die Tür geöffnet. Ein weiterer Mann mit weißem Halstuch trat in den Flur. Er besaß wache grüne Augen, die Mara sofort auffielen, und hellblondes Haar, das sich im Nacken kräuselte.

Er wollte sich schon an die Frau und den Jungen wenden, als sein Blick auf Mara und Ben fiel. „Noch zwei Bewerber?", fragte er seinen Kollegen.

Der nickte, beugte sich ein wenig zu dem anderen herüber und sagte etwas so leise, dass Mara es nicht verstehen konnte.

Der Blonde bat die Frau und den Jungen hereinzukommen. Im Vorbeigehen betrachtete er die beiden von oben bis unten. Bevor er die Tür wieder schloss, wandte er sich noch einmal um und sah Mara an. „Dauert bestimmt nicht lange", sagte er.

Ben sah verdutzt zu seiner Schwester herüber. „Und warum mussten die beiden dann den ganzen Vormittag warten?"

Mara konnte ein selbstsicheres Lächeln nicht unterdrücken. „Wahrscheinlich hat der Mann gleich gesehen, das wir die größeren Chancen haben", sagte sie.

„Und wenn wir doch abgewiesen werden?", fragte Ben.

Wie konnte er jetzt damit anfangen? Mara hatte sich lange nicht mehr so gut gefühlt. Es bestand doch wohl kein Zweifel daran, dass die Geschwister viel eher in Noahs Kolonie gehörten als dieser schlaffe Junge und seine von Ausschlag entstellte Mutter.

Kaum hatte Mara das gedacht, spürte sie ihr schlechtes Gewissen. Nein, in Wahrheit hatte niemand es mehr verdient als jemand anders, all das hier hinter sich zu lassen.

„Du hast gehört, was Murat und Elisa uns angeboten haben", sagte sie.

„Ich glaube ...", Ben zögerte kurz, als schämte er sich, das zu sagen. „Ich glaube ... mir würde es bei ihnen ziemlich gut gefallen."

Was sollte das jetzt? Wollte Ben etwa gar nicht mehr aufs Schiff? „Aber du machst jetzt keinen Rückzieher, oder?"

„Ich ... nein, es war nur wegen ... ach, vergiss es!"

„Du wirst sehen", sagte Mara, „schon morgen sind wir hier weg."

Ben starrte auf die Tür, hinter der die anderen eben verschwunden waren. „Hast bestimmt recht."

*

Es dauerte nicht lange, bis die Tür wieder geöffnet wurde. Der Wachmann schob den Jungen in den Flur. Die Mutter folgte ihm mit Tränen in den Augen. Im Vorbeigehen warf sie Mara einen giftigen Blick zu.

„Kommt bitte rein!", forderte der Wachmann sie auf.

Mara sah ihm in die grünen Augen, und er lächelte.

Drinnen empfing sie ein rothaariger, leicht untersetzter Mann. Er trug eine Art Uniformjacke, zu bunt jedoch, um als echte Uniform durchzugehen. Auf den zweiten Blick sah Mara graue Strähnen, die das Haar und den Vollbart des Mannes durchzogen. Unter den Augen war seine Haut faltig, aber Mara glaubte zu erkennen, dass diese Falten nicht allein vom Alter, sondern ebenso vom Lachen herrührten. Grinsend streckte er ihnen die Hand entgegen.

„Wo wart ihr denn beim Frisör?", fragte er.

Mara war zu überrumpelt von dieser Begrüßung, um zu antworten.

„L-läuse", stotterte Ben.

„Schon klar", sagte der Mann und schüttelte ihnen die Hände.

Mara registrierte seinen festen Händedruck.

„Ich bin Nathan." Er deutete eine Verbeugung an.

Mara bemerkte eine kahle Stelle auf seinem Schädel. Der soll hier über alles bestimmen?, schoss es ihr durch den Kopf.

Aber es schien viel Energie in diesem ein wenig klein geratenen Mann zu stecken.

Im nächsten Moment stand er am Fenster und deutete hinaus. „Da draußen könnt ihr sehen, wie Noahs Schiff die letzte Ladung aufnimmt", sagte er. „Ihr kommt wirklich keinen Augenblick zu früh." Diese Feststellung brachte Nathan zum Lachen.

Auf einem Schreibtisch entdeckte Mara Gläser und eine halbleere Karaffe. War der Mann betrunken?

„Macht doch mal den Mund auf", sagte er und bewegte sich so schnell vom Fenster weg, als würde er dabei kaum den Boden berühren. Mit erhobenem Kinn sah er in ihre Gesichter.

Mara vermutete, dass sie genauso verwirrt dreinschaute wie Ben.

„Mund auf!", wiederholte Nathan. „Ich will eure Zähne sehen."

Gehorsam öffnete Mara den Mund.

Nathan zauberte eine Taschenlampe aus einer der zahlreichen Taschen seiner Uniformjacke und leuchtete beiden in den Mund.

Mara erinnerte sich an die Batterien, die sie der Gemeinschaft geschenkt hatten. Was für Geschenke konnten sie dem Hafenmeister und Noah machen? Murat hatte schließlich auch die Wache bestechen müssen.

„Gar nicht so übel", befand Nathan und ließ die Taschenlampe wieder verschwinden. „Manchmal glaube ich, diese strenge Diät tut wenigstens den Zähnen gut!" Das brachte ihn wieder zum Lachen. Es schüttelte ihn regelrecht, bis das Lachen in Husten überging. Um den Hustenreiz zu beruhigen, trank er eines der Gläser halbleer.

Mara überlegte kurz, ob sie mitlachen sollte. Vielleicht wäre das die Fahrkarte für die Schiffspassage?

„Zieht mal eben die Sachen aus", sagte Nathan, als er wieder durchatmen konnte.

Mara und Ben sahen sich an.

„Noah kann keine Aussätzigen gebrauchen", erklärte Nathan. „Entschuldigt meine Wortwahl, aber die Frau eben ..." Er schüttelte den Kopf.

Mara zog ihr Oberteil über den Kopf und die Hose herunter. Ben tat es ihr gleich. Nathan lief mit prüfendem Blick um die beiden herum.

„Mit euren Glatzköpfen seht ihr ein bisschen wie Ameisen aus", sagte er und kicherte. „Aber gesund scheint ihr zu sein. Könnt euch wieder anziehen."

Während sie in ihre Kleider schlüpften, setzte Nathan sich hinter seinen Schreibtisch. Durch das Fenster hinter ihm sah Mara, wie der Kran, den sie vorhin schon beobachtet hatte, einen weiteren Container auf das Frachtschiff lud.

„Ihr habt Glück", sagte Nathan. „Noah braucht junge und kräftige Leute wie euch."

„In dieser Kolonie ...", sagte Mara, nachdem sie die ganze Zeit geschwiegen hatte. „Was kommt da eigentlich auf uns zu?"

Nathan lehnte sich zurück und breitete die Hände aus. „Ihr werdet Möglichkeiten finden, euch selbst zu verwirklichen. Noah fängt ganz von vorne an. Für jeden gibt es eine passende Beschäftigung."

„Und was verlangt er dafür?"

„Noah gehört nicht zu denen, die für alles, was sie geben, etwas verlangen", sagte Nathan. „Irgendwann wird eure Beschäftigung Erträge abwerfen. Und dann entscheidet ihr, wie viel davon ihr erübrigen könnt. Von diesen freiwilligen Spenden lebt Noah. Und mich lässt er daran teilhaben."

„Und das funktioniert?" Mara hätte sich auf die Zunge beißen können, aber jetzt war es schon gesagt.

„Ich kann deine Zweifel verstehen." Unvermutet wurde Nathans Gesicht ernst, beinahe traurig. „Aber ja, dieses System funktioniert schon seit einigen Jahren. Und das beweist, dass nicht jeder dem rücksichtslosen Egoismus verfallen ist, der uns in diese Katastrophe geführt hat."

So schnell wie es verschwunden war, erschien nun wieder das Grinsen auf seinem Gesicht. „Freut ihr euch denn gar nicht? Oder habt ihr's noch nicht kapiert? Morgen geht die Reise los – und ihr dürft mit!"

Jetzt schaltete sich auch der Wachmann ein. „Ihr könnt ruhig ein bisschen stolz sein, zu den Auserwählten zu gehören", sagte er.

„Klar ... wir freuen uns", stammelte Mara. „Danke."

„Ja, danke", sagte Ben. Auch er wirkte überrumpelt. Am Ende war es so leicht gewesen.

„Benedikt bringt euch gleich zum Schiff", sagte Nathan.

„Benedikt?", fragte Mara.

Nathan zeigte auf den Wachmann.

„Mein Bruder heißt Ben", sagte Mara und nannte auch ihren eigenen Namen.

„Wenn das kein gutes Omen ist!" Nathan reichte den beiden je ein Glas und erhob sein eigenes. „Willkommen an Bord! Auch, wenn ich nicht mitfahre!" Die letzte Bemerkung war für Nathan schon wieder ein Grund zum Lachen.

Mara betrachtete das bernsteingelbe Getränk. „Was ist das?"

Nathan rieb sich eine Träne aus dem Augenwinkel. „Apfelsaft."

Sie stießen an. Der Saft schmeckte köstlich.

*

Benedikt führte sie zurück zum Hafen und wies auf den Dampfer. „Früher wurden damit Flusskreuzfahrten unternommen", erklärte er. „Ihr bekommt eine richtig schöne Kabine."

Mara lächelte ihn an. Die ganze Zeit musste sie in seine grünen Augen schauen.

„Ziemlich viele Waffen!" Ben zeigte auf die Hafenwache, die an Bord patrouillierte.

„Wegen der Flusspiraten. Ihr sollt doch sicher ankommen", sagte Benedikt und führte sie über einen Steg zum Schiff. Am Ende des Stegs erklärte er seinen Kollegen, er bringe zwei weitere Passagiere, wahrscheinlich die letzten.

Fast hätte Mara gefragt, ob Benedikt auch mitfahre. Aber dann traute sie sich doch nicht. Ihr war ein wenig schwindlig, und sie fragte sich, ob das an dem schwankenden Steg lag oder an Benedikt.

„Und wann lernen wir Noah kennen?", fragte Ben, als Benedikt sie unter Deck in einen niedrigen, mit Teppichboden ausgelegten Gang führte.

Der zuckte mit den Schultern. „Ich schätze, er wird euch vor der Abfahrt begrüßen. Hier ist eure Kabine." Er stieß eine schmale Tür auf.

Ben machte einen Schritt hinein, warf einen Blick ringsherum und wandte sich wieder Benedikt und Mara zu. „Und wo sind die anderen?"

„Die ruhen sich in ihren Kabinen aus. Solltet ihr auch tun."

„Ist doch noch früh", sagte Ben. „Ich würd mir gern das Schiff ansehen."

„Dafür ist noch viel Zeit. Im Moment würdet ihr nur bei den Vorbereitungen stören."

„Ich würde mich wirklich gern ein bisschen ausruhen", sagte Mara. „Die Betten sehen ja traumhaft aus!"

„Genießt den Komfort!", sagte Benedikt und schob Mara sanft durch die Türöffnung. Es kribbelte dort, wo seine Hand sie berührte. Und dann konnte sie sich nicht länger zurückhalten. Sie ließ sich in eines der beiden Federbetten fallen. Plötzlich war sie so müde.

„Gute Reise!", hörte sie Benedikt sagen. Dann das Geräusch der schließenden Tür.

Sollte das der Abschied sein? Mara wollte Benedikt wenigstens noch einmal danken. Sie stand auf. Das Schiff schwankte ziemlich. Mara sah, wie Ben das Gleichgewicht verlor und auf sein Bett fiel. Wie sollte das erst werden, wenn sie losgefahren waren? Hoffentlich wurden sie nicht seekrank.

Sie machte einen unsicheren Schritt auf die Tür zu. Beim ersten Versuch griff sie neben den Türknauf. Beim zweiten erwischte sie ihn.

Aber die Tür war verriegelt.

‖ 29 ‖

Die Bewegungen des Schiffes weckten Ben. Er schlug die Augen auf. Und trotzdem konnte er kaum etwas erkennen. Hinter dem Bullauge war es schwarz. Nur unter dem Türspalt schimmerte ein wenig Licht hindurch. Davor lag etwas auf dem Boden.

Ben rieb sich die Augen. Er hatte Kopfschmerzen. Das Federbett unter ihm war angenehm weich. Die Augen fielen ihm wieder zu. Am liebsten hätte er einfach weitergeschlafen. Aber warum lag er hier überhaupt? Er konnte sich nicht daran erinnern, sich ins Bett gelegt zu haben. Wollte er nicht das Schiff besichtigen? Benedikt hatte etwas dagegen gehabt. Das war das Letzte, woran Ben sich erinnerte. Und dass es heller Tag gewesen war.

Er zwang sich, die Augen wieder zu öffnen. Wann hatte er zuletzt so lange geschlafen? Und was war mit Mara? Wieder fiel sein Blick auf das Etwas, das dort im schwachen Licht vor der Türschwelle lag. Ruckartig richtete er sich auf.

„Mara!"

Er sprang aus dem Bett und bemerkte eine Vibration unter seinen Füßen. Jetzt hörte er auch das stete Brummen. Der Schiffsmotor.

Ben reckte sich zum Bullauge hinauf. Sternenlicht spiegelte sich auf den Wellen. Am Ufer glaubte er Bäume zu erkennen. Sie schienen sich in einer langen Reihe an ihnen vorbeizubewegen.

Ben drehte sich um und stolperte in Richtung Tür. Er fühlte sich unsicher auf den Beinen.

„Mara!", wiederholte er und rüttelte seine am Boden liegende Schwester an der Schulter. „Wach auf!"

Sie seufzte.

Ben stand auf, stieg vorsichtig über Mara hinweg und tastete die Wand neben dem Türrahmen ab. Auf der rechten

Seite fand er einen Schalter. Er drückte ihn, und viel zu grelles Licht erhellte die Kabine.

Warum lag Mara auf dem Boden? Speichel war ihr aus dem Mund geflossen und auf der Wange getrocknet. Ben kniete sich wieder neben sie und strich über ihre stoppelige Kopfhaut.

„Mara, bitte …!"

Sie zog die Stirn kraus und blinzelte. Endlich schlug sie die Augen auf. Sie schien einen Moment zu brauchen, um sich zu orientieren. Dann weitete sich ihr Blick, und sie richtete sich auf. „Die Tür …", sagte sie.

Ben sah zur Tür und dann wieder zu seiner Schwester.

Mara stand auf, schwankte ein wenig und griff nach der Türklinke. „Sie haben uns eingesperrt!"

Bens Magen zog sich zusammen. „Und das Schiff hat schon abgelegt", sagte er.

Mara erstarrte für einen Moment. Dann ging sie zum Bullauge, beschirmte mit beiden Händen die Augen gegen das grelle Deckenlicht und versuchte, draußen etwas zu erkennen.

„Sieht so aus, als wären wir auf einem Kanal."

„Was soll das?", fragte Ben.

Mara drehte sich zu ihm um und setzte sich auf das Bett, in dem Ben geschlafen hatte. Ihre Bewegungen wirkten fahrig, ihre Hände zitterten. Sie starrte eine Weile auf den Teppichboden der Kabine und rieb sich die Schläfen. „Der Apfelsaft …", sagte sie. „Ich glaub, Nathan hat uns irgendwas gegeben. Irgendwas … damit wir einschlafen."

Mara stand auf, ging zur Tür und begann, mit den Fäusten dagegenzuhämmern.

Ben sah zum Bullauge hinüber. Selbst wenn es ihnen gelänge, das Glas einzuschlagen, wäre die Öffnung zu klein, um sich hindurchzuzwängen. Wahrscheinlich würden sie sich an dem zersplitterten Glas noch verletzen.

Mara trat und hämmerte jetzt mit aller Kraft gegen die Tür. „Macht auf!", schrie sie. „Macht, verdammt noch mal, diese beschissene Tür auf!"

Plötzlich wurde sie zurückgeschleudert. Jemand hatte die Tür mit aller Kraft nach innen gestoßen. Mara stolperte und landete vor Bens Füßen auf dem Hintern. Im Türrahmen stand Benedikt.

„Hört auf, solchen Lärm zu machen!"

„Warum hast du uns eingeschlossen?", fragte Mara.

Ein mitleidiges Lächeln erschien auf Benedikts Gesicht. „Damit ihr es euch nicht noch einmal anders überlegt."

Ben wurde kalt.

„Noah will uns überhaupt nicht kennenlernen, oder?", sagte Mara.

Benedikt trat einen Schritt in die Kabine hinein. „Es gibt keinen Noah", sagte er. „Es gibt nur Nathan."

„David hatte recht", sagte Mara wie zu sich selbst. „Ein Märchen."

„Kapierst du es endlich?" Breitbeinig stand Benedikt vor ihr. Eine Hand stützte er auf den Griff des Messers, das in seinem Gürtel steckte.

„Wo bringt ihr uns hin?", fragte Ben.

„Wo wir einen guten Preis für euch bekommen."

Mara stand auf und stellte sich zwischen Benedikt und ihren Bruder. „Ein ... Sklavenmarkt?"

„Kein Grund zu jammern", sagte Benedikt. „Die meisten Leute, mit denen wir Geschäfte machen, brauchen einfach ein bisschen Unterstützung. Deswegen sind sie doch keine schlechten Menschen. Wenn ihr Glück habt, werdet ihr gut versorgt und anständig behandelt."

Ben erinnerte sich daran, was Nikolai einmal über das Leben als Sklave gesagt hatte.

„Und wenn wir Pech haben?", fragte Mara.

Ben sah, wie sich ihre Nackenmuskeln spannten.

„Wird schon schiefgehen", sagte Benedikt. „Die wenigsten sind Perverse."

Er hatte es kaum gesagt, als Mara mit erhobener Faust auf ihn zustürzte. Doch Benedikt schien ihren Angriff erwartet zu haben. Er trat einen Schritt zur Seite, wich ihrem Schlag aus und packte sie gleichzeitig mit beiden Händen unter den Achseln. Wie eine Puppe warf er sie an Ben vorbei auf eines der Betten. Ben hörte einen dumpfen Aufschlag. Mara war mit dem Kopf gegen das Bettgestell gestoßen. Ihre Hand fuhr zum Schädel. Ihr Gesicht war schmerzverzerrt.

Benedikt trat in den Flur zurück und zog dabei die Tür zu.

„Und jetzt Ruhe!", sagte er, als der Schlüssel sich bereits im Schloss drehte. „Ihr weckt sonst noch alle auf."

Ben beugte sich über Mara. „Bist du verletzt?"

Sie schüttelte den Kopf.

Er sah, dass sie gegen die Tränen ankämpfte. Er untersuchte ihren Hinterkopf. Dort bildete sich bereits eine Beule. Aber wenigstens blutete sie nicht.

„Ben ..." Sie nahm seine Hand und drückte sie so fest, dass es beinahe weh tat. „Das lassen wir nicht mit uns machen!"

Ben konnte die Tränen nicht mehr zurückhalten. „Wie willst du denn hier rauskommen?" Schluchzend deutete er auf das Bullauge. „Da passen wir nicht durch!"

Mara folgte seinem Blick. Ben hätte nicht sagen können, ob sie entschlossen oder verzweifelt zum Himmel schaute, dessen Farbe sich nun langsam von Nachtschwarz in ein schmutziges Grau verwandelte. Bald würde die Sonne aufgehen.

„Das lassen wir nicht mit uns machen!", wiederholte Mara.

*

Ben wurde schon heiser, so lange hatte er nach Benedikt gerufen und dabei gegen die Tür gehämmert. Dann hörte er endlich Schritte auf dem Flur. Er trat zurück, um nicht wie Mara umgestoßen zu werden.

Bisher hatte Benedikt meistens gelächelt. Zuletzt hatte dieses Lächeln zwar nicht mehr freundlich, sondern überheblich gewirkt, aber immerhin war es ein Lächeln gewesen. Als er jetzt die Tür aufstieß, erschrak Ben über den zornigen Blick, mit dem der Wachmann ihn anstarrte. Für einen Augenblick zweifelte Ben an ihrem Plan. Wie konnten sie darauf hoffen, Benedikt und die anderen Männer der Hafenwache zu überlisten?

„Hab ich mich nicht klar ausgedrückt?!", schrie der Wachmann Ben an und kam einen Schritt auf ihn zu. „Ihr sollt die Klappe halten!"

Hatte er vorhin schon nach Alkohol gerochen? Es war Ben nicht aufgefallen. Aber es machte auch keinen Unterschied. Ben würde das jetzt durchziehen. Er zeigte auf eines der Betten. Mara lag darin. Sie wirkte bewusstlos. Einer der Kissenbezüge war um ihren Kopf gewickelt. „Du hast sie verletzt", sagte Ben. „Am Kopf!"

Benedikt warf einen kurzen Blick auf Mara. „Die soll sich nicht so anstellen."

„Aber es hört gar nicht auf zu bluten!", beharrte Ben. „Bitte … Wenn sie … wenn sie nicht wieder aufwacht …" Er holte Luft. Du machst das gut, redete Ben sich selbst ein. „… dann macht ihr auch kein Geschäft!"

Benedikt runzelte die Stirn, seufzte und trat dann vor Mara. Ihr rechtes Bein hing über die Bettkante, ihr Gesicht hatte sie leicht zur Wand gedreht. Der Kissenbezug saß wie ein Turban auf ihrem Kopf. Benedikt beugte sich tief über sie und streckte eine Hand nach ihr aus.

Mara schlug die Augen auf und trat mit aller Wucht zwischen Benedikts Beine. Der stieß einen kehligen Laut aus, der sowohl Schmerz als auch Überraschung spiegelte. Im nächsten Moment sprang Ben von hinten auf seinen Rücken und schlang den zweiten, zu einer Kordel gedrehten Kissenbezug um Benedikts Hals. Der Wachmann war mit seinen Händen, die reflexartig zwischen seine Beine gefahren waren, zu langsam, um die Finger unter die Kordel zu bekommen. Im Nacken des Mannes kreuzte Ben die Enden des Kissenbezugs und zog daran.

Benedikt richtete sich auf und versuchte, die Schlinge mit den Fingern zu weiten. Ben zog noch fester.

Mara, noch immer auf dem Bett liegend, winkelte ein Bein an und trat dem Wachmann vors Knie. Der taumelte und trat seinerseits in Maras Richtung, traf aber nur das Bettgestell. Er löste seine Finger von der Kordel und stieß mit den Ellenbogen nach Ben. Einer dieser Stöße landete unter Bens Rippenbogen und nahm ihm kurz den Atem. Aber er zog weiter.

Mara stand jetzt vor dem Wachmann und holte zu einem weiteren Tritt aus. Ben bemerkte, wie eine Hand des Mannes an seinen Gürtel fuhr, während die andere nach Mara griff. Bevor Mara zum dritten Mal zutreten konnte, zog Benedikt sie ruckartig am Kragen ganz nah an sich heran. Ben sah über seine Schulter. An der Schläfe des Mannes pulsierte eine dicke Ader.

Mara riss die Augen auf. Benedikt beugte sich vor, als wollte er Ben über seine Schulter werfen. Doch stattdessen kippte er nach vorne, stürzte mit Ben auf dem Rücken aufs Bett und begrub Mara unter sich.

Ben zog mit aller Kraft die Schlinge zu. Er sah in Maras Augen. Über Benedikts Schulter berührten sich ihre Gesichter beinahe. Mara keuchte.

Ben rollte sich vom Rücken des Wachmanns auf den Boden. Er zerrte an der Kordel, um Benedikt von Mara herunterzubekommen. Er schlang die Enden des Kissenbezugs um seine Handgelenke, damit sie ihm nicht aus den Fingern rutschten. Sein gesamtes Gewicht musste Ben einsetzen, bis es ihm endlich gelang, den Mann auf den Boden zu ziehen. Dabei rutschte die Kordel über Benedikts Kopf. Ben erschrak. Aber der Mann bewegte sich nicht mehr. An seinem Hals war ein roter Abdruck zu sehen.

„Du hast es geschafft", sagte Mara. Sie klang außer Atem. „Raus hier!"

Ben zitterte. Er ließ die Kordel fallen. An seiner Schulter spürte er Mara, die sich an ihm vorbei zur Tür drängte. Aber er konnte den Blick nicht von dem Toten abwenden. Das hatte er, Ben, getan. Dieses Bild würde er nie wieder loswerden. Der erschrockene, ungläubige Ausdruck in Benedikts erstarrten Gesichtszügen. Das Mal an seinem Hals. Die erschlafften Glieder.

„Ben!", drängte Mara.

Er wollte sich zwingen, den Blick von der Leiche abzuwenden. Da entdeckte er das Messer in Benedikts Hand. Blut klebte daran.

Ben sah zu Mara hinüber. Sie stand unter der Leuchtstoffröhre, die über der Tür angebracht war und nun plötzlich zu flackern begann. Sie presste ihre linke Hand in die Seite. Das Oberteil, das Elisa ihr geschenkt hatte, war dort rot verfärbt.

Sie bemerkte seinen Blick. „Ist halb so schlimm", beeilte sie sich zu sagen. „Komm jetzt, schnell!"

*

Sie rannten durch den Flur. Ben konnte sich nicht erinnern, auf welchem Weg Benedikt sie am Vortag zur Kabine geführt hatte. Alles war wie ausgelöscht von den Eindrücken der vergangenen Minuten. Aber Mara schien sich ihrer Sache sicher zu sein. Wo zwei Flure sich kreuzten, bremste sie und spähte vorsichtig um die Ecke, bevor sie weiterlief.

Sie erreichten das Schiffsheck, und beide schauten über das Wasser zum Ufer. Die Dämmerung war fortgeschritten, aus Grau wurde Blau, und Ben erkannte, dass das Schiff noch immer auf einem Kanal unterwegs war. Sie hatten eine ländliche Gegend erreicht, Gebäude waren kaum zu sehen, dafür weitläufige Wiesen und Felder. Ein beherzter Sprung ins Wasser, und wenige Schwimmzüge später wären sie am Ufer.

„Wir hatten ziemlich viel Glück bisher", sagte Mara.

„Ja", sagte Ben und wandte seinen Blick vom Ufer ab. Als er sah, wie Mara sich unter größter Mühe ein Lächeln abrang, erschrak er. Mit der rechten Hand stützte sie sich auf die Reling. Die linke presste sie noch immer in ihre Seite. Darunter war ihre Kleidung blutgetränkt.

„Scheiße, Mara …!"

„Hey, ihr da!" Vom Bug her kam ein Wachmann auf sie zugerannt.

„Spring!", sagte Mara.

„Du zuerst!", sagte Ben.

„Ungezogener Bengel", sagte sie und griff nach seiner Hand.

„Bleibt, wo ihr seid!", rief der Wachmann.

„Zusammen!", sagte Mara.

Ben half ihr, über die Reling zu klettern.

Und sie sprangen.

30

Jakob verließ Dortmund im Morgengrauen. Seine Geschäfte waren schlecht gelaufen. Zu viele Händler konkurrierten hier um die wenigen Kunden, die etwas zu tauschen hatten. Und zu viele Hungrige versuchten, Jakob zu bestehlen. Nachts hatte er kaum geschlafen, weil er sich nicht allein auf Lazarus' Wachsamkeit hatte verlassen wollen.

Nun lagerte das Gemüse, das er südlich der Ruhr eingetauscht hatte, größtenteils noch immer im Rumpf seines Segelbootes. Er hoffte, es auf einem der Märkte entlang des Kanals loszuwerden. Irgendwo in den Ruinen von Castrop-Rauxel, Herne oder Gelsenkirchen. Manchmal, wenn niemand ihm etwas zum Tausch dafür anbieten konnte, verschenkte Jakob Gemüse oder Obst auch einfach. Immer noch besser, als wenn es verdarb, fand er.

Um nicht durch den Dortmunder Hafen segeln zu müssen, nahm Jakob einen Umweg in Kauf. Er hatte keine Lust, für die Passage durch den Hafen einen Teil seiner Ware an die Hafenwache abzugeben. Wegelagerer, dachte Jakob – etwas anderes war diese weißbetuchte Truppe doch kaum. Und doch waren die meisten der Elenden und Verlorenen, die rund um den Hafen zu überleben versuchten, dankbar für das bisschen Sicherheit, das die Hafenwache bot. Schutzgelderpresser – so hätte man sie früher genannt.

Jakob hatte nur ein einziges Mal versucht, ihnen ein „Geschenk" vorzuenthalten. Sie hatten nicht ihn bedroht. Auf Lazarus hatten sie ihre Waffen gerichtet. Wortlos und überlegen lächelnd. Jakob hatte sich beeilt, das ganze als Missverständnis darzustellen, und ihnen die Hälfte seiner Ladung überlassen.

Jenseits des Deusenbergs, der als Insel neben den Ruinen der Kokerei Hansa aus dem Wasser ragte, endete der Einflussbereich der Hafenwache.

Jakob segelte auf die Autobahn zu, die nun als graues Band am nördlichen Horizont erschien. Er wollte dem Lauf des Dortmund-Ems-Kanals bis zum alten Schiffshebewerk folgen. Dort würde er auf den Rhein-Herne-Kanal abbiegen, um nicht aufs offene Meer zu geraten, das nur wenige Kilometer weiter nördlich begann.

Jakob hatte sein Boot erst wenige Minuten vorher über einen Wall in den Kanal gezogen, als Lazarus sich im Bug aufrichtete und die Schnauze in den Wind reckte.

Jakob tätschelte seinem Hund den Hals und warf ihm etwas von dem wenigen Dörrfleisch hin, das er in Dortmund gegen einen Sack Wirsingkohl, zwei warme Decken und ein Taschenmesser getauscht hatte. Lazarus schnupperte an dem Fleisch und sah Jakob an.

„Ich esse später, Lazarus."

Aber der Hund beachtete das Fleisch nicht weiter und richtete seinen Blick auf das Ufer.

Das künstliche Kanalbecken lag hier höher als das überflutete Land. Deshalb gab es einen schmalen trockenen Uferstreifen. Dahinter ragten hier und da die Dächer eines Gehöfts oder einer Siedlung aus dem Wasser. In einiger Entfernung, östlich vom Kanal, sah Jakob ganze Stadtteile über dem Wasserspiegel liegen.

Lazarus bellte. Er stellte sich auf die Hinterpfoten und legte die Vorderpfoten auf den Bootsrand.

Mit einer Hand beschirmte Jakob seine Augen gegen das Licht der noch tiefstehenden Sonne. Sollte ihnen schon zu dieser frühen Stunde jemand auflauern? Man konnte nie wissen.

Jakob sah in die Richtung, in die Lazarus' Schnauze zeigte. Da saß jemand – ein Kind. Es kauerte über etwas. Jakob war noch zu weit entfernt, um mehr erkennen zu können. Er lenkte das Boot zum rechten Ufer.

Lazarus bellte erneut.

Das Kind hob den Kopf und sah herüber. Es hatte die Haare kurz geschoren. Seine Kleidung triefte von Wasser.

„Lazarus!", rief das Kind.

*

Sie erreichten die Insel am Nachmittag. Ben hatte Jakob von der Familie erzählt. Und Jakob hatte sofort gewusst, von wem er sprach. Die schneeweiße Daphne, der Hund der Familie, war aus demselben Wurf wie der nachtschwarze Lazarus.

Und es war Daphne, die sie zuerst entdeckte, als Jakob das Boot an dem Steg festmachte, von dem Ben und Mara erst gestern mit Murat abgelegt hatten. Die Hündin begrüßte ihren Bruder mit freudigem Gebell.

Kurz darauf tauchte Melis neben Daphne auf. Gemeinsam rannten sie zum Steg.

„Ben!", rief Melis, nicht weniger aufgeregt als ihre Hündin.

Ben antwortete nicht. Während der Fahrt hatte er die meiste Zeit geschwiegen und abwechselnd das Wasser und den Himmel, an dem zunächst nur wenige Wolken vorbeizogen, betrachtet.

Es war ein heißer Tag, der erste richtige Sommertag. Die drückende Schwüle ließ ein Gewitter befürchten.

Melis' Blick fiel auf Mara. Sie bremste ihren Lauf und geriet ins Stolpern. Jakob berichtete ihr in knappen Worten und schickte sie ihre Eltern holen.

Murat und Elisa brachten eine Trage mit, eine einfache Konstruktion aus zwei Besenstielen mit einem Baumwoll-Laken dazwischen. Damit trugen die Männer Mara ins Haus.

Murat ging am vorderen Ende der Trage. Als er sich, nachdem sie die Trage abgesetzt hatten, zu Jakob umdrehte, sah dieser, dass Murat weinte.

„Ich hab sie dort hingebracht!", sagte er.

Jakob nickte und legte Murat eine Hand auf die Schulter.

„Ich bringe ihn um", sagte Murat. Mit dem Handrücken wischte er sich die Tränen von den Wangen.

Jakob sah, wie Elisa zusammenzuckte. „Wen willst du umbringen?", fragte er.

„Nathan."

„Blödsinn!", sagte Jakob. „Kümmere dich um deine Familie!"

Murat sah dem Händler in die Augen. Dann wanderte sein Blick zu Elisa und von ihr zu Melis. Und schließlich sah er Ben an. Der Junge kauerte wieder neben seiner Schwester – wie er es am Ufer des Kanals und während der Bootsfahrt getan hatte.

Jakob spürte, dass Murat die Worte fehlten.

Es war Elisa, die Ben ansprach. Sie hockte sich neben ihn und ergriff seine Hand. „Erlaubst du mir, mich um sie zu kümmern?", fragte sie.

Ben brauchte einen Moment, um seinen Blick Elisa zuzuwenden. Aber dann nickte er.

*

Elisa wusch Mara und zog ihr ein sauberes Kleid an. Am höchsten Punkt der Insel, im Obstgarten hinter dem Haus, wo das Wasser noch nie hingelangt war, fanden sie unter einem alten Apfelbaum eine Stelle, um sie zu begraben.

Die Sonne stand schon tief, als Jakob mit einer letzten Schaufel Erde das Grab schloss. Er hob den Blick und bemerkte, dass Ben dorthin, nach Westen, sah, in die Richtung, aus der sie gekommen waren.

Im Verlauf des Abends hatten sich am Himmel dichte Wolken aufgetürmt. Aber noch fanden die Sonnenstrahlen hindurch und zwangen Ben, die Augen zu schließen. Es war noch immer heiß. Jakob schwitzte und sehnte die Abkühlung herbei, die das nahende Gewitter versprach. Die Nacht würde er hier verbringen. Und von morgen an würde er überall, wo er seine Geschäfte tätigte, erzählen, dass es keinen Noah und keine Kolonie gab. Und was mit denen, die sich Nathan anvertrauten, geschah.

Murat nahm ihm die Schaufel ab und legte sie auf den Handkarren, mit dem sie Maras Leichnam hierher gebracht hatten. Elisa gab den Männern ein Zeichen: Sie sollten ins Haus kommen und Ben noch eine Weile allein am Grab seiner Schwester verweilen lassen. Sie gehorchten.

Aber Melis blieb an Bens Seite stehen.

Die Erwachsenen waren eben am Haus angekommen, als die ersten Regentropfen fielen. Jakob drehte sich noch einmal zum Obstgarten um – gerade rechtzeitig, um zu sehen, wie Ben die Hand ergriff, die Melis ihm reichte.

 Henselowsky
Boschmann

Verlag
Henselowsky Boschmann
Bücher vonne Ruhr
Postfach 10 02 31
46202 Bottrop
post@vonneruhr.de
www.vonneruhr.de

Unsere Bücher erhalten Sie in jeder Buchhandlung. Sollte einmal eines nicht vorrätig sein, kann Ihr Buchhändler es kurzfristig beschaffen. Auf Wunsch senden wir Ihnen gerne unseren Gesamtprospekt und informieren regelmäßig über unser Angebot an Ruhrgebietsliteratur. Hier eine Auswahl:

Dirk Hallenberger (Hg.)
Prominente Porträts
Das Ruhrgebiet in autobiografischen
Texten Bd 1. und Bd. 2

Werner Boschmann
Emscherzauber
Märchen aus dem Ruhrgebiet

Wernfried Stabo
Sternkes inne Augen
Die schönsten Liebesgeschichten
aus dem Ruhrgebiet

Friedhelm Wessel (Hg.)
Bor!
Das abenteuerliche Leben
der Ruhrgebietler

Michael Zabka
Da blubbern die Hormone
Groß werden im Ruhrgebiet
der 70er Jahre

Heinz H. Menge
Mein lieber Kokoschinski!
Der Ruhrdialekt

Herr Luca
80 Tage auf der Welt
Ich bin tot. Na und?!
Buch und Hörbuch

Werner Bergmann
Unser aller Heiligen
Als der Himmel über dem
Ruhrgebiet noch bevölkert war

Lars von der Gönna
Der Spott der kleinen Dinge
„Neulich" und andere Glossen

Jürgen von Manger
Bleibense Mensch!
Träume, Reden und Gerede
des Adolf Tegtmeier

Sigi Domke
Sie sächselt leicht beim Bellen
Eine soziale Mediensatire

Jens Dirksen/Hubertus A. Janssen
Kohle, Kappes, Koniferen
Live-Lesung in der Buchhandlung
Platzer in Essen-Steele (Hörbuch)